HENRY LANDERS

DREI MÄDCHEN RETTEN DIE WELT

SO VERLOREN UND ZUSAMMENGETRÄUMT
WIE UNSERE ZEIT

Henry Landers ist geboren und aufgewachsen in Berlin. Als Fotokünstler bereiste er die Welt und sammelte Eindrücke aus vielen Kulturen, die heute in seine Werke einfließen. Das Schreiben allerdings öffnete ihm die Tür zu einer Welt voller Geschichten, wie es das Fotografieren niemals konnte. Henry Landers liebt es, jeden Morgen durch den Humboldt-Hain zu gehen, der ihn die drei Hauptfiguren und die fantastische Welt der Tamanaken entdecken ließ – und ganz nebenbei die Verbindung zu Alexander von Humboldt knüpfte.

www.henrylanders.de

HENRY LANDERS

DREI MÄDCHEN RETTEN DIE WELT

SO VERLOREN UND ZUSAMMENGETRÄUMT
WIE UNSERE ZEIT

BUCH 1: WIE ES BEGANN

Impressum

Deutsche Erstausgabe 2024

2. Auflage 2025

Copyright © 2021 Henry Landers - Alle Rechte vorbehalten.

Korrektorat: Yvonne Lübben
Illustration, Layout, Satz: Henry Landers
Covergestaltung, drei Mädchen und Senshū visualisiert mit KI: Henry Landers
KI-Bild-Generator: Adobe Firefly
Foto des Autors: © Marco Bußmann

Henry Landers
Buttmannstraße 13, 13357 Berlin
hl@henrylanders.de / www.henrylanders.de

Verlag: BoD · Books on Demand GmbH, In de Tarpen 42, 22848 Norderstedt, bod@bod.de
Druck: Libri Plureos GmbH, Friedensallee 273, 22763 Hamburg
Print on Demand ISBN: 978-3-7597-6117-0
eBook

Bibliografische Information der Deutschen Nationalbibliothek:
Die Deutsche Nationalbibliothek verzeichnet diese Publikation in der
Deutschen Nationalbibliografie; detaillierte bibliografische Daten sind im
Internet über dnb.dnb.de abrufbar.

Quellen: u. A.

Alexander von Humboldt: *Südamerikanische Reisen*, Safary-Verlag, Berlin, 1979
Zitate sind kursiv gedruckt
Quellenverzeichnis im Anhang Seite 312

IN EINER ZEIT,
IN DER POSITIVE VISIONEN
RAR GEWORDEN SIND

PROLOG

VERGANGENHEIT

Blätter peitschten ihr ins Gesicht. Äste zerkratzten ihre Arme und Beine. Stakla rannte durch den Regenwald, nass und erschöpft, keuchend und voller Furcht. Der Boden unter ihren Füßen war weich und quetschte sich bei jedem Schritt zwischen ihren Zehen hindurch.

Sie trat in ein Loch und stolperte, jemand half ihr auf.

Sie sprang über umgestürzte Bäume und hangelte sich schnell wie der Wind mit einer Liane über den kleinen Fluss.

Sie rannte so schnell sie nur konnte. Jemand neben ihr rief »Schneller, schneller«. Blut rann ihr über den Arm, es tat weh. Neben ihr waren viele Mädchen und Frauen, die sie seit ihrer Geburt kannte. Sie alle liefen auf die große Lichtung zu.

Das war ihre Familie, ihre Mütter, Tanten und Schwestern, ihr Stamm, die Tamanaken.

Jede von ihnen kannte den Wald, jeden Baum, jeden Strauch, alle Bäche, Pflanzen und Tiere von frühester Kindheit an. Auch die wenigen Männer und Jungen rannten um ihr Leben. Dunkel schimmernd glitten ihre Körper geschmeidig durch das abnehmende Licht unter dem dichten Blätterdach des Dschungels.

Völlig erschöpft trat Stakla zusammen mit ihrem Stamm auf die Lichtung. Sie alle sahen sich ein letztes Mal so, wie sie heute waren.

Ihre Königin hob einen Speer und versammelte in Windeseile alle hundert Tamanaken im Kreis um sich herum.

Schnell atmend und entkräftet folgten sie ihrer großen Geste. In der ersten Reihe waren die Kinder und in der zweiten die Frauen und Männer.

Sie waren gänzlich nackt. Lediglich große, bunte tätowierte Muster bedeckten die Körper der Mädchen und Frauen. Sie sahen aus wie schillernde Paradiesvögel. Den Männern hingegen war es nicht erlaubt, sich zu tätowieren. Sie standen stark und leuchtend zwischen den Frauen, in Würde und Demut versunken.

Schnell war die Sonne untergegangen. Der große metallen schimmernde Mond gab seinen bläulichen Schein und tauchte die Lichtung in das magischste aller Lichter.

Mit gewaltiger und tiefer Stimme sprach die Königin: »Ihr wisst, wir haben keine Wahl! Ein Stamm der Menschenfresser will uns verschleppen, als Sklaven verkaufen und vielleicht noch Schlimmeres – so wie sie es mit so vielen von uns schon getan haben. Unsere Späher berichten, sie kommen zahlreicher als je zuvor.«

Ein Raunen ging durch die Reihen. Einige Frauen erhoben Schreie des Kampfes. Doch die weise Anführerin sagte nur:

»Lasst uns zu Amalicvaca beten.« Sie holte tief Luft und erhob ihre Arme weit in den Himmel. »Wir werden unsere Schutzgöttin anrufen, auf dass sie uns unsichtbar macht, um in Freiheit und Würde zu leben.«

Stille, tiefes Atmen, Stille, Stille.

Jeder von ihnen wusste, was das bedeutete. Die Tamanaken mussten alles, was sie liebten, verlassen. Alles, was sie besaßen, zurücklassen und in eine ungewisse Zukunft aufbrechen, die noch niemand von ihrem Stamm jemals gesehen oder im fernsten erahnen konnte.

Nicht einmal die alten Sagen beschrieben, was nun folgen würde. Nur der Zauberspruch war ihnen aus Überlieferungen der Ahninnen aus fernen Zeiten bekannt.

Die große und weise Königin sprach den magischen Spruch laut und stark, sodass der Zauber sofort wirkte.

Eine Implosion wie ein dumpfes Beben folgte, Bäume und Büsche schwankten kurz. Dann war es still.

Nur einen Augenblick danach stürzten Dutzende Männer aus dem Wald auf die Lichtung.

Sie waren mit Speeren und Blasrohren, mit vergifteten Pfeilen und Seilen bewaffnet.

Verdutzt sahen sie sich um.

Die Lichtung war leer. Kein Mann, kein Kind, keine Frau war zu sehen.

Zurückgeblieben war nur ein großer, kreisrunder Abdruck im wilden Gras, den der Mond schweigend silbern glänzen ließ.

1

GEGENWART

Die Drei

Ein Teil unserer Geschichte spielt in der Stadt mit dem wunderschönen Mädchennamen Berlin. Es ist der 24. Mai 2010, Pfingstmontag, ein Feiertag.

Lange gingen gestern Nacht die Partys im Mauerpark. Trommeln waren zu hören. Hubschrauber kreisten durch die Nacht. Gesang wehte mit dem nächtlichen Wind herüber, durch die geöffneten Fenster, in die Zimmer von drei Mädchen und verursachten in ihrem Schlaf einige sehr merkwürdige Träume.

Annabell, Lara und Maya sind die drei Heldinnen in dieser Geschichte. Sie wohnen in den drei Häusern am Ende der Lortzingstraße, Lara in der Nr. 21, Annabell in der Nr. 22 und Maya in der Nr. 23, direkt am Mauerpark.

Der Stadtteil, in dem sie wohnen, trägt den märchenhaften Namen »Brunnenviertel«.

Schon vor vielen Jahren lernten sie sich im Sternenhimmel kennen. So heißt der internationale Kindergarten gleich hinter ihren Häusern. Seitdem sind sie beste Freundinnen. Dass die drei Mädchen in die gleiche 7. Klasse im Distelweg-Gymnasium gehen, verbindet sie umso mehr.

Lara, Maya und Annabell planten diesen Tag schon so lange, wie 12 Jahre alte Mädchen überhaupt nur vorausplanen wollen. Seit Tagen schoben sie sich in der Schule kleine Zettelchen zu mit geheimnisvollen Zeichen, die nur sie zu deuten wussten.

Doch was sie heute wirklich erleben sollten, würde ihnen selbst der kühnste Traum nicht erzählen können.

INSPIRIERT VON
DER WAHREN GESCHICHTE VON
ALEXANDER VON HUMBOLDTS
ORINOKO-EXPEDITION

Zitate in kursiv

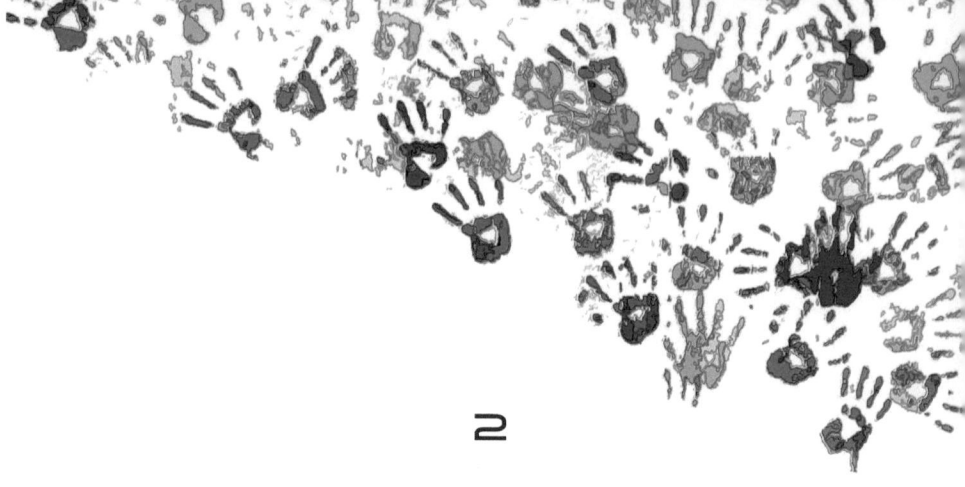

2

VERGANGENHEIT

Alexander von Humboldt

Ziemlich genau 210 Jahre zuvor begannen auch der Abenteurer und Naturforscher Alexander von Humboldt sowie sein Begleiter und bester Freund Aimé Jacques Alexandre Bonpland ihren Tag. Das war am 24. Mai im Jahr 1800.

Sie waren weit von Europa entfernt, tief im südamerikanischen Regenwald am Rio Orinoko, einem der gewaltigsten Ströme der damals sogenannten »Neuen Welt«, die auch um einiges genauer und wesentlich eleganter »Lateinamerika« genannt wurde.

Die 2250 Kilometer lange Fahrt auf den Flüssen durch den Regenwald bewältigten die beiden Forscher in einem indigenen Kanu, einer Piroge. Das war ein mit Feuer und Äxten ausgehöhlter Baumstamm, der dreizehn Meter lang und etwa einen Meter breit war.

Etwa die halbe Strecke lag nun schon hinter ihnen und ja, ihr ahnt es, ebenso viele Kilometer lagen noch vor ihnen. Humboldt und Bonpland waren weit in eine unbekannte grüne Welt vorgedrungen, die sie höchst faszinierte, aber auch zugleich ziemlich leiden ließ. Humboldt notierte in sein Tagebuch: *Man macht sich nur schwer einen Begriff davon, wie übel man auf einem solchen elenden Fahrzeuge daran ist.*

∃

GEGENWART

Lara

Lara rekelte sich, streckte sich und gähnte laut in den neuen
Tag. Dann hörte sie ihren Bruder im Flur. Sie sprang aus dem
Bett und rannte ins Bad, um vor ihm dort zu sein. Knapp
geschafft. Sie hatte es eilig. Ihr großer Bruder stöhnte vor
der verschlossenen Badezimmertür. Er wusste, dass Lara sehr,
sehr lang im Bad sein würde wie jeden Tag und wenn Ferien
waren, noch viel länger.

Manchmal musste ihre Mutter oder gar ihr Papa mit mah-
nenden Worten eingreifen, um Lara zum Fertigwerden zu
drängen.

Doch heute war das ganz anders. Nach wenigen Minuten
riss Lara die Badezimmertür auf, rief »Fertig!« und streckte
ihrem Bruder, der vor der Tür schmollte, die Zunge heraus,
eilte an ihm vorbei und verschwand in ihrem Zimmer.

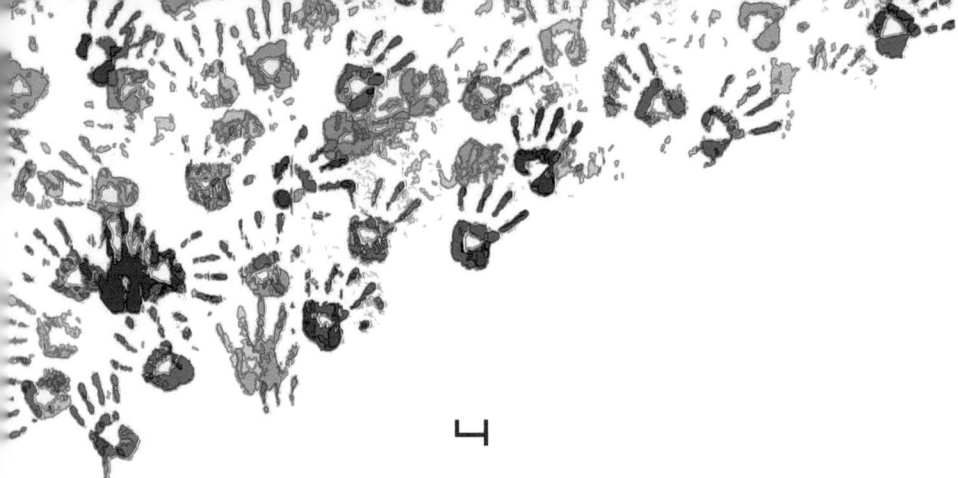

ᴸ

VERGANGENHEIT

Alexander von Humboldt

*Am 24. Mai. Wir brachen von unserem Nachtlager vor Sonnen-
aufgang auf. In einer Felsbucht, wo die Durimundi gehaust hatten,
war der aromatische Duft der Gewächse so stark, dass es uns läs-
tig fiel, obgleich wir unter freiem Himmel lagen und bei unserer
Gewöhnung an ein Leben voll Beschwerden unser Nervensystem
eben nicht sehr reizbar war. Wir konnten nicht ermitteln, was für
Blüten es waren, die diesen Geruch verbreiteten: Der Wald war
undurchdringlich.*

Es war noch dunkel. Nur das Lagerfeuer und ein paar Fackeln
warfen ihren warmen, flackernden Schein auf die Szenerie. Es
herrschte die feuchte Stille, bevor der Wald erwachte.

Ihr Nachtlager war ein Biwak. Es war unter freiem Himmel
kreisförmig angeordnet. In der Mitte stand der lederne Kas-

ten mit dem Mundvorrat, den die Guahibo-Menschen Petaca nannten. Daneben waren die Kisten mit den Instrumenten aufgetürmt. Hierin waren auch die Mappen, viele hundert Seiten Notizen und die Sammlung verstaut.

Die Käfige mit den Affen und Vögeln fanden gleich daneben ihren sicheren Nachtplatz. Ringsum, im geschlossenen Kreis angeordnet, hingen die Hängematten von Humboldt und Bonpland sowie die ihrer fünf Begleiter vom Stamme der Maco und Guahibo.

Die äußerste Grenze bildeten die Feuer, die sie entzündet hatten, um die Jaguare und andere nachtaktive Raubtiere des Urwaldes fernzuhalten.

Es war eine unruhige Nacht für Humboldt und Bonpland, die in ihren Hängematten kaum Schlaf finden konnten. Denn einer der Jaguare, von denen es hier sehr viele gab, kam dicht an ihr Nachtlager heran.

Nur die Feuer hielten ihn davon ab, bei ihnen Beute zu machen. Die große, hungrige Katze lauerte dicht im Urwald und ließ die ganze Nacht hindurch ihr tiefes gurrendes Brummen ertönen.

Es war noch gar nicht so lange her, dass Humboldt und Bonpland stromaufwärts an der gleichen Stelle ihr Nachtlager aufgeschlagen hatten. Die bedrohlichen Geräusche des Jaguars in dieser Nacht brachten die Erinnerungen zurück.

Pegasus, ihre große Dogge, die sie seit Cumaña begleitete, lag unter Humboldts Hängematte, lauschte den Geräuschen des Waldes und besonders denen der großen Katze. Pegasus antwortete ihnen mit anhaltendem knurrenden Geheul. Irgendwann, als Humboldt und Bonpland doch seicht in den

Schlaf sanken, überkam den großen Hund sein Jagdinstinkt. Einer der Maco sah ihn kurz im Schein des Lagerfeuers vorbeihuschen und dann im Dunkel des Dschungels verschwinden.

Die Indigenen, die von kleinem Wuchs waren, fürchteten sich vor dem riesigen Hund. Denn für sie war die Dogge wie ein furchterregendes fleischfressendes Pferd, das jeden Moment mit ihnen machen konnte, was es wollte.

Also ließen sie den Hund zu dem Jaguar laufen und überließen es dem Wald, über sein Schicksal zu entscheiden.

An jenem Morgen, als Pegasus im Lager nicht aufzufinden war, sollten die Maco und Guahibo den umliegenden Urwald nach ihm absuchen. Sie konnten die Dogge auch nach langem Suchen nicht mehr finden. Unsere Forscher vermissten ihren Pegasus sehr, denn er war ihnen auf der Reise sehr ans Herz gewachsen.

Doch nun würde bald ein neuer Tag aus dem Dunkel der schlaflosen Nacht hervortreten. Die Vorbereitungen dafür begannen jetzt. Aufstehen, wach werden, Selbstkontrolle erlangen und los.

Weniger als eine Stunde dauerte das Einschiffen aller Dinge, die sie mitnahmen. Routiniert trugen die Maco und Guahibo Kisten mit den vielen empfindlichen Dingen vom Nachtlager zum schlanken Kanu. Die Piroge lag geduldig im Strom des Rio Orinoko, der hier gute 1000 Meter breit war.

Ein Horizont oder Uferstreifen der anderen Seite waren in der Dunkelheit ohnehin nicht auszumachen. Der Fluss schien ihnen so groß und weit wie ein Meer zu sein.

5

GEGENWART

Annabell

Am liebsten wären die drei gleich mit ihren Fahrrädern zum Humboldt-Hain gefahren, um ihren Plan umzusetzen. Doch zunächst gab es noch die letzte Hürde des Morgens zu nehmen, das Frühstück.

»Annabell!«, rief ihre Mutter. »Annabell! Wo bleibt sie nur.«

»Ich gehe mal nachsehen, wo sie steckt«, sagte Shirley, ihr Au-pair.

Annabell lag währenddessen auf ihrem Bett, träumte den jungen Tage herbei. In Gedanken baute sie die magische Hütte, suchte geeignete Äste, sah sich und ihre Freundinnen darin sitzen, voller Erwartung, was dann passieren wird.

Die Tür öffnete sich. »Annabell, wir sind schon beim Frühstücken, wo bleibst du?«

»Okay, okay, ich komme gleich!«

Annabell schaute in den Spiegel, blickte sich tief in die Augen. Kämmte ihre langen blonden Haare nach vorn über die Schulter.

Selbstbewusst hob sie den Kopf. Fast fertig.

Sie wählte eine der vielen Haarspangen aus, die um den Spiegel geheftet waren. Die große feurig rote, die sie von ihrer Mutter zum 12. Geburtstag bekommen hatte, war genau die richtige für diesen Tag.

Nun sah sie schon fast so aus wie eine echte Abenteurerin. Die blaue Jeans mit weißen Nähten und die khakifarbene Bluse mit großen Taschen, Schulterklappen und Safari-Aufdruck passten perfekt. Ihre grünen Sneaker zog sie auch gleich an. Zum Schluss nahm sie aus dem Schrank die Jeansjacke mit dem aufgestickten Löwenkopf. Perfekt!

Wehmut blitzte plötzlich durch ihre Gedanken. Wie zum Abschied ließ sie ihren Blick noch einmal in ihrem Zimmer umherschweifen.

Es war groß, mit zwei Fenstern, die vom Boden fast bis zur Decke reichten. Sie liebte den Blick aus ihrem Zimmer über die Stadt.

Oft saß sie lang am Fenster und sah den Wolken nach. Besonders gern, wenn es eigentlich andere Sachen zu tun gab wie Hausaufgaben oder Aufräumen.

Annabell war von den drei Freundinnen diejenige, die am besten auf den großen Tag vorbereitet war.

An der Wand über ihrem Schreibtisch hingen Bilder von magischen Hütten, die sie gezeichnet hatte. Immer wieder skizzierte sie mit wildem, selbstbewusstem Strich die dicken Äste auf einer grünen Wiese. Einmal hatte sie sogar einen großen Planeten in den Himmel gemalt.

Zur Sicherheit nahm sie die schönste Zeichnung mit.

Einen letzten Blick warf sie gebieterisch über ihre Skizzen an der Wand, Schwang ihre Jacke über die Schulter und ging in die Küche, wo schon ihre Mutter und Shirley warteten.

6

VERGANGENHEIT

Alexander von Humboldt

Die fünf Männer der Maco und Guahibo waren fast nackt. Vier von ihnen ruderten die Piroge von Humboldt und Bonpland.

Einer der Guahibo war der Steuermann, der sich mit den Labyrinthen der kleinen Kanäle und den Wasserfällen in den Raudals auskannte.

Im Dunkel des frühen Morgens tanzten ihre Tätowierungen und roten Gesichtsbemalungen mystisch im Feuerschein auf der glänzenden Haut. Ohne Worte zu wechseln, trugen sie die Kisten mit den kostbaren Instrumenten Hand in Hand zum Kanu und verstauten sie am Boden der Piroge.

Zu der Zeit waren die etwa fünfzig Instrumente die modernsten ihrer Art, Hightech würden wir heute dazu sagen. Darunter waren Sextanten, Quadranten, Teleskope, diverse Fernrohre, eine Längenuhr, ein Inklinatorium, ein Deklinatorium, ein Cyanometer, Eudiometer, Aräometer, Hyetometer, Elektrometer, Hygrometer, Barometer, Thermometer und einige andere, die ich hier nicht alle aufzählen kann.

7

GEGENWART

Die Drei

Die drei Mädchen dachten an diesem Morgen, jede für sich, über ihren gemeinsamen Plan nach. Annabell, Maya und Lara wollten eine magische Schutzhütte bauen, wie in Melancholia von Lars von Trier.

Den Film hatten sie zufällig an einem langen verregneten Nachmittag ohne Hausaufgaben gefunden.

Sie verbrachten den Nachmittag wie so oft bei Annabell zu Hause. Ihre Mutter arbeitete.

Die Wohnung war ›leer‹ und voller Möglichkeiten für drei unternehmungslustige Mädchen.

Die drei stöberten die DVD-Sammlung im Wohnzimmer durch und fanden einen seltsam neuen, noch verpackten Film, der in seiner Folie irisierend glänzte und sie unwiderstehlich anzog. »Signature Edition« stand in mysteriös glänzenden großen pinkfarbenen Buchstaben darauf.

Kirsten Dunst, die Schauspielerin, die sie aus Spider-Man kannten, war auf dem DVD-Cover.

Gebannt schauten sie sich den Film an. Dieselbe Schauspielerin, die in Spider-Man ›Mary Jane‹ hieß und hier den Namen ›Justine‹ trug, sah nun so anders aus in ihrem Brautkleid.

Sie war gar nicht so nett, aber viel schöner irgendwie.

Im zweiten Teil spielte ein Junge mit, der etwa in ihrem Alter war. Sie fanden die Geschichte krass, irgendwie cool – denn sie handelte davon, wie die Erde von einem anderen Planeten umkreist wurde und dann mit ihm zusammenstieß.

Kirsten Dunst alias Justine hatte zum tragischen Ende des Films, als jeder wusste, dass der fremde Planet mit der Erde zusammenstoßen und alles Leben auf der Erde ausgelöscht würde, die erlösende Idee für ihre Schwester, ihren Sohn und sich selbst – eine magische Hütte aus Ästen in einem großen Hain zu bauen.

Die letzte Szene des Films zeigte, wie der fremde Planet unaufhaltsam auf die Erde zuraste, immer größer wurde, das Bild völlig ausfüllte und schließlich mit der Erde in einem Inferno kollidierte.

Schweigend saßen der Junge, seine Mutter und Justine in dem großen Hain, in der magischen Hütte, und hielten einander fest an den Händen. Sie gaben einander Halt am Ende der Welt.

»Das hat sie sicherlich von Spider-Man gelernt«, rief Annabell mit hoher, munterer Stimme.

»Komische Geschichte«, sagte Maya.

Annabell und Lara wurden euphorisch.

»Wir wollen auch so eine magische Hütte bauen, einfach so, nur um zu sehen, was passiert«, rief Annabell hellwach.

»Ja, im Humboldt-Hain!«, ergänzte Lara. Der Park bot sich für dieses Vorhaben tatsächlich bestens an. Sie kannten ihn seit vielen Jahren und wussten, dass sie dort alles finden würden, was sie für den Bau benötigten, eine große Wiese in einem Hain, viele Äste und sogar Magie.

8

VERGANGENHEIT

Alexander von Humboldt

Beim Verladen murmelten die Macos jetzt einen leisen, traurig klingenden Singsang vor sich hin. Nach den Instrumenten trugen sie die unzähligen Notizen, Landkarten, Skizzen und Artefakte auf die Piroge.

Das Wissen, das Humboldt und sein Freund Bonpland sammelten, war für die gesamte Welt von unschätzbarem Wert. Es sollte Revolutionen herbeiführen und politische Entscheidungen beeinflussen.

Selbst unser heutiges Bewusstsein von der Natur, in der alles zusammenhängt, als etwas Wertvolles und zugleich Gefährdetes, was es um jeden Preis zu schützen gilt, lässt sich auf Humboldts Neugierde, Abenteuerlust und erlittene Strapazen zurückführen.

Humboldt war gleichermaßen bei Königen, Präsidenten, Professoren, Studenten, aber auch bei einfachen Frauen und Männern des Volkes beliebt.

Alexander von Humboldt wollte, dass buchstäblich alle an seinen Erkenntnissen teilhaben konnten. Er hielt in Berlin Vorträge, zu denen jeder eingeladen war.

Es kamen Mitglieder der Königlichen Familie ebenso wie Studenten und Professoren, aber auch einfache Leute wie zum Beispiel Ladenmädchen und Fleischermeister.

Alexander von Humboldt galt gemeinsam mit Napoleon Bonaparte weltweit als die bekanntesten Persönlichkeiten ihrer Zeit.

Zu seinem einhundertsten Geburtstag am Dienstag, den 14. September 1869, gab es für ihn auf dem ganzen Globus ein riesengroßes Fest. In New York City, Chicago, Melbourne, Buenos Aires, Mexico City, Paris, London, Barcelona, Moskau, um nur einige zu nennen, kamen Hunderttausende, wenn nicht gar Millionen von Menschen zusammen, um Humboldt zu feiern.

Sein Porträt hing auf großen Plakaten an Häusern.

Musikkapellen spielten auf. Schiffe in den Häfen waren mit Girlanden geschmückt.

Es gab Straßenumzüge, elegante Dinnerpartys und Konzerte.

Auf Titelseiten von Zeitungen wurde sein Werk verehrt. Mancherorts wurden zu seinen Ehren Fackelumzüge veranstaltet und sogar Feuerwerke gezündet.

Parks wurden rund um die Erde nach ihm benannt und Statuen mit seinem Bildnis enthüllt. Und das alles geschah gleichzeitig an einem Tag für einen Mann.

In Berlin, Humboldts Geburts- und Heimatstadt, fand die größte deutsche Feier statt. Achtzigtausend Menschen versammelten sich hier und waren von sintflutartigem Regen und kaltem Wind nicht davon abzuhalten, den prominenten Rednern und Chorgesängen zu lauschen. Es war ein einmaliger Feiertag zu Humboldts Ehren, an dem alle Büros und Behörden geschlossen blieben.

Wo auch immer auf unserem Planeten, in jeder Festrede wurde etwas sehr Ähnliches hervorgehoben: Humboldt habe den »inneren Zusammenhang« zwischen den vielfältigen Formen der Natur erkannt.

Die große Tageszeitung *Daily News* in London ging sogar so weit zu schreiben, der Ruhm von Alexander von Humboldt sei »in gewisser Weise eng mit dem Universum selbst verbunden«.

Auch ein eigens für diesen wichtigen Anlass in Berlin neu geplanter Park bekam seinen Namen, in einer feierlichen Grundsteinlegung. Von nun an sollte dieses schön gestaltete Stückchen Erde, das nicht zu klein und grade groß genug war, »Humboldt-Hain« genannt werden.

Dieser Park wird in unserer Geschichte noch eine bedeutende Rolle spielen und auf den wahren Grund für seine Errichtung kommen wir später zurück.

9

GEGENWART

Annabell

»Bin schon da.« Unternehmungslustig betrat Annabell die Küche und setzte sich.

»Guten Morgen, mein Schatz. Gibt es heute etwas Besonderes?« fragte ihre Mutter.

»Ooooch, nichts weiter.«

»Du bist ja schon angezogen.«

»Na, du weißt doch, heute ist der Tag, an dem ich mit Maya und Lara im Park so eine magische Hütte bauen will. Das hatte ich dir doch schon vorige Woche erzählt.«

»Ach ja, stimmt. Tut mir leid, mein Schatz, das hatte ich ganz vergessen. Ich dachte, wo doch heute Montag und Feiertag ist, könnten wir etwas zusammen machen.«

»Typisch du, vergisst wieder alles«, kam es genervt von Annabell zurück. »Heute kann ich nicht, wir haben das schon so lange geplant und ich hatte es auch in unseren Kalender geschrieben.« Wie immer, wenn in Annabell ein mehr oder weniger großer Zorn aufstieg, kräuselte sich ihre Stirn.

»Guck, hier.« Annabell ging zum Kalender, der in der Küche an der Wand hing und in den Shirley, ihre Mutter und sie alle wichtigen Termine eintrugen, die sie alle drei betrafen.

»Da steht's. Immer das Gleiche, nie weißt du, was ich machen will, und dann kommt es zum Streit.«

Annabells Mutter versuchte sie zu beschwichtigen, ging zu ihr und wollte sie ganz doll drücken.

»Mein Schätzchen, ich weiß und es tut mir wirklich sehr leid. Alles wieder gut?«

»Ja«, druckste Annabell ausweichend.

10

VERGANGENHEIT

Alexander von Humboldt

Immer noch war es dunkel am Rio Orinoko.

Das Beladen der Piroge im Schein des Feuers war noch nicht vollends geschafft und beinahe hätten wir das Aufregendste verpasst.

Denn jetzt kamen die vielen bunten und eigenwilligen exotischen Tiere an die Reihe.

Bisher schliefen sie alle geschützt in ihren Käfigen. Nur die Nachtaffen, die, wie ihr Name schon verriet, nachtaktiv waren, beobachteten still, mit ihren großen Augen, wie sich das Nachtlager langsam auflöste.

Als der erste Käfig angehoben wurde, war es mit der Ruhe jedoch vorbei. Als Erstes wachten die sieben Papageien auf, mit ihrem morgendlichen lauten Geschrei und nachdenklichem Gekrächze. Das bewirkte wiederum, dass die beiden

Felsenhühner mit ihrem schier unerträglichen Schrillen und immer lauter werdenden Tschruih-Ruf begannen und so bald nicht damit aufhörten.

Panik breitete sich unter den Affen aus.

Die Crew versuchte die verängstigten Affen zu beruhigen. Vergebens.

Ihre schwarzen Kugelaugen waren furchterfüllt.

Mit ihren kleinen Händen klammerten sie sich verängstigt an die Stangen ihrer Käfige.

Sie wollten nur weg von diesem Lärmterror, den die Vögel veranstalteten. Schnell mussten nun alle Käfige auf dem Kanu verstaut werden.

Mit der anbrechenden Morgendämmerung beruhigten sich die Vögel langsam. Dieser neue Tag kam so schnell, wie der gestrige gegangen war.

Die Crew beeilten sich alle Käfige auf der breiten Bambus Konstruktion am hinteren Teil der Piroge zu befestigen.

Der junge Tukan hob seinen großen Schnabel, als sein Käfig auf dem Boot angebunden wurde, und krächzte lamentierend vor sich hin.

Aus dem Käfig daneben steckte der Pavas de Monte seinen Kopf an dem langen Hals heraus und pikste mit dem spitzen Schnabel still um sich. Mit feurig roten Augen starrte er bedrohlich vor sich hin.

Zwei Zibetkatzen fauchten kurz, als ihr Käfig auf der anderen Seite des Gestells angebunden wurde.

Es waren so viele verschiedenste Tiere. Die Männer mussten aufpassen, wo ihre Finger waren, um nicht von den aufgeregten Käfiginsassen gezwickt, gebissen oder gekratzt zu werden.

Als Letztes gingen Humboldt und Bonpland an Bord und nahmen ihr unbequemes Lager unter dem für das schmale Kanu zu groß wirkenden Palmendach ein.

Als das Boot endlich mit gleichmäßigen Ruderschlägen ablegte, glich es mit den rund zwanzig lärmenden Tieren, den vier einheimischen, fast nackten rudernden Männern und ihrem Steuermann sowie zwei jungen Abenteurern aus Europa eher einem bunten Zirkus als einer wissenschaftlichen Expedition.

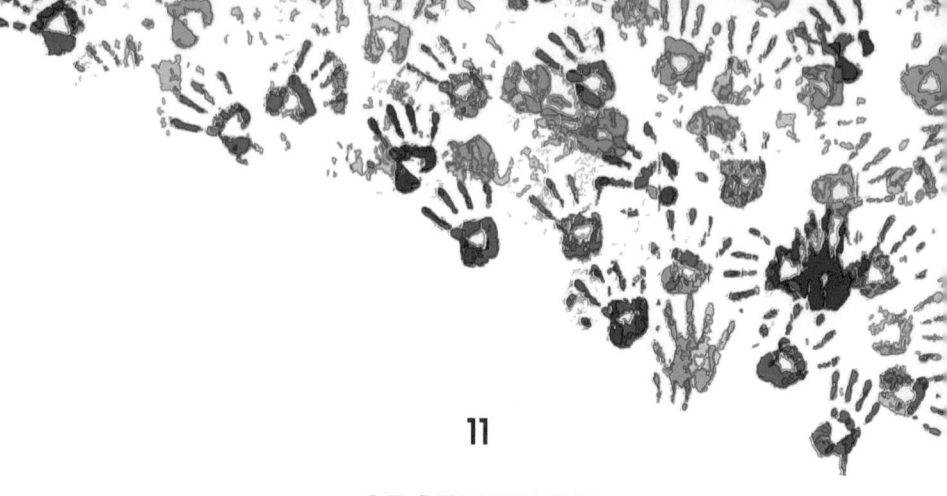

11

GEGENWART

Annabell

In solchen Momenten, wenn es Streit gab, sehnte sich Annabell heimlich nach ihrem Papa. Sie hatte ihn nie kennengelernt. Angeblich kannte ihn ihre Mutter auch nicht und wollte Annabell von Anfang an allein aufziehen.

Mit zur Familie gehörte stattdessen Shirley, Annabells bereits drittes Au-pair-Mädchen. Sie kam aus Australien, war super nett und auf ihre ganz spezielle Art sehr lustig.

Sie sprachen viel Englisch miteinander und Annabell genoss es ihrerseits, als Deutschlehrerin zu fungieren und zu kommentieren, was Shirley richtig und, mehr noch, was sie falsch sagte.

Annabells Mutter hieß Anna Maria Schönheim, war Professorin für Kulturgeschichte und Anthropologie an der Humboldt Universität, alleinerziehend und eine mondäne Frau, die jeden Tag den Mann ihres Lebens kennenlernen könnte, sich aber bewusst für ein unabhängiges Leben ohne Mann entschieden hatte.

Sie liebte ihre Freiheit genauso wie Annabell.

Zusammen mit Shirley waren sie ein gutes Team.

Tage wie heute häuften sich allerdings in der letzten Zeit. Annabell war zwar noch 12, wurde aber spürbar erwachsener und verfolgte mehr und mehr ihren eigenen Weg.

Ihre Mutter hingegen erinnerte sich immer öfter schweren Herzens an die Zeit zurück, als sie noch alles gemeinsam machten. Wehmut stieg dann jedes Mal in ihr auf. Ihre eigene Kindheit tauchte aus dem Dunkel der Erinnerungen auf. Manchmal, wenn sie allein war, kullerten ihr leise, kleine Tränen über die Wangen.

So oft hoffte sie am Abend darauf, ihr Papa würde, bevor sie zu Bett ging, nach Hause kommen. Doch er kam so gut wie nie. Denn aus dem Büro seines Night Clubs oder von Geschäftsessen kam er erst früh im Morgengrauen nach Hause und musste dann den Tag über schlafen.

Als Annabells Mutter 15 Jahre alt wurde, schwor sie sich, nie wieder von einem Mann so abhängig zu sein wie von ihrem Papa, um glücklich zu sein.

Annabell sollte dieses vergebliche sehnsüchtige Warten auf einen Papa oder auf irgendeinen Mann erspart bleiben.

Annabells Mama blieb ohne Mann, in einem gut organisierten Team.

Doch nun war die Stimmung erst einmal dahin, in ebendiesem eingespielten Team von drei Frauen aus drei Generationen.

Annabell wusste, sie würde eines Tages alles besser machen mit ihren Kindern.

Dieser Tag aber war noch jung und wollte erobert werden. Trübsal half da nichts und vergebliche Sehnsucht erst recht nicht.

12

VERGANGENHEIT

Alexander von Humboldt

Etwas für die Männer Unsichtbares war anders als sonst. Kaum merklich sank die Piroge nach dem Beladen etwas tiefer in das Wasser und es ließ sich auch ein wenig schwerer rudern als an den Tagen zuvor. Doch das fiel zu diesem Zeitpunkt niemandem auf.

In Humboldts und Bonplands Abenteuer ereignete sich ein weiteres Ereignis, was nun seinen Lauf nahm, ein unsichtbarer Aufbruch, der 210 Jahre später im Leben von drei Mädchen in Berlin noch Ungeahntes bewirken sollte.

13

GEGENWART

Maya

Maya hatte es nicht eilig. Sie öffnete genüsslich das Fenster ihres Zimmers. Gähnend und die Arme weit ausstreckend, ließ sie ihren Blick über die Straße schweifen. Dabei trug sie noch ihr orangefarbenes Nachthemd mit den kleinen Blüten.

Ein Auto fuhr los.

Bäume in der Straße blühten.

Es duftete schwer und süß. Maya konnte stundenlang an den Wochenenden auf der Fensterbank sitzen und die Seele baumeln lassen, den Wolken hinterhersehen und träumen. Die Sonne stand noch tief über dem Mauerpark und warf lange Schatten in die Lortzingstraße.

Maya gähnte erneut und entdeckte zwei Jungs, die schon früh am Morgen auf dem Gehweg gegenüber Fußball spielten. Ihr Ball fing Mayas Blick ein wie ein Schmetterlingsnetz, sprang im großen Bogen genau in seinen eigenen Schatten hinein und wieder heraus.

Mit seinem Platsch, Platsch, das sich sonor wiederholte, driftete sie tiefer und tiefer wie in Hypnose davon.

Der Ball war immer zur Stelle, wenn der Schatten genau unter ihn huschte, und platschte mit einem fetten Bauchklatscher auf ihn drauf.

Der Schatten seinerseits versuchte so schnell er nur konnte zu entfliehen, sobald der Ball ihn freigab.

Der Ball und der Schatten spielten für eine ganze Weile ihr Spiel miteinander. Und erst als einer der beiden Jungen den Ball in den Arm nahm und festhielt, ergriff der Schatten die Gelegenheit und wart augenblicklich verschwunden, entflohen in die Freiheit.

Dort machte er wohl, was Schatten immer so taten, wenn sie gerade nicht gebraucht wurden, bis sie urplötzlich wie aus dem Nichts wieder auftauchten.

Mit einem kleinen Ruck erwachte Maya aus ihrer Trance.

»Wie seltsam« murmelte sie.

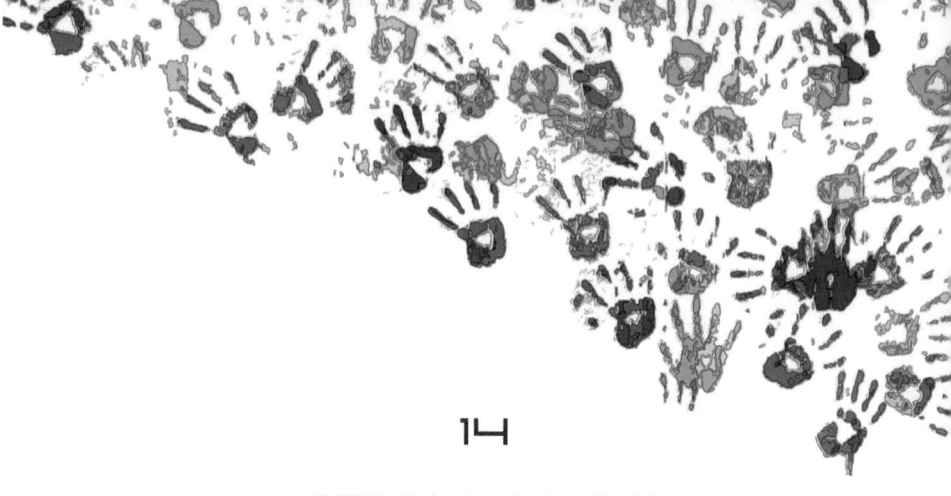

14

VERGANGENHEIT

Alexander von Humboldt

Seit einigen Tagen fuhren die Abenteurer auf dem Orinoko flussabwärts, was die Reise angenehmer und schneller machte. Humboldt verbrachte die Tage mit Messungen des Wassers und der Luft, deren Ergebnisse er akribisch in seinen Notizbüchern notierte.

Mittels der Sonne bei Tag und den Sternen bei Nacht nahm er Positions- und Höhenbestimmungen vor, die er in den Karten ergänzte.

Er schrieb in sein Tagebuch, nahm die verschiedensten Gerüche wahr, lauschte den Geräuschen des Waldes und sah, staunte und genoss diese einzigartige Welt mit allen Sinnen.

Besonders Bonpland, aber auch Humboldt zeichneten die an Bord frei herumlaufenden Tiere. Es war nicht einfach, sie zum Stillsitzen zu motivieren.

Der junge Tukan machte sich einen Spaß daraus, die Nacht-affen zu necken. Eigentlich wollten die kleinen Gesellen mit ihren riesigen Augen am Tage nur schlafen.

Während Humboldt versonnen in sein Tagebuch schrieb, ergriffen die Nachtaffen ihre Chance und entflohen in seine Hosenbeine, weil es dort dunkler war.

Es krabbelte ihm sehr, zumal ihre Krallen wie kleine Nadeln in seine Haut piksten.

Bald wurde es Humboldt zu bunt und er holte sie mühsam wieder heraus. Und es begann von vorn. Der Tukan wartete nur darauf, die Kleinen erneut zu zwicken und so weiter. Vergnügt krächzte er dann vor sich hin.

Viel einfallsreicher beim Zeitvertreib waren hingegen die Klammeraffen. Einer ließ sich mit Vorliebe kopfüber am Schwanz von dem kleinen Dach herunterhängen.

Von hier beobachtete er Humboldt beim Schreiben und wartete einen unaufmerksamen Moment ab, um seinen Schreibstift zu stibitzen. Geschickt ergriff er den Stift, als Humboldt nur einen Moment zu lange Details an der Blüten-rispe in seiner Hand studierte, die er gerade in sein Notizbuch zeichnete. Flink, seine Augen abschätzend auf Humboldt gerichtet, nahm er die Schreibfeder in den Mund und flüch-tete über das Dach in den hinteren Teil des Bootes.

Und schon interessierten sich hier andere Artgenossen für seine Beute.

Wie so oft begann ein für alle unterhaltsames Gerangel darum, wer den Stift halten und beknabbern durfte.

Gute Chancen, dem Klammeraffen den Stift abzujagen, hatten die Kapuzineräffchen. Mit ihrem grimmigen Blick und dem orangefarbenen Fell sahen sie sehr entschlossen aus.

Das kleine Gerangel endete jedoch meist friedlich, in einem blitzschnellen Handgemenge.

Sie schienen wohl zu ahnen, dass wenn einer von ihnen ins Wasser fallen sollte, mindestens ebenso schnell ein Krokodil, eine riesige Guacharaca-Schlange oder Hunderte von kleinen Caribitos zur Stelle sein würden, um die Gelegenheit für eine kleine Zwischenmahlzeit zu nutzen.

Nass werden wollten sie ohnehin nicht unbedingt.

Selten kam es daher zu ernsthaften Auseinandersetzungen oder zum Einsatz der Zähne.

Nach getanem Streit folgte für die Affen das ausführliche Studium der Schreibfeder, eine für sie sehr ernsthafte Angelegenheit. Sie wussten aber schon, dass die Feder nicht ungefährlich war und durchaus wehrhaft sein konnte.

Und so hielt der Kapuzineraffe die Schreibfeder behutsam in einer Hand und beschnupperte den hölzernen Griff sehr genau.

Es roch nach Tinte und Alexanders Hand.

Wie interessant.

Tief sog er den Duft durch die Nase ein und ließ seine Augen kreisen und die Brauen zucken.

Zwei, drei Bisse in den Griff sollten genügen, um den Geschmack zu testen.

Und dann war da noch die gefährliche Spitze.

Die schmeckte seltsam.

Die Zunge des Affen färbte sich blau und es pikste bedrohlich.

Damit war es getan. Die Schreibfeder war ausreichend erforscht und der Nächste kam an die Reihe. Das konnte durchaus Stunden so weitergehen, bis jeder der Affen mal an die Reihe kam und der Forschergeist im hinteren Teil der Piroge befriedigt war.

Der Forschungsgegenstand veränderte sich allerdings zwischen den scharfen Zähnen bis zur Unkenntlichkeit und das schlaue Totenkopfäffchen fand heraus, dass sich die gefährliche Metallfeder abziehen ließ.

Sie pikste ihn noch einmal heftig und schon war die Metallfeder mit einem hellen Schrei über Bord geworfen.

15

GEGENWART

Maya

Maya ließ den Tag etwas ruhiger beginnen als ihre Freundinnen. Zusammen mit Lara und Annabell wollte sie heute ihren Plan in die Tat umsetzen.

Eigentlich machte sie nur mit, um die beiden nicht zu enttäuschen, denn sie waren ihre besten Freundinnen. Im Nachthemd ging Maya in die Küche.

»Guten Morgen, Oma.«

»Guten Morgen, Liebes.«

Durch die weit geöffnete Doppeltür sah sie, dass ihre Mama und ihr Papa schon im Esszimmer am Frühstückstisch saßen. Schweigend war ihr Papa in eine Zeitung und ihre Mama in ein Manuskript vertieft.

»Ach, da bist du ja, Maya«, sagte ihr Papa mit einem kurzen Lächeln. »Guten Morgen, mein Schatz.«

Maya gab ihrer Mutter einen Gutenmorgenkuss.

Ihre Oma kam aus der Küche und brachte einen großen Teller mit köstlich duftendem Morassa polo.

Das war ein süß zubereiteter Safranreis mit Rosinen, Mandeln und Pistazien. Besonders am Morgen liebten Maya und alle in der Familie dieses Gericht. Es erinnerte sie an die alte Heimat im Iran.

»Setz dich, mein Liebes«, sagte ihre Oma. Sie war stets sehr elegant gekleidet und bewegte sich anmutig. Ihr feines Gesicht strahlte gutmütig Wärme aus. Maya liebte ihre Oma, denn sie hatte immer Zeit und wusste einfach alles.

Mayas Großeltern waren vor den aufkommenden Unruhen 1978 aus dem Iran geflohen. Damals waren sie ein noch sehr jung verheiratetes Paar und wollten das liberale und weltoffene Leben, das sie aus ihrer Jugend kannten und liebten, nicht gegen das traditionell religiös geprägte Leben eintauschen, was nun kommen sollte.

Der erste Sohn ihrer Großmutter, der Bruder von Mayas Papa, den sie zu dieser Zeit schon unter ihrem Herzen trug, sollte auf jeden Fall in einer freieren Welt aufwachsen.

Also flohen sie aus dem Iran in die Schweiz, wo ihr Großvater Medizin studierte und sich später als angesehener Neurochirurg in Berlin niederließ.

Mayas Großvater betrat das Esszimmer. »Guten Morgen, ihr Lieben.«

Ein kleiner gemischter Chor gab ein »Guten Morgen« zurück.

»Maya, wann wollten eigentlich deine Freundinnen kommen?«, fragte ihre Oma.

»O ja, du hast recht.« Mit einem Blick auf die Uhr rannte sie in ihr Zimmer und zog sich an. Denn in ein paar Minuten würde es an der Tür klingeln und Maya wollte heute nicht wie so oft die Letzte sein, die fertig war.

Mayas Mama bereitete sich auf ihre Sendung vor, die sie heute Abend moderieren wird und versank wieder in ihrem Manuskript. Mayas Papa war immer noch weit weg, in seinem Zeitungsartikel vertieft, sah jedoch plötzlich auf und sagte fast zu sich selbst:

»Hast du das gelesen?«

»Nein, was meinst du?« fragte ihr Großvater.

»In Baden-Württemberg wurde ein sensationelles keltisches Prunkgrab gefunden, mit unglaublich fein gearbeiteten Goldbeigaben.«

16

VERGANGENHEIT

Alexander von Humboldt

Lässig ließ Humboldt seine Beine über Bord hängen.

Sie schwebten dicht über dem Wasser.

Er saß quer im Kanu. Anders war ein bequemes Sitzen in der schmalen Piroge kaum möglich.

Für die Moskitos aber war es ein Fest, denn so blanke, unbehaarte Füße waren für die kleinen blutsaugenden Insekten einfach unwiderstehlich – Sie kamen, saugten sich den Bauch voll und schwirrten ab.

Ein Schlaraffenland.

Rote Schwärme von ihnen, die manchmal so dicht waren, dass sie die Sicht beeinträchtigten, hingen lauernd über dem Fluss.

Humboldt nahm die Quälgeister mit geübter Gelassenheit hin. Schmerzhaft hatte er lernen müssen, wie sinnlos

51

Gegenwehr oder gar Rachegelüste waren. Seicht schwang er seine Beine vor und zurück und verlor sich beim Schreiben in seinem Tagebuch: ... *Der Wald war undurchdringlich. Wir kamen sofort den Orinoco abwärts zuerst am Einfluss des Rio Cunucunumo, dann am Rio Guanami und Rio Puruname vorüber. Beide Ufer des Hauptstroms sind völlig unbewohnt; gegen Norden erheben sich hohe Gebirge, gegen Süden dehnt sich, soweit das Auge reicht, die Ebene bis über die Quellen des Rio Atacavi hinaus, der weiter unten Atabapo heißt.*

Der Anblick eines Flusses, auf dem man nicht einmal einem Fischerboot begegnet, hat etwas Trauriges, Niederschlagendes. Unabhängige Völkerschaften, die Abirianos und Maqiritares, leben hier im Gebirgsland, aber auf den Grasfluren zwischen Rio Cassiquiare, Rio Atabapo, Rio Orinoco und Rio Negro findet man gegenwärtig fast keine Spur einer menschlichen Wohnung.

Ich sage gegenwärtig; denn hier, wie anderswo in Guyana, findet man auf den härtesten Granitfelsen rohe Bilder eingegraben, welche Sonne, Mond und verschiedene Tiere vorstellen und darauf hinweisen, dass hier früher ein ganz anderes Volk lebte, als das wir an den Ufern des Orinoco kennen gelernt.

17

GEGENWART

Lara

»Imma! Imma!«, rief Lara, so laut sie konnte, zum anderen Ende der Wohnung.

»Ja?«, kam es deutlich vernehmbar zurück.

»Wann kommt Papa heute Abend nach Hause?«

»Wieso?«, rief ihre Mutter.

»Nur soho!«

»Erst spät!«

»Guuhuut!«

Insgeheim wusste Laras Mutter, dass ihre Tochter etwas plante, aber für den Moment beließ sie es dabei und fragte nicht weiter.

18

VERGANGENHEIT

Tamanaken

Die Völker vom Stamme der Tamanaken, die einst in diesem Land lebten, hatten eine alte mündlich überlieferte Mythologie.

In einer weit zurückliegenden Zeit gab es eine Überschwemmung, die so gewaltig war, dass das Wasser des Ozeans ihr weites Land überflutete, bis sich die mächtigen Wellen an den Bergen der Encaramada brachen.

Die Tamanaken nannten diese Zeit: *Die Wasserzeit.*
In den Fluten ertranken alle Menschen, mit Ausnahme eines Mannes und einer Frau.
Sie konnten sich auf den Berg Ararat am Fluss Asiveru retten. Als sich das Wasser beruhigt hatte, aber immer noch viel

höher stand als heute, kam Amalivaca in seiner Barke von jenseits *des großen Wassers* hierher, um das Land neu zu gestalten.

Nach der tamanakischen Kosmologie war Amalivaca ein weißer Mann, der bekleidet war, ganz so wie die Tamanaken sich selbst zu Beginn der Zeit sahen.

Amalivaca war für sie der Vater der Tamanaken, der Schöpfer des Menschengeschlechts, der in seiner Barke umherfuhr, um zu sehen, wie er das Chaos nach *der großen Flut* wieder ordnen konnte.

Er wohnte an einem Ort namens Maita unweit von Enkamarada. Dieser Fels ragte hoch wie eine Insel aus dem Wasser.

Die Tamanaken nannten diesen Ort »Haus des großen Stammvaters der Tamanaken«.

Zum Zeichen seiner Freude meißelte Amalivaca Bilder von der Sonne, dem Mond und den Sternen, aber auch von vielen Tieren wie Tigern, Krokodilen und Schlangen in den harten Granitfels.

Die Tamanaken nannten diesen Ort »Tempumereme« – der gemalte Fels.

Doch dabei beließ es Amalivaca nicht.

Er war nicht allein über *das große Wasser* gekommen, um die Welt hier neu zu ordnen. Gemeinsam mit seinem Bruder Vochi gab er der Erdoberfläche eine neue, die jetzige Gestalt.

Seine Töchter betraute er mit der Aufgabe, die Erde mit Tamanaken und anderen Menschen zu bevölkern.

Was sie natürlich taten und so lebten sie für lange Zeit mit den Tamanaken zusammen.

Nachdem in diesem Teil der Welt alles in Ordnung gebracht worden war, beschloss Amalivaca, wieder über *das große Wasser* auf die andere Seite von wo er kam zurück zu kehren.

Die Tamanaken glaubten, dass die Seelen der Toten ihrem Schöpfervater Amalivaca an das andere Ufer des Ozeans folgten.

19

GEGENWART

Lara

Die Wohnungstür fiel mit einem sanften Klicken ins Schloss. »Schatz, hast du Lara heute schon gesehen? Wir können frühstücken«, fragte ihr Papa, der mit frischen Brötchen und Croissants vom Bäcker zurückkam.

»Ja, sie kommt gleich«, erwiderte ihre Mama, die bereits am gedeckten Tisch saß und Zeitung las.

»Guten Mooorgen!«, verkündete Lara fröhlich, als sie in die große Küche lief. Zuerst gab sie ihrem Papa und dann ihrer Imma einen lauten Kuss. Ihr Papa legte die Frühstücksbrötchen und die duftenden Croissants in ein Körbchen, stellte es auf den Tisch und setzte sich zu ihnen.

Von den geöffneten Türen zur Dachterrasse drang frische, klare Morgenluft und Vogelgezwitscher herein. Auch hier war der schwere Duft der blühenden Bäume allgegenwärtig.

Das Licht schien bis in die offene Küche hinein und machte alles noch ein wenig größer, als es ohnehin schon war. Lara und ihre Eltern wohnten in einer riesigen Dachgeschosswohnung.

Ihr Papa hatte sein Büro in der Wohnung, es gab das Wohnzimmer mit Terrasse und die offene, geräumige Küche, das Schlafzimmer ihrer Eltern, ein großes Bad mit Fenster, ein Gästezimmer mit kleinem Bad, eine Gästetoilette und das Wichtigste war ihr wunderbares großes Zimmer mit Morgensonne und weitem Blick über die Stadt.

Laras Mama las weiter Zeitung, dippte ganz nebenbei ihr Croissant in den Kaffee und biss genüsslich hinein.

Ihr Papa ging währenddessen in die Küche, um Laras Müsli zu holen.

»Magst du Bananen oder lieber Ananas?«

»Ananas«, rief Lara. Kurz darauf kam ihr Papa zurück und stellte das Müsli mit einem Lächeln vor ihr auf den Tisch.

»Danke, Papa.« Lara goss Orangensaft hinein, so viel sie gerade mochte. Sie liebte ihr Müsli mit frischen Erdbeeren, Melone oder wie heute mit Ananas.

Ihre Eltern kauften fast alles nur im Bioladen. Gesunde Ernährung war ihnen wichtig.

Vor 15 Jahren waren sie aus Tel Aviv nach Berlin gekommen. Die Stadt bot große Möglichkeiten für das junge Paar mit besten Hochschulabschlüssen.

Deutsch sprachen sie bereits schon sehr gut, denn Laras Urgroßeltern kamen aus Deutschland. Sie mussten damals aus Berlin vor den Nazis fliehen. Die meisten Deutschen verloren zu der Zeit jede Form von Mitgefühl gegenüber jenen, von denen sie glaubten, dass sie exotisch, orientalisch oder einfach nur anders waren.

Laras Urgroßeltern verloren, weil sie fliehen mussten, ihr vierstöckiges Mietshaus mit Seitenflügel und Gartenhaus, den Grund, auf dem es stand, Möbel, Anzüge, die wunderbaren Abendkleider voller Erinnerungen an Opern- und Konzertbesuche, das Brautkleid ihrer Urgroßmutter, die Nerz-, Leoparden- und Hermelinpelze, die Bibliothek mit dem großen Globus und dem rauchigen Zigarrenduft, das Hochzeitsporzellanservice von der Königlichen Porzellan-Manufaktur mit den blauen Elefanten, Gemälde, persische Teppiche, Skulpturen, das gesamte Geld auf der Bank in Berlin, den größten Teil des Familienschmucks und das Spielzeug.

All das mussten sie zurücklassen, um ihr Leben zu retten. Mit dem Zug fuhren sie nach Genua in Italien und nahmen die Schiffspassage über das Mittelmeer nach Israel.

Lediglich kleinere, unauffällige Taschen mit einem kleinen Fotoalbum der Familie und ein wenig Geld, Schmuck, Dokumenten und einigen Kleidern zum Anziehen konnten sie mitnehmen.

Zum Bahnhof fuhren sie durch Alleen, die mit Hunderten hoch aufragender roter, langer Fahnen versehen waren, in deren Mitte der bedrohlich weiße Kreis mit dem Hakenkreuz prangte.

Damals wussten sie, es war höchste Zeit zu gehen.

Juden nennen diese Zeit, in der ihre Großeltern und Urgroßeltern millionenfach verfolgt und getötet wurden, Shoa.

Deutsche nennen diese Zeit Holocaust.

Das war vor etwa 70-80 Jahren.

20

VERGANGENHEIT

Tamanaken

Als Amalivaca bereit war aufzubrechen, bereits in seiner Barke, sagte er zu den Tamanaken mit einer anderen Stimme als sonst: »UOPICACHETPE MAPICATECHÍ«, was so viel bedeutet wie »Ihr werdet eure Haut abstreifen«.

Die Tamanaken deuteten seine Worte so, dass sie sich ständig verjüngen würden, wie es die Schlangen tun, wenn sie ihre Haut wechseln.

Die Tamanaken wollten aus dem Gesagten hören, dass sie von nun an so unsterblich sein würden wie ihr Urvater.

Eine alte Frau aber, die Amalivaca hörte, zweifelte an dem, was die Tamanaken sich untereinander erzählten, und sprach ein »Oh« aus. – Das, was Amalivaca verkündete, sei falsch verstanden. Sie wurde wütend und sagte ihnen sofort, dass sie alle ein endliches Leben haben würden.

Mit großer Kraft sprach sie das Wort »MATTAGEPTCHÍ«, was so viel bedeutet wie »Sie werden sterblich sein«.

Voller Enttäuschung führten die Tamanaken seither die verderbliche Existenz der Menschen auf diese Episode zurück.

Amalicvaca, die Tochter des großen Amalivaca, musste auf Geheiß ihres Vaters als Einzige ihrer Familie diesen Teil der Welt weiter in seiner Entwicklung beaufsichtigen.

Ihre Aufgabe war es, Gerechtigkeit zwischen den Menschen zu bewahren und sie in ihrer Entwicklung sanft zum Besseren zu bekehren. Sie sollte Kriege verhindern und stattdessen die Idee der Diplomatie lehren.

Mit der Tafel der Geschicke lehrte sie die Menschen, die Sterne zu sehen und Sonnen- und Mondfinsternisse vorauszusagen, die Jahreszeiten zu erkennen und das Wetter vorherzusagen.

Sie lehrte sie auch die Landwirtschaft und andere Techniken, die zum Entwickeln einer Kultur wichtig waren, wie medizinisches Wissen und welche Nahrung die gesündeste für Menschen ist.

Das war erfolgreich und weil es so wunderbar zwischen den Menschen lief und sie ihre Familie so sehr vermisste, kehrte sie zu ihnen auf *die andere Seite des großen Wassers* zurück.

Damit Gerechtigkeit und Diplomatie zwischen den Menschen auch in der Abwesenheit Amalicvacas weiter fortbestand, rief sie eine Institution ins Leben, die von nun an Gerechtigkeit in ihrem Namen ausüben sollte. Sie sollte sich »König« nennen. In ihrem Namen durfte er sich vom Volk wählen lassen und von Hohenpriestern weihen lassen.

Leider ist das nicht lange gut gegangen und die Menschen waren wieder im Streit, Kriege brachen aus, manche Völker begannen sogar, Menschen von anderen Völkern zu essen.

Sie vergaßen langsam das Wissen, das ihnen Amalicvaca brachte. Da wundert es nicht mehr, dass die Tamanaken jener Zeit die Existenz der Menschen als so verderblich ansahen.

21

GEGENWART

Lara

Für Lara war heute alles so, wie es für sie schon immer war.

Sie kam in Berlin zu Welt, war in dieser Wohnung aufgewachsen und hatte hier ihre beiden besten Freundinnen kennengelernt.

Lediglich die eingerahmten Fotografien auf dem Sekretär im Wohnzimmer erinnerten sie an die Zeit in Israel und Tel Aviv.

Ein Bild zeigte die Großeltern, als sie noch Kinder waren, ein anderes die Urgroßeltern im Kibbuz in der Wüste und hier auf dem Bild waren sie am Meer.

Ein weiteres Bild zeigte Mama und Papa in Uniform, wie sie sich umarmten und küssten. Große Maschinengewehre hingen über ihre Schultern und sie standen vor einem Militärfahrzeug mit riesigen Rädern.

Laras Eltern hatten sich bei ihrem Militärdienst in Hebron kennengelernt. Hebron, erzählten sie einmal, war eine heilige Stadt im Westjordanland in Palästina.

In der heiligen Höhle Machpela in Hebron, befindet sich das Grab Abrahams und seiner Familie. Abraham, sagten sie, ist der Erzvater, der Religionsstifter für Juden, Christen und Moslems gleichermaßen.

Über der Höhle wurde ein Tempel errichtet. Der seit dem ersten Jahrhundert vor Christus bis vor etwa 900 Jahren abwechselnd von Juden, Christen und Moslems erbaut, ergänzt und vollendet wurde. Das machte Hebron auch zu einer Stadt mit vielen Konflikten zwischen seinen Bewohnern.

Über ihre Militärzeit in Hebron berichteten Laras Eltern nicht viel. Zwei Jahre nach ihrem Dienst bei der israelischen Armee gingen sie nach Berlin.

Laras Eltern genossen den Frieden in Berlin und gleichzeitig vermissten sie das Meer in Tel Aviv, mit dem feinsten aller Sandstränden, die intensive Sonne und auch die Wüste, Jerusalem und die warmen Winter.

Das vertraute hohle Klick, Klack , Klick, Klack des Matkot, was sie immer am Strand spielten, hallte noch für Jahre in ihren Ohren nach.

Doch heute waren sie glücklicher, als sie es je zuvor waren, glaubte Lara zu wissen.

Sie nannte ihre Mama Imma, so wie ihre Mama auch ihre Mama nannte. Das ist Hebräisch, die Sprache, die in Israel gesprochen wird.

Manchmal sprachen sie zu Hause hebräisch, damit Lara es lernte. Doch Lara war nicht sonderlich motiviert, denn außer mit ihren Eltern konnte sie mit niemandem sonst hebräisch sprechen.

Die Familie ging nicht in die Synagoge. Sie feierten am Freitagabend keinen Schabbat. Außer Chanukka, das Lichterfest, feierten sie fast keine jüdischen Feste, ganz so, wie es auch sehr viele Juden in Tel Aviv machten, sagten Laras Eltern.

Religion ist ihnen nicht wichtig. Sie sagen, das würde die Menschen nur aggressiv machen.

In einem waren sie allerdings konsequent. Sie aßen niemals Schweinefleisch, so wie es Juden nach der koscheren Lebensweise und ebenso Moslems nach dem Koran tun. Sie sagten, Schweinefleisch sei unrein und ungesund.

Lara verstand nicht so genau, was sie damit meinten, aber auch Maya aß kein Schweinefleisch. Ihre Eltern sagten dasselbe wie Mayas Eltern, nur dass sie sich dabei auf die Lebensregel nach dem Koran beriefen. Annabell aß auch kein Schweinefleisch mehr, weil sie drei beste Freundinnen waren.

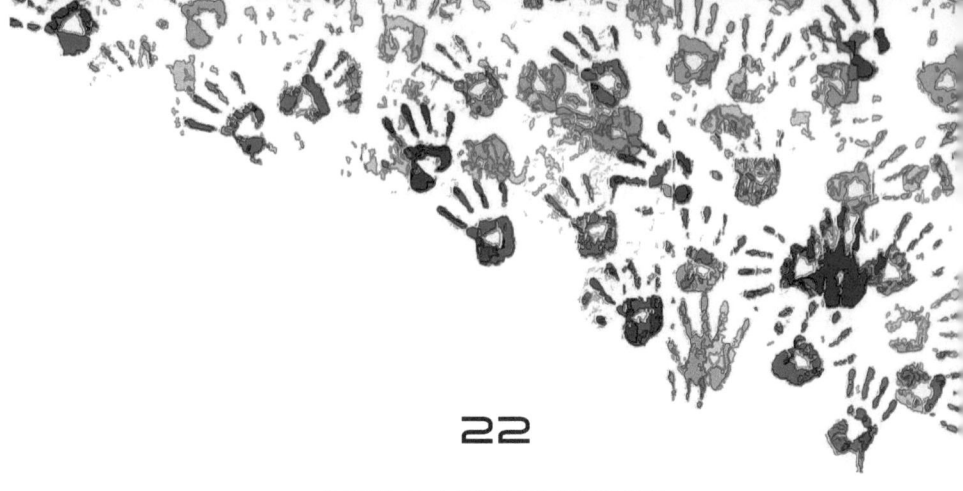

22

VERGANGENHEIT

Alexander von Humboldt

Über die Tamanaken, ihren Schöpfungsvater und ihren Mythos nachsinnend, versank Humboldt tief in Gedanken.

Was war geschehen?

Wo waren die Tamanaken geblieben, die früher dieses Land besiedelten?

Weshalb siedelten keine anderen Völker auf den wundervollen fruchtbaren, leeren Landflächen zwischen den großen Flüssen und den Bergen?

Was Humboldt zu dem Zeitpunkt noch nicht ahnen konnte, war, wie nahe – ja, sogar zum Greifen nahe – ihm einige der Tamanaken in diesem Augenblick waren.

Denn sie waren unsichtbar für alle Menschen.

Fünf Tamanaken stiegen unbemerkt an Bord der Piroge. Das geschah am heutigen Morgen in einer Felsenbucht, dort wo die Durimundi gehaust hatten und der schwere Duft von unbekannten Pflanzen so unerklärlich intensiv war.

Unzählige Generationen von Tamanaken lebten seit dem in tiefer Ehrfurcht auf der Piroge.

Der Unsichtbarkeitszauber, den ihre Schutzgöttin vor langer Zeit aussprach, war immer noch wirksam.

Unsichtbar wurden die Tamanaken, weil sie sich von dem Moment an, als der Zauber ausgesprochen war, unvorstellbar schnell bewegten, schneller als die schnellsten Insekten und schneller als ein Propeller, sodass sie vom menschlichen Auge nicht mehr wahrgenommen werden konnten.

Das schützte sie zwar vor den Kannibalen und Sklavenhändlern. Der Zauber veränderte aber auch ihr ganzes Leben. So wie sie die Welt wahrnahmen, bewegte sich um sie herum nichts.

Der Fluss, das Kanu, die Wolken und der Regen, ebenso die Menschen, ja, sogar die lästigen Moskitos waren still und unbeweglich wie eine Landschaft, wie Felsen und Bäume.

Humboldt jedoch verehrten die Tamanaken wie eine Naturgewalt, ja, wie einen heiligen Berg. Denn sie glaubten, er wäre ein Gefährte ihres Schöpfungsvaters Amalivacia, vom *anderen Ufer des großen Wassers*.

23

GEGENWART

Maya

Maya saß wieder am Fenster in ihrem Zimmer.

Es lag genau an der Spitze des Hauses und hatte sogar einen Balkon und weiten Blick über die Stadt.

Von der Straßenkreuzung der Lortzingstraße und der Grauerstraße konnte sie auf der einen Seite bis zu den riesigen Satellitenantennen sehen, die auf dem Dach des TV-Senders »Deutsche Welle« ganz am Ende der Straße erhaben in den Himmel ragten.

Dort arbeitete ihre Mutter als bekannte Nachrichtensprecherin.

Auf der anderen Seite breitete sich das wilde, noch junge Grün des Mauerparks aus, bis hin zu dem Fußballstadion mit seinen Flutlichttürmen, die nachts wie ein gelandetes Raumschiff erwartungsvoll vor sich hin leuchteten.

Von ihrem Balkon aus sah Maya aber besonders gern in die Wolken, die am Abend rot und manchmal auch violett in Flammen zu stehen schienen.

Sie sah schon so manchen großen Regenbogen vor unheimlich düster-dunkelgrauer Gewitterkulisse, der wie eine schillernde Brücke in den Himmel reichte.

Aber auch den Regen spürte sie, sah das Grau im November, das Blau im Juni, die weißen Schmusewölkchen, die untergehende Sonne und die tiefe Nacht mit dem Mond und den Sternen.

Manchmal fühlte sie sich auf ihrem Balkon, an der Spitze ihres Hauses, wie Rose und Jack auf der Bugspitze der Titanic.

Dann stellte sie sich an die Reling des Balkons, breitete die Arme weit über die Straße aus. In ihrer Fantasie hörte sie das Rauschen der Gischt und spürte den Wind, der mit ihren Haaren spielte.

Der Balkon mit seiner orangeroten, rustikalen Balustrade aus geschmiedeten und geschweißten Metallblechen fühlte sich dann an wie ein Schiffsrumpf, der dem Ozean trotzte. Nur das Meer fehlte.

Der Himmel aber spannte sich in ganzer Größe vor ihr auf, bis zum Horizont.

24

VERGANGENHEIT

Alexander von Humboldt

Leider war das Blätterdach auf ihrer neuen Piroge so niedrig, dass Humboldt und Bonpland gebückt sitzen oder ausgestreckt liegen mussten, wobei sie dann nichts sehen konnten. Eigentlich war das Dach für vier Personen gedacht, die auf dem Verdeck oder dem Gitter aus Baumzweigen lagen.

Notgedrungen reichten die Beine in dieser Position weit über das Gitter hinaus.

Wenn es aber regnete, wurden ihre Beine völlig durchnässt.

Ihr Lager war auf Ochsenhäuten oder Tigerfellen gebettet. Allerdings drückten sich die darunterliegenden Baumzweige nach kurzer Zeit schmerzhaft durch die dünnen Tierfelle.

Den vorderen Teil ihrer Piroge nahmen die Ruderer ein. Wie immer waren sie fast nackt, aber mit ihren mystischen Tätowierungen auf den glänzenden Körpern, den roten Bemalungen, den seltsamen kurzen, schwarzen Haaren und den kleinen Lendenschurzen wirkten sie dennoch nicht entblößt. Vielmehr sahen sie sogar reich dekoriert aus.

Sie ruderten paarweise rechts und links, in zwei Reihen hintereinander.

Ihr eintöniger und trübsinnig klingender Singsang synchronisierte den Takt ihres Ruderschlags, den sie merkwürdig genau einhielten.

Kaum hörbar ließen sie die Ruderblätter in das Wasser eintauchen. Ein leichter Zug war zu spüren – die Ruder aus dem Wasser ziehen, mit den Armen das Ruder nach vorn führen. Von den Ruderblättern plätscherte das abtropfende Wasser, bis sie wieder lautlos eintauchten.

In der seltsamen Position, die Humboldt und Bonpland einnehmen mussten, konnten sie nicht viel machen.

Es war wie ein Gefängnis im Paradies, bewacht von Krokodilen, Riesenschlangen und gefräßigen kleinen Fischen.

Bonpland zeichnete seit einigen Stunden eine Zibetkatze.

Humboldt war in seine Aufzeichnungen vertieft.

Fast nichts konnte ihn dabei unterbrechen, es sei denn, die höhere Gewalt der gefürchteten Raudales oder Katarakte zwangen ihn dazu.

Der Strom teilte sich an vielen Stellen in ein kilometerbreites Labyrinth aus kleinen Kanälen und Wasserfällen.

Ohne einen indigenen Führer, der das Wasser lesen konnte, wäre die Expedition für Humboldt und Bonpland schnell zu Ende gewesen.

Wir wollen uns das nicht vorstellen, aber ein falscher Weg durch die Katarakte, ein Wasserfall, der das schmale Kanu umwarf und die beiden jungen Europäer würden vielleicht ertrinken, in einem Krokodilsbauch oder gar in einem einheimischen Kochtopf landen.

Von einem Missionar erfuhr Humboldt, dass die Hälfte der Völker im Regenwald um den Rio Orinoko, Rio Meta, Rio Negro und Rio Atabapo Kannibalen waren.

Angeblich sollten sie ihre besiegten Feinde nach dem erfolgreichen Kampf essen.

Einige Stämme jagten bevorzugt auch Frauen und Kinder von anderen Stämmen – Frauen und Kinder, weil sie leichter zu fangen waren.

Die Hälfte der Völker hingegen verabscheute diese Lebensweise und käme niemals auf die Idee, Menschen zu essen.

Für die andere Hälfte war es ebenso wie für Jaguare, Caribitos oder Krokodile eine ganz und gar natürliche Abwechslung auf dem Speiseplan.

Damals lebten im Regenwald nicht nur die Tiere ihrer eigenen Art entsprechend im Kreislauf der Natur, sondern auch die Ureinwohner der vielen Nationen.

Entsetzt waren Humboldt und Bonpland, als sie zufällig mit einem angeheuerten junge Mann, der vom Bio Guaisia entlaufen war, ins Gespräch kamen.

Er war sehr geschickt und half beim Aufstellen der Instrumente für nächtliche Beobachtungen.

Er schien so gutmütig wie gescheit und sie waren froh, ihn mit an Bord zu haben.

Wie groß war jedoch ihr Verdruss über das, was sie erfuhren als sie nach Wochen gemeinsamen Reisens und Arbeitens, mittels eines Dolmetschers mit ihm ins Gespräch über Speisen und Gebräuche kamen.

Er erzählte ihnen frei heraus etwas sehr Irritierendes:

» ... das Fleisch der Manimodasaffen sei allerdings schwärzer, er meine aber doch, es schmecke wie Menschenfleisch.

Er versicherte, »seine Verwandten (das heißt, seine Stammverwandten) essen vom Menschen wie vom Bären die Handflächen am liebsten.« Und bei diesem Ausspruch äußerte er durch Gebärden seine rohe Lust.

Wir ließen den sonst sehr ruhigen und bei den kleinen Diensten, die er uns leistete, sehr gefälligen jungen Mann fragen, ob er hie und da noch Lust verspüre, »Cheruvichahenafleisch« – Menschenfleisch zu essen; er erwiderte ganz unbefangen, in der Mission werde er nur essen, was er los Padres essen sehe.

Den Eingeborenen wegen des abscheulichen Brauchs, von dem hier die Rede ist, Vorwürfe zu machen, hilft rein zu nichts: es ist gerade, als ob ein Brahmane vom Ganges, der in Europa reise, uns darüber anließe, dass wir das Fleisch der Tiere essen.

25

GEGENWART

Annabell

Nun saßen alle am Tisch. Annabell kaute auf ihrem Schoko-müsli herum. Ihre Mutter hielt in der einen Hand die Zeitung und in der anderen eine große Tasse Milchkaffee.

Shirley schmierte etwas zu sorgfältig das »Vegemite« auf ihr Toast, was ihr ihre Eltern aus Australien schickten.

Sie ließ sich viel Zeit dabei. Wahrscheinlich hatte sie leichtes Heimweh.

Im Hintergrund lief das Inforadio mit dem Wetterbericht:

»Es wird wolkenlos sonnig warm bei 22 °C und Berlin ist schon auf den Beinen ...«, sagte die Ansagerin mit frischer, für die Stimmung in der Küche zu heiterer Stimme.

Dann kam die Zeitansage: »... es ist 09 Uhr und 45 Minuten. Inforadio.«

Noch bevor der Trailer zu Ende war, sprang Annabell auf, ließ das Müsli stehen, wie es war, rannte zur Wohnungstür und rief: »Tschüss, bis später!«

»Nimm dein Handy mit!«, rief Annabells Mutter ihr hinterher.

»Ja!« Rums, die Tür fiel deutlich vernehmbar ins Schloss. Ein unbestimmtes Schweigen blieb in der Küche zurück.

26

VERGANGENHEIT

Alexander von Humboldt

Ein sieben bis acht Meter langes Krokodil schwamm dicht an der Piroge vorbei zur Sonnenseite des Flusses. Die war sehr beliebt am Morgen und viele große hungrige Artgenossen sonnten sich bereits dort.

Es war Vormittag geworden und die Hitze und die Feuchtigkeit förderten eine gewisse Trägheit, die die Gefahren kleiner erscheinen ließ.

Vom nahen Ufer des Regenwaldes schallten die Rufe der Vögel herüber. Affenschreie mischten sich rhythmisch darunter, während Bonpland einen Ukari zeichnete, den Affen, der auf der Piroge frei herumlaufen durfte.

Jetzt saß das Tier dicht neben Bonpland auf einem leeren Käfig. Sein tiefschwarzes Gesicht und die traurigen Augen

76

ließen ihn melancholisch erscheinen. Mit seinem kurzen Schwanz war er dennoch lustig anzusehen.

Der Ukari drehte sich immer wieder zu seinen Artgenossen im Wald um.

Er lauschte neugierig ihren Gesängen.

Einige Brüllaffen ließen plötzlich ihre kehligen Drohlaute durch den Wald über den breiten Strom schallen.

Es musste ein Raubtier auf der Pirsch sein.

Bonpland schien das nicht zu kümmern, er war ganz und gar in seine Zeichnung vertieft.

Die Striche auf Papier gaben ihm Hoffnung und Selbstsicherheit. Gleich neben ihm saß Humboldt und schaute ihm eine Weile über die Schulter.

Sie sprachen nicht.

Humboldt streichelte Bonpland zärtlich am Hals.

Dann zeigte er aufgeregt in den Fluss.

»Da. Sieh, die Guacharaca, eine sehr große.«

»O ja, mindestens fünf Meter. Da, noch eine.«

Humboldt sah der Riesenschlange im Wasser nach und dachte an ein frisches, reinigendes und abkühlendes Bad.

Leider konnte er hier nicht schwimmen, er sehnte sich seit Langem nach einem Bad.

Aber da waren die großen und kleinen Tiere, die eben gern auch Menschen fraßen und beinahe jedes Badevergnügen im Rio Orinoco unmöglich machten.

27

VERGANGENHEIT

Tamanaken

Die kleine Tamanakenfamilie an Bord der Expedition fühlte sich sehr wohl, so nahe bei ihrem heiligen Fels – Alexander von Humboldt. Sie waren dicht bei ihm, liebten ihn wie ihre heiligen Bäume, von denen die Ahnen in Erinnerungsbildern berichteten.

Die Tamanaken brauchten fast nichts zum Leben. Ihre Haut, ihr gesamter Körper speicherte die Energie der Sonne direkt in jeder einzelnen Zelle und wandelte sie ohne Verlust in reine Energie um. Ihre Körper waren nackt, fast gänzlich transparent. Sie brauchten keine Kleidung, denn durch ihre schnellen Bewegungen drohte jeder Gegenstand an ihnen in der Luftreibung Feuer zu fangen. Das machte ihr Leben in mancherlei Hinsicht kompliziert, aber bei den meisten Dingen sehr viel leichter.

28

GEGENWART

Die Drei

Auch bei Lara rumste die Wohnungstür, wenngleich etwas sanfter als bei Annabell. Die Drei wollten sich bei Maya treffen, um von hier aus gemeinsam loszuziehen. Annabell rannte die Treppen ungestüm, wie sie war, hinab, sprang zwei Stufen bis zum Absatz und raste um die Ecke wie ein Wirbelwind.

Sie war voller Ungeduld. Unten lief sie durch den kleinen Eingangsbereich des Hauses, wo die Briefkästen hingen, und sah auf der Straße Lara vorbeigehen.

»Laaaaaraaaa!« Sie rief so laut sie konnte und befreite damit die Spannung des morgendlichen Streites aus ihrem Herzen.

Lara blieb stehen und kam auf den Hauseingang zu. Annabell stieß die Tür auf, sprang die nächsten Treppenstufen herunter, an dem leeren Blumenkasten vorbei, auf Lara zu. Beide hopsten und umarmten sich, küssten sich sogar dreimal, wie sie es bei den Großen gesehen hatten.

»Bist du schon gespannt, was passiert, wenn wir die magische Hütte gebaut haben?«, fragte Lara.

»Und ob, du auch?«

»Total und wie.«

»Hoffentlich kommt nicht so ein blöder Planet und rammt die Erde.«

Sie gingen in die Richtung von Mayas Haus.

»Sieh mal, da oben.« Lara zeigte auf ein Fenster im Haus Nr. 22 in der zweiten Etage. Beide kicherten. Dort stand das Modell eines Raumschiffs auf dem Fensterbrett, aufgespießt wie ein Schmetterling im Naturkundemuseum.

»Jungs scheinen das mit dem Aufspießen cool zu finden«, sagte Annabell.

»Ja, echt krass, was die so machen«, gab Lara zweideutig zurück. Beide konnten nicht an sich halten und prusteten laut los.

»Komm, wir nehmen das Ding mit und wenn der Planet kommt, zaubern wir uns klein und fliegen in dem Raumschiff davon.«

»Ja, wir fliegen wie Dylan Hunt und seine Crew in der Andromeda durch die Galaxie.«

»Du wieder mit deinem ›Captain Dylan Hunt, Retter des Imperiums‹ oder wovon auch immer.«

»Der ist total süß und gewinnt immer ...«, schnurrte Annabell, »... und der ist ein echt cooler Typ«, ergänzte sie noch etwas verliebt, die Augen verdrehend. Lara lachte und kehrte dann zu ihrem eigentlichen Thema zurück.

»Ach, ich denke, es wird nichts passieren, wenn wir in der magischen Hütte sitzen«, sagte sie, auch wenn die beiden jetzt schon mehr als genug Spaß hatten. So ein Plan beflügelte die Fantasie. Sie lachten und rannten die letzten Meter zu Mayas Haus, klingelten.

»Ja, bitte?«, schnarrte es aus dem Lautsprecher.

»Wir sind's.« Summen.

»Vierter Stock«, seufzte Lara

»Warum müssen wir eigentlich alle immer so weit oben wohnen?«

»Na, weil wir die Prinzessinnen siiiiiinnnnd«, trällerte Annabell.

Und tatsächlich wohnten alle drei in der obersten Etage ihres Hauses. Sie fühlten sich dem Himmel näher als der Erde.

Nur noch zwei Etagen, geschafft, oben. Auf dem Treppenabsatz gab es nur eine Klingel mit dem Namen Astarabadis. Lara drückte den Klingelknopf. Nur einmal surrte es. Fußstapfen. Mayas Großvater öffnete.

»Guten Morgen, Maryam wartet schon auf euch. Kommt herein.«

Bei der Familie Astarabadis verlief so ein morgendlicher Feiertag weitaus geruhsamer, als es Lara und Annabell von ihren Familien kannten. Mayas Großmutter und ihr Großvater, ihre Mama und ihr Papa sowie Mayas Bruder und Maya selbst saßen noch am reich gedeckten Frühstückstisch.

Mayas Oma kam in dem Moment aus der Küche und brachte ein großes Tablett mit Obstsalat herein. Da waren Melonen, Erdbeeren, Kiwis, Orangen und auf dem Tisch Walnüsse, Honig, Minzblätter, Sahne und verschiedene Marmeladen und Honig. Alles duftete so köstlich. Eigentlich waren

Lara und Annabell nicht hungrig, ließen sich aber doch zu ein paar Stücken Melone und einigen Erdbeeren überreden.

Das Esszimmer war groß, die Flügeltüren zum modernen Wohnzimmer weit geöffnet. Zwei lange, niedrige Sofas waren rechts und links um einen ebenso niedrigen großen Tisch angeordnet.

Es ließ sich hier bequem und lange essen und plaudern. Mayas Papa und ihr Großvater saßen sich gegenüber und waren in eine lebhafte Debatte über die Ausgrabung des keltischen Prunkgrabes in Baden-Württemberg vertieft.

Ihre Mutter und die Oma hingegen saßen nebeneinander auf der Seite von Mayas Papa und planten den heutigen Tag. Sie wussten, Maya und ihre Freundinnen würden heute ihren eigenen Plan verfolgen und fragten noch nach einigen Details. Besonders wollten sie wissen, ob Maya schon vor dem Abendessen um 18:00 Uhr wieder zurück sein würde und ob noch andere Kinder mitmachten.

Die Antwort beruhigte sie.

Maya, ihr Bruder und jetzt die beiden Freundinnen saßen auf der Seite neben dem Opa. Alle konnten sich gut sehen.

Mayas Mutter brachte überraschend ein Gesprächsthema auf, in das nun auch Annabell und Lara involviert wurden. Es ging darum, dass das Diesterweg-Gymnasium, das die drei Mädchen besuchten, möglicherweise bald geschlossen werden würde.

In der letzten Elternversammlung hatte der Lehrer die Eltern auf diese Möglichkeit vorbereitet. Denn Untersuchungen ergaben, dass die Schule mit Asbest belastet war.

Möglicherweise würde das Gymnasium saniert oder ganz geschlossen werden.

Die drei Mädchen konnten nicht glauben, was sie da hörten, dass ihre Schule, so kurz nachdem sie dort eingeschult wurden, ganz geschlossen werden sollte.

Die Drei standen lamentierend auf und gingen in Mayas Zimmer.

»Die sind echt bescheuert. Jetzt, wo wir uns zurechtfinden, sollen wir schon wieder umziehen!«

»Wisst ihr noch, die Einschulung auf der großen Bühne?«

»Das war cool. Und die Band, die gespielt hat.«

»In so einer Band will ich auch später spielen.«

»Welches Instrument?«

»Gitarre!«

»Und ich Schlagzeug«, sagte Lara.

»Maya, was willst du spielen?«

»Ich würde sagen: Keyboard.«

Doch für den Moment sollte das vergessen sein.

Alle drei mochten diese Wohnung mit ihrer behaglichen Atmosphäre. Sie rätselten zwar, woran das wohl liegen mochte, aber sie spürten es deutlich.

Hier entfaltete sich eine entspannende Behaglichkeit in den großen Räumen, mit ihrem verspielten Stuck an der Decke und über den Türen.

Jedes Mal bewunderten Lara und Annabell die rankenden, blühenden Rosenzweige, die sogar in Mayas Zimmer symmetrisch, wie ein Labyrinthgarten, über die gesamte Decke verteilt waren.

Oberhalb der Türen befand sich eine Rose mit Stiel und Blättern. Seltsame, für die Mädchen unerklärliche Formen waren da noch zu sehen. Am unteren Ende des Stiels, dort, wo eigentlich die Erde sein sollte, war eine Tuch quer gespannt.

Darunter lugten vier so runde, komische Knollen hervor. Rechts und links von der Rose waren zwei Füllhörner angeordnet, aus denen reichlich Früchte und Blüten herausflossen. Zusätzlich waren da auch noch Pfeile, Muscheln, aufgerollte Blätter und so etwas wie Engel oder Eier.

Auf die drei Mädchen wirkten die Reliefs sehr anziehend und dennoch ein wenig unheimlich.

Auch heute gingen sie wie an so vielen Tagen zuvor langsam, mit ehrfürchtig erhobenem Blick durch die weit geöffneten Flügeltüren, zum Esszimmer und dann hinüber in das Wohnzimmer.

Oben auf dem Türrahmen thronte das Relief wie ein still gewordener Gedanke, der über die Zeit hinaus etwas sagen wollte. Aber was sollte es sein, was er sagen wollte, rätselten die Mädchen.

»Bewundert ihr die Rosen?«, fragte eine leise Stimme hinter ihnen. »Kennt ihr die Bedeutung der Rosen?« Mayas Oma sah Neugierde in drei fragenden Gesichtern und ging mit sanften Schritten zu ihnen.

Annabell antwortete und es sprach die Tochter einer Professorin für Kulturgeschichte aus ihr: »Meine Mama sagt, das ist alles nur Kitsch aus der Gründerzeit.«

Die anderen schmunzelten still.

»Nun ...«, sagte Mayas Oma, »... das ist wahrlich nicht die ganze Wahrheit. Heute haben die allermeisten Menschen die tiefere Bedeutung dieser Art von Symbolen vergessen.«

»Welche Art von Symbolen meinst du?«, fragte Lara.

»Ich meine die, die ursprünglich weibliche Attribute repräsentierten. Vor 4000 Jahren wurden im alten Persischen Reich prächtige Rosengärten angelegt.«

84

»Persien, das ist das Land, von dem wir abstammen und das heute Iran heißt«, ergänzte Maya.

»Das ist goldrichtig, mein Engel«, sagte ihre Oma und fuhr fort.

»Wegen ihrer Schönheit und ihres außergewöhnlichen Duftes wurden Rosen als Sinnbild für alle Blumen verehrt. Unsere persischen Vorfahren waren vermutlich die Ersten, die Rosenöl aus den Blüten gewannen.

Das Öl wurde zur zeremoniellen Opferung für Göttinnen und zur Heilung verwendet. Es wurde aber auch für die ekstatische Verehrung der Weiblichkeit und reine sinnliche Genüsse genutzt.

In der Antike wurden Tempel der Aphrodite, Isis und bei den Germanen Kultstätten der Freya errichtet, in denen die sinnliche Weiblichkeit als eine der größten Kräfte überhaupt verehrt wurde. Heute wird Rosenöl lediglich für die Herstellung von Parfüms verwendet. Die rituelle Bedeutung der Rosen ist leider in Vergessenheit geraten und wie deine Mama so schön sagte, zum Kitsch geworden. Das ist sehr bedauerlich, besonders für euch junge Mädchen.«

»Ja! ich erinnere mich. Im Chemieunterricht hatten wir die Herstellung von Parfüm und dabei war auch Rosenöl ein wichtiger Bestandteil. Es kann als Kopf-, Herz- oder Basisnote verwendet werden.« Annabell war stolz auf sich, denn sie hatte aufgepasst und langweiliger Schulstoff aus dem Chemieunterricht wurde plötzlich lebendiges Wissen.

Aber bevor sie sich weiter mit den Rosen und mysteriösen Symbolen beschäftigen konnten, wurde ihnen klar, dass es plötzlich schon spät war. Die Drei wollten endlich los. Immer ungeduldiger wartete ein Abenteuer auf sie.

29

VERGANGENHEIT

Alexander von Humboldt

Harmlos gegen die vielen Tiere im Fluss, die Humboldt und Bonpland das ersehnte Badevergnügen verleideten, waren dagegen schon fast die handtellergroßen, behaarten Spinnen und riesige Tausendfüßler an Land. Sie waren zwar giftig, doch nicht für den Menschen tödlich, nicht immer jedenfalls. Besonders aber waren es die fast nebelartig vorkommenden Moskitoschwärme, denen kein Tier und kein Mensch entkommen konnte. Wenn sie den Himmel verdunkelten, wurde sogar das Atmen schwierig.

Schwaden der blutsaugenden Insekten sammelten sich verlässlich jeden Abend. Die Forscher versuchten alles. Sie strichen sich mit der roten Farbe ein, wie es die Indigenen taten, sie schmierten sich mit Öl ein, das aus Schildkröteneiern gewonnen wurde, und versuchten diverse Kräutermixturen.

Doch nichts half. Irgendwann gaben sie auf und nahmen die unzähligen Stiche ohne Gegenwehr einfach hin.

Humboldt und Bonpland freuten sich schon darauf, im unteren Flusslauf die fröhlichen Süßwasser-Delfine wiederzusehen. Sie zogen dort in langen Reihen durch den Fluss. Baden war dann einigermaßen sicher möglich, solange jemand Ausschau nach den Krokodilen hielt.

ЗО

GEGENWART

Die Drei

»Deine Oma ist wirklich cool.«

»Find ich auch! Und was sie so alles über Rosen wusste – echt krass.«

Maya fragte kokett: »Fahrräder? Oder wollen wir lieber laufen?«

»Fahrräder!«, kam es im Chor zurück.

»Okay, dann nichts wie los!«

Es war 10:20 Uhr. Die Sonne tränkte den Tag in ein Licht, wie es junge Pflänzchen liebten, warm, gütig und sanft.

Die Drei gingen aber das erste Stück zu Fuß und schoben ihre Fahrräder, weil sie den Morgen noch genießen wollten.

Sie nahmen den gleichen vertrauten Weg wie nahezu jeden Tag seit fast einem Jahr zu ihrem Gymnasium. Jeden Stein und jedes Haus kannten sie hier.

Gleich auf der anderen Straßenseite, an der Ecke, gab es das Fenster mit den zwei Terrarien. Die Rollläden der Eckwohnung waren alle noch heruntergelassen, lediglich das Fenster an der Spitze, gegenüber von Mayas Zimmer, war zur Hälfte geöffnet, damit die riesigen grauen Heuschrecken in der morgendlichen Sonne ein wärmendes Bad nehmen konnten.

In den Stahlprofilen des Balkons direkt über dem Fenster nisteten einige Spatzenfamilien. Der Balkon sah so ähnlich aus wie das Militärfahrzeug, vor dem Laras Eltern sich einst fotografieren ließen. Nur eben ohne riesige Räder und in knalligem Orange. Zusätzlich waren lange Metallspieße an den Trägern montiert, um Tauben abzuschrecken.

Die geschickten Spatzen jedoch schlängelten sich an ihnen vorbei und webten clever, wie sie waren, die kalten Metallstreben sogar als Stütze in ihre flauschigen Nester mit ein.

Sie quollen zwar aus den Hohlräumen und waren sehr gut zu sehen, waren gegen Feinde aber dennoch bestens geschützt.

Die Spatzeneltern hatten alle Schnäbel voll zu tun, die Kleinen zu füttern. Das war jedes Mal ein aufgeregtes Getschilpe, wenn wieder ein Elternspatz in das Nest flog. Die kleinen weit aufgesperrten Schnäbelchen waren sogar von unten zu sehen.

∃1

VERGANGENHEIT

Ataruipe

Der Steuermann und die Ruderer hatten alle Hände voll zu tun, um die Piroge heil durch die Stromschnellen zu lenken. Schäumendes Wasser umtoste das kleine voll beladene Boot. Felsen ragten gefährlich um ihr Kanu herum aus der brodelnden Gischt.

Die Tiere an Bord verharrten in spannungsvoller Stille. Humboldt, preußisch-gelassen wie immer, notierte später in seinem Tagebuch:

Am 31. Mai fuhren wir über die Stromschnellen der Guahibos und bei Garcita. Die Inseln mitten im Strome glänzten im herrlichsten Grün. Man wird nicht müde, Punkte zu betrachten, wo Baum und Fels der Landschaft den großartigen, ernsten Charakter geben, den man auf dem Hintergrunde von Tizians und Poussins Bildern bewundert.

Kurz vor Sonnenuntergang stiegen wir am östlichen Ufer des Orinoko, beim »Perto de la Expedicion«, ans Land, und zwar um die Höhle von Ataruipe zu besuchen, von der oben die Rede war, und wo ein ganzer, ausgestorbener Volksstamm seine Grabstätte zu haben scheint.

32

GEGENWART

Die Drei

Auf der Lortzingstraße war noch wenig los. Vor dem kleinen italienischen Restaurant und Feinkostladen »Francesca«, das sich auf der Straßenseite mit den neuen Häusern befand, saßen vier ältere Damen und Herren und frühstückten.

Ganz in der Nähe gab es dieses seltsame Fenster mit Eisengitter, hinter dem sich ganz sicher einer Folterkammer verbarg.

Dennoch war es ein süßes, vielleicht etwas kitschig dekoriertes Restaurant, mit den gedeckten Tischen, mit rot karierten Tischdecken, auf denen gelbe Blumen standen, mit Holzstühlen ringsherum, kleinen weißen Gipsfiguren, einigen Hyazinthen auf schönen rohen Holzkisten und mit liebevoll von Hand geschriebenen Speisekarten auf zwei großen Kreidetafeln. Kaffee kostete 1,80 Euro, Frühstück – Contadino wie Veggie nur mit Parmaschinken 9,60 Euro, Pizza ab 4,90 Euro.

Es gab sogar einen lebenden Ara in einem großen Vogelbauer, der die Gäste mit konspirativem Gemurmel unterhielt und hin und wieder so laut pfiff, dass es als helles Echo von den Betonwänden der Neubauten auf die Lortzingstraße zurückschallte.

Auf dem Ladenschild stand in großen Buchstaben »Francesca, Feinkost und Fremdsprachen«. Das Logo war ein stolzes weißes Pferd mit Flügeln, was Annabell zu einem morgendlichen Spaß inspirierte.

Schon von Weitem sahen die Drei den Mann mit kleinem Bauch, buntem Hemd und Sonnenbrille. Er zog vier große Stofftiere, mit kleinen Holzrädern unten dran, umständlich über die holprige Kopfsteinpflasterstraße und kam geradewegs auf sie zu. Rechts zog er einen Panda und ein pinkfarbenes Pferd und links ein Zebra und einen Tiger. Alle hatten Griffe an den Ohren und unten kleine Pedalen für die Füße.

»Kommt, wir fragen, ob wir mal probereiten dürfen.«

»Wer zuerst da ist?«

Annabell rannte los, die anderen hinterher.

»Dürfen wir mal probereiten?«, fragte Annabell den Mann außer Atem und mit einem verschmitzten Plan, den sie soeben in Gedanken ausheckte. Jetzt kamen auch Lara und Maya dazu.

Der Mann war nicht sonderlich interessiert und winkte ab. Er wollte die Stofftiere im Mauerpark verkaufen.

»Ja, bitteeeee«, flehten die Drei so unwiderstehlich sie nur konnten und gaben nicht so schnell auf.

Der Mann mit kleinem Bauch, buntem Hemd und Sonnenbrille gab schließlich nach.

»Gut«, sagte er kurz, »aber vorsichtig.« Insgeheim dachte er, dass wenn die drei Mädchen mit den Stofftieren ein wenig herumfahren würden, das gut fürs Geschäft sein könnte.

Die Drei schnappten sich jede ein Stofftier. Annabell nahm natürlich das pinkfarbene Pferd und Lara das Zebra.

Maya schwankte zwischen dem Panda und dem Tiger, entschied sich dann aber doch für den Tiger.

Annabell rief: »Auf die Plätze, fertig, los!«

Alle verstanden sofort und das Rennen war eröffnet. Wetteifernd rollten sie über den breiten Bürgersteig. Die kleinen Holzräder donnerten über die Steine.

»Ich bin die Schnellste«, rief Lara ausgelassen. »Juhu!«

Aber die anderen beiden holten auf, es ging um die Poller herum und zurück. Das war ein Kopf-an-Kopf-Rennen und keines der Mädchen verschenkte auch nur den kleinsten Vorteil. Sie kreischten, dass es schrill durch die Straßen hallte. Der Ara stimmte mit ein.

Die älteren Damen und Herren, die vor dem kleinen Restaurant frühstückten, verfolgten das Rennen sehr gespannt. Der Mann mit kleinem Bauch, buntem Hemd und Sonnenbrille hingegen befürchtete das Schlimmste – seine Stofftiere würden das Rennen nicht überleben. Er war so sehr darauf angewiesen, sie zu verkaufen, um heute noch Essen für sich und seine Kinder im Supermarkt zu kaufen. Aber davon wussten die drei Mädchen nichts und fuhren, als ob der Teufel höchstpersönlich hinter ihnen her wäre.

Der Mann bildete unfreiwillig die Ziellinie. Lara gewann auf dem Zebra, warf die Arme hoch. »Huraaaa! Gewonnen!«, hallte es durch die Lortzingstraße.

Als Zweite raste Annabell auf dem pinkfarbenen Pferd durchs Ziel, mit einem lauten »Juhuuu« - gefolgt von Maya als Dritte auf dem Stofftiger. Sie waren jetzt alle gänzlich aus dem Häuschen, jubelten und sprangen von den Stofftieren auf, tanzten im Kreis und feierten ihre Siege.

Der arme Mann war sprachlos.

Unbemerkt näherte sich hinter ihm eine ältere Dame mit Hut und einer großen Brille, die an einer Kette auf ihrem großen Busen schwankte. Sie sah alles höchst interessiert mit an und sprach zu dem Mann:

»Wie teuer sind diese Stofftiere?«

Er war überrascht und brabbelte unverständlich eine Zahl.

»Ihre Stofftiere machen so viel Spaß. Ich würde gern zwei für meine Enkelkinder nehmen. Wie viel wollen Sie dafür noch mal haben?«

Was er dann sagte, klang wie 100, was aber immer noch keiner so genau verstand. Sie wurden sich überraschend schnell einig. Die alte Dame gab ihm zwei Scheine und ging stolz nach Hause. Sie zog ein Zebra und ein pinkfarbenes Pferd an der Leine hinter sich her.

Der Mann war nun glücklich und dankte den Mädchen mit einem kurzen anerkennenden Nicken in ihre Richtung.

Sie waren auch glücklich über den morgendlichen Spaß und bedankten sich ebenfalls bei dem Mann mit den Stofftieren, schnappten sich ihre Fahrräder und schoben sie noch ein Stück, denn sie hatten es nicht sehr eilig, weil es früh war und auf dem Weg sicherlich der eine oder andere Spaß auf sie warten könnte, den sie auf keinen Fall missen wollten.

ᗱᗱ

VERGANGENHEIT

Ataruipe

In der Mission Perto de la Expedicion boten sich Yanomami als Führer an, die von ihrem Plan gehört hatten, die Höhle von Ataruipe zu besuchen. Sie gingen mit sicherem, sanftem Schritt voran, barfuß, über den blanken Fels. Vorsichtig folgten ihnen Humboldt und Bonpland auf den völlig kahlen Berg aus Granitgestein. Ihre glatten Ledersohlen fanden kaum Halt auf dem stark geneigten, fast spiegelglatten Untergrund. Jeden Moment konnten ihre Füße den Halt auf der riesigen Fläche verlieren und sie in den Abgrund purzeln lassen.

Die Tamanaken wichen ihrem heiligen Fels dabei nicht von der Seite. Generationen um Generationen waren mit Humboldt auf dem Weg, bestiegen den Berg, hielten durch, spielten miteinander und bauten hier auf dem Berg ihren ersten Vogelanzug aus Federn und lernten sogar Fliegen.

Dann endlich waren sie alle ganz oben angekommen.

»Sieh nur, Bonpland, das war die Mühe wert.«

Humboldt und Bonpland standen nebeneinander und waren verzaubert von der weiten Landschaft.

»Sieh, dort unten die Raudals. Beinahe dachte ich, der eine Felsen wäre unser Untergang. Mein Herz schlägt selbst beim Anblick von hier oben immer noch schneller.«

Bonpland legte Humboldts Hand auf seine Brust und sagte: »Fühlst du es?«

»Ach, Bonpland, du alter Schwerenöter«, sagte Humboldt zärtlich.

»Wir sind jetzt hier und nur das zählt.«

Es war ein mühsamer Aufstieg gewesen und beide waren rasch erschöpft. Die Sonne stand schon tief und tauchte die Landschaft in eine magische Stimmung. Dunstig war der Horizont. Westwärts am linken Ufer des Orinoko hob sich die Savanne am Rio Meta und Rio Casanare wie eine grüne Paradieswelt ab.

Die Sonne hing wie ein riesiger Feuerball über der Ebene. Spitz ragte der Berg Umiana in den fernen Dunst. Sprachlos bestaunten die Männer die Landschaft. Die Strapazen des heutigen Tages fielen wie eine alte Haut von ihnen ab.

ヨЧ

GEGENWART

Die Drei

»Hier haben fast alle Häuser Verzierungen an den Fassaden,
die sicherlich Symbole für etwas sind«, bemerkte Maya sehr
aufgeregt.

»Du hast recht. Seht mal, dort oben.« Lara zeigte nach oben
auf eine Hausfassade direkt neben dem Haus an der Ecke. Mit
der anderen Hand verdeckte sie ihre Augen ein wenig, um im
morgendlichen Licht nicht geblendet zu werden.

Nie zuvor hatten die Drei so aufmerksam ein Haus ange-
sehen.

»Da sind auch noch lauter spitze Bögen über den Fenstern
und Kronen aus Blättern obendrauf«, begann nun auch Lara
zu träumen

»Das sind bestimmt Prinzessinnenfenster«, rief Annabell
euphorisch.

»Du nun wieder. Aber vielleicht wird durch die Ornamente auch die Weiblichkeit symbolisiert, wie in den Rosen an der Decke, in Mayas Wohnung?«, bemerkte Lara nachdenklich.

»Es sieht jedenfalls so aus, als ob die Verzierungen von einer Frau entworfen wurden«, ergänzte Maya selbstbewusst.

Ganz ähnliche Motive zeichnete sie in ihren Schulhefter, wenn es im Unterricht mal zu langweilig wurde. Die anderen kratzten oder malten dann lieber Buchstaben oder Zeichen auf die Sitzflächen der Stühle. Wie langweilig, fand Maya. Sie liebte den Unterricht, doch manchmal war es eben halt langweilig und die Stunden zogen sich unerträglich in die Länge.

In den Bio- und Chemiehörsälen eins, zwei und drei gab es nicht einmal Fenster. Wenn sie sich zu sehr langweilte, konnte Maya nicht einmal draußen die Bäume und Vögel beobachten, den Regen oder die Wolken tanzen sehen. Dann blieb ihr nur noch das, was sie eigentlich am liebsten machte, das Zeichnen.

Ganze Welten entwarf sie im Bio- und Chemieunterricht unter Neonlicht und mit dem Säuseln des Lehrers im Hintergrund. Bei genauerem Hinsehen fiel ihr jetzt sogar auf, dass die Fassade dieses Hauses in real so aussah, wie sie gern die Märchenschlösser, mit Feen und Gnomen aus ihrer Fantasie, zeichnete.

»Ob hier wohl Geschöpfe aus einer Fantasiewelt leben?« fragte Maya leise.

Die weißen, schlanken Säulen rechts und links der Fenster ragten parallel über zwei Etagen auf. In einem eleganten Schwung neigten sie sich auf zwei überkreuzenden Kreislinien zueinander und bildeten romantische neogotische Spitzbögen. Über ihnen thronte eine Krone aus Blättern. Am oberen Fenstersturz rankten Blätter und die Kassetten unter dem Gesims waren mit großen Kleeblattformen verziert.

Damit nicht genug, zwischen den märchenhaft anmutenden Fensterpaaren befand sich eine weiße, lang gezogene Nische in der Mauer, ebenfalls in gotischer Form. Darüber war an der Fassade eine Schale eingearbeitet, die an ein Taufbecken erinnerte.

Das Weiß der Ornamente setzte sich majestätisch gegen das Rot der Mauersteine ab. Ganz oben sah das Haus wiederum fast so aus wie eine Moschee, mit den vielen kleinen aneinandergefügten, weißen Spitzbögen. Was sollten sie davon halten, fragten sie sich, jede still für sich.

»Ahaaa, ich kapier's. Das sieht so aus wie aus dem Geometrie-Unterricht. Kreise und Linien«, sagte Annabell bestimmend.

»Sicherlich ist das so, Frau Neunmalklug«, meinte Lara und konnte sich nicht verkneifen, hinzuzufügen: »Wollen wir noch bei »Eis-Henri« Halt machen?«

Das war ein unschlagbares Argument und die Drei wandten sich von dem neu entdeckten Haus in ihrer Nachbarschaft ab und gingen weiter die Lortzingstraße entlang. Ihre Blicke schweiften immer wieder hoch, um die Fassaden der Häuser im Vorbeigehen zu mustern. Alle alten Häuser waren mit sehr geheimnisvollen Ornamenten verziert.

Die neuen Häuser auf der anderen Seite der Lortzingstraße waren frei von rätselhaften Ornamenten. Glatt und mehr oder weniger bunt gestrichen gähnten sie uns an. Kein Geheimnis, keine Verehrung der Weiblichkeit.

Auf einmal sahen die neuen Häuser dort drüben so schweigsam aus. Sie wollten uns nichts sagen. Nur ein Detail schoss den Drei gleichzeitig durch die Gedanken: das unheimliche runde Fenster in der Einfahrt, mit verrostetem Gitter, ohne Glas, das so aussah, als ob dahinter ein schreckliches Geheimnis verborgen wäre. »O Gott! ... Das ist gruselig!« Die drei Mädchen gingen sofort etwas eiliger weiter.

Dafür hatte eines der alten Häuser, an dem sie jetzt vorbeigingen, sogar einen Kaugummiautomaten. Lang und kantig hing der Schatten von der roten Metallbox herab. Drei Sorten Kugelkaugummis gab es, zu 10, 20 und 50 Cent, die hinter zerkratzten und angebrannten Fenstern auf ihre Erlösung warteten.

»Habt ihr schon mal gesehen, dass hier jemand einen Kaugummi gekauft hat?«

»Igitt, die sehen so quietsche-plastik aus.«

»Und den ganzen Tag knallt hier die Sonne drauf.«

»Die Kaugummis müssen mittlerweile suuuper steinhart sein.«

35

VERGANGENHEIT

Ataruipe

Weiter ging es über einen schmalen Grat zu einem benachbarten Berg.

»Alexander, sieh dir das an.«

»Hast du so etwas schon einmal gesehen?«

»Nein, das ist ...«

Humboldt dachte über den Anblick nach. Auf dem abgerundeten Gipfel lagen perfekt geformte, ungeheuer große Granitfelsenkugeln. Ihr Durchmesser betrug gute 13 bis 16 m. Sie waren so vollkommen kugelförmig, dass ein kleiner Erdstoß ausreichen würde, um sie in die Tiefe rollen lassen.

In Erinnerungsbildern ihrer Ahnen sahen die Tamanaken aber, wie die riesigen kugelrunden Felsen auf den Berg gekommen waren. Sie überflogen den Ort in ihren Vogelanzügen und erkannten aus der Luft die kosmische Konstellation, die die Felskugeln zueinander einnahmen. In ihren Erinnerungsbildern sahen sie Amalivaca, seinen Bruder und seine Töchter, wie sie am Abend auf der Bergkuppe zusammenkamen, um gemeinsam den Sonnenuntergang zu feiern. Damals war der Berg noch eine kleine Insel im Ozean. Die großen Kugelfelsen symbolisierten Planeten.

Lachend beendete Humboldt seinen Gedanken über die kugelrunden Felsen mit Überschwang:

»... so könnte man meinen, sie seien im Wasser gerollt oder durch den Stoß eines elastischen Fluidums hergeschleudert?«

Humboldt und Bonpland lachten herzhaft über die symmetrisch perfekte, preußisch anmutende Laune der Natur.

Ihrem eigentlichen Ziel kamen sie jetzt näher. Gleich hinter dem seltsamen Kugelberg erreichten sie ein Tal. In seinem hinteren Teil verdeckte ein kleiner Wald das Geheimnis dieses Ortes. Hier im Schatten, an einem steilen Abhang lag der Eingang zur Höhle vom Ataruipe.

36

GEGENWART

Die Drei

Annabell, Lara und Maya bogen in die Swinemünder Straße
ein. Hier waren keine Autos erlaubt, keine Abgase, kein Ver-
kehrslärm. Die Swinemünder Straße war eine lange Allee
voller Spielplätze und kleiner Parks; ein kleines Paradies für
Kinder, aber auch ältere Leute in der Großstadt und ein schöner Teil ihres Schulweges.

Die Drei standen jetzt vor der Freitreppe zum hinteren Eingang ihrer Schule, den sie an Schultagen immer benutzten.
Sie schauten auf zur orangefarbenen Tür mit den zwei großen
halbrunden Glasfenstern. Die Tür war geschlossen, weil ja
heute Feiertag war. In Gedanken gingen sie hinein.

Das Schulgebäude war ein exotisch knallbunter, orange
und grün flimmernder 70er-Jahre-Bau. Wie sie es liebten, ihr
Schulraumschiff. Sie konnten und wollten sich nicht vor-

stellen, dass es geschlossen werden sollte. Wer entscheidet so etwas?, schoss es durch drei Köpfe gleichzeitig.

Okay, der Name war nicht so cool; Diesterweg-Gymnasium. Und auf der offiziellen Schulwebseite hieß es: »Die 650 Schüler des Diesterweg-Gymnasiums kommen aus 30 Nationen ... alle Weltreligionen sind vertreten.«

Für den Außenstehenden klang das sicherlich erst einmal krass nach Brennpunkt-Schule, laut, bunt, mit vielen Cliquen, die sich misstrauisch auf dem Hof beobachteten, nervige Sprüche wie »Was geht ab, Alter« oder »Fuck you bitch« von sich gaben.

Da half es, wenn die Webseite gleich danach versprach: »... Schule mit interkulturellem Profil mit künstlerischer Ausrichtung.«

Und das hatten die Drei tatsächlich! Und auch sogar ihr geniales Schulgebäude, was preisverdächtig aussah! Die Webseite sagte es: »... sie zählt zu den baulich interessanten Architekturen der Nachkriegsmoderne.« Das sprach Annabell, Lara und Maya aus dem Herzen.

Hier waren die vielen hellen Klassenräume mit lichtdurchfluteten Fensterfronten ausgestattet, die von der Decke bis zum Boden und von einer Wand bis zur gegenüberliegenden Seite reichten.

Es gab super ausgestattete Physik-, Bio- und Chemiefachräume. Leider hatten drei davon keine Fenster, was zum Glück der einzige Ausrutscher im Schulkonzept war.

Unangefochtener Lieblingsort für alle war die riesige Aula mit der Bühne und den offenen quadratischen Holzwaben, die die gesamte Decke dicht an dicht verkleideten, um den Lärm von 650 Schülern hungrig zu verschlingen. Fußböden in Fluren und auf Treppen waren mit Teppichboden ausgelegt und verwandelten das Trappeln von Hunderten von Füßen zu einem leisen Fluss. Schüler konnten sich deshalb ganz entspannt unterhalten.

Jemanden anzuschreien oder lauter zu schreien als viele andere, die zugleich herumschrien, war hier nicht notwendig. Ihr könnt euch sicherlich vorstellen, wie sehr das die Stimmen und die Gemüter von Lehrern und Schülern schonte.

Große, breite orangefarbene Treppen durchzogen die riesige Aula, in der die Bühne, die Cafeteria unzählige Plätze für Theateraufführungen und weite Gänge Platz fanden und verbanden das gesamte Gebäude so kreuz und quer miteinander. Hier in der Aula trafen sich die Drei, wenn die Schule begann. Hierher gingen sie in die Cafeteria zum Lunch. Hier trafen sie sich, nachdem die Schule vorbei war, zum Lesen oder um Hausaufgaben zu machen, falls es zu stark regnete.

Auf der großen Bühne gab es Theateraufführungen der Schauspiel-AG, Proben und kleine Konzerte, der Klang des Flügels schwebte oft durch das gesamte Gebäude. Hier gab es die supercoolen Modeschauen der Mode-AG.

Das gesamte Schulgebäude bot Platz für die Wandmalereien der Graffiti-Klasse. Es gab Ausstellungen der Foto-AG in den Fluren und vor allen Dingen schätzten fast alle Schüler ihre coolen Lehrer. Die Drei liebten ihren Klassenlehrer Herrn Gutermuth. Und das alles sollte bald zu Ende sein? Vielleicht schon in einem Jahr? Nur weil da so ein komischer Stoff eingebaut war, der Asbest hieß und den bisher niemand gesehen oder gerochen hatte? Vorerst war es aber noch nicht so weit

Annabell, Lara und Maya waren gemeinsam in der Schauspiel-AG. Sie liebten es, in Rollen zu schlüpfen und andere

Charaktere zu spielen. Texte lernten sie im Handumdrehen und am liebsten gemeinsam. Sie warfen sich die Worte zu, wiederholten, brachten Betonungen ein und fügten Gesten hinzu, bis sie glaubhaft eine Figur verkörpern konnten. Wenn sie zum Lunch in der Cafeteria saßen, fühlten sie, wie es war, auf der Bühne zu stehen und von allen bejubelt zu werden. Das liebten die Drei gleichermaßen. Jetzt gingen sie rechts um das Schulgebäude herum auf den Hof zur vorderen Seite des Schulgebäudes.

Gemeinsam waren die Drei auch in der Graffiti-AG. Wände beschmieren, was für ein Vergnügen, so subversiv, aber hier durften sie es.

»Welche Graffitiprojekte haben euch eigentlich am meisten gefallen?«, fragte Maya ihre Freundinnen neugierig.

»Die legalen oder die illegalen?«

»Egal.«

»Also, cool fand ich das mit der Erdbeere, die der Banane die Zunge heraussteckt. Das haben wir doch einige Male auf den Schulwänden versucht, bis es super war«, sagte Lara verschmitzt. »Aber am besten fand ich unsere Hände-Print-Arbeit, wo wir auf der Wand unter dem Treppenaufgang mit unseren blanken Händen in der Farbe herummatschen konnten, um eine Höhlenmalerei an die Wand zu klatschen.«

»Ja, das war extrem schön.«

»Und das hat auch so gut gepasst mit der Nische unter den Treppen.«

»Immer wenn ich an dem Graffiti vorbeigehe, denke ich daran und sehe meine Hände. Ich habe die blauen gemacht.«

»Und ich die gelben.«

»Maya, weißt du noch, welche du hattest?«

»Na, weißt du doch, die orangefarbenen!«

»Klaro!«

»Der süße Karim aus der 8. hat die schwarzen und unser Kasimir die grünen gedruckt.«

»Das war echt viel Arbeit.«

»Und sooo glitschig!«

Sie verspürten kaum mehr, wie die Zeit verging. In Gedanken waren sie davongeflogen und träumten mit offenen Augen vor sich hin. Und so bemerkten sie erst jetzt, dass sie schon vor dem Höhlenmalerei-Graffiti standen.

»Ahh, shit, das Superhirn hat unser Graffiti übermalt mit einem schwachsinnigen KISMET.«

Die Drei waren geschockt. Das war eine Kampfansage, die sie nicht ignorieren durften. So viel hatten sie in der Graffiti-AG gelernt.

Wer das gemacht hatte, wussten sie aber genau. Er war auf frischer Tat nachts im U-Bahn-Depot erwischt worden, wie er einen Wagon besprühte. Die Polizei nahm ihn mit und es gab eine Anzeige.

Die Strafe: sechs Monate Graffiti-AG-Verbot und drei Monate soziale Arbeit in einem Altenheim.

Das Hände-Print-Projekt war seine Idee. Er wollte ihnen bestimmt einen Denkzettel verpassen, weil sie nicht auf ihn warteten, bis er wieder zurück in der AG sein durfte, um die Arbeit gemeinsam fertigzustellen. Der Leiter der AG, Herr Linkermann, wollte nicht warten, bis »Snowball«, wie er sich nannte, endlich mitmachen konnte und sagte: »Strafe muss sein!«

Also realisierten sie das Projekt ohne Snowball. Zuerst hatten sie alle ein flaues Gefühl dabei, dann jedoch machte es riesigen Spaß. Mit dieser Rache-Aktion hätten sie dennoch nicht gerechnet.

»Die Sprayer sind echt krass drauf«, sagte Maya nachdenklich in Gedanken abdriftend.

»Los, wir gehen, sonst versauen wir uns noch den tollen Tag«, holte sie Lara rasch in ihre Welt zurück, weil sie wusste was in Mayas Gedanken vor sich ging wenn sie den Mund und die Augenbrauen so verzog.

Eigentlich wussten die Drei, diese Attacke war nicht gegen sie persönlich gerichtet. Es war ein offenes Geheimnis in der Schule, dass bei der Aktion in der U-Bahn auch Karim und Kasimir dabei gewesen waren. Geschnappt und bestraft wurde allerdings nur Snowball. Er hielt dicht und hatte seine Freunde nicht verraten. Als er aber sah, dass sein Projekt ohne ihn in der AG realisiert wurde, schwor er Rache. Die Enttäuschung war umso größer, weil Karim und Kasimir bis dahin seine besten Freunde waren.

Ein wenig entspannter gingen die Mädchen weiter.

»Vielleicht hätten wir uns doch lieber in die Cheerleading-AG einschreiben sollen«, fand Annabell.

»Ach Quatsch, das meinst du nicht wirklich, oder?«, sagte Maya.

»Neee, meine ich nicht. Aber ...«

»Stell euch vor, ich mit Pompons«, fiel ihr Lara ins Wort und schwenkte überschwänglich die Arme durch die Luft.

Die Drei prusteten auf einmal los und krümmten sich vor Lachen schon bei dem Gedanken.

⊒7

VERGANGENHEIT

Ataruipe

Humboldt stand am Eingang der Höhle. Es war eigentlich keine geschlossene Höhle, sondern eher ein vorspringender Fels. Keine erkennbaren Zeichen ließen auf die Stammesherkunft der Grabstätte schließen. Schnell ließ sich die große vom Abendlicht erhellte Grabstätte überschauen. Etwa 600 gut erhaltene Skelette waren hier sorgfältig in Reihen gelagert.

Jedes Skelett lag in einer Art viereckigem Korb aus Palmblattstielen. Die Eingeborenen verwenden solche Körbe noch heute und nennen sie »Mapires«. Ihre Yanomami-Führer waren stolz darauf, den beiden Europäern diesen Ort zu zeigen. Doch wussten sie auch, dass sie mit dessen Preisgabe die Ruhe der Ahnen von einem anderen Volk störten. Sie wollten die Grabhöhle nicht betreten, denn sie fürchteten sich vor dem Zorn der Toten mehr als vor dem der Lebenden.

38

GEGENWART

Die Drei

Es war schon fast 12:00 Uhr. Annabell, Lara und Maya sprangen auf ihre Bikes und fuhren, wie sie es sich gegenseitig versprochen hatten, zu »Eis-Henri«, dem kleinen Eiscafé in der Brunnenstraße, direkt gegenüber vom Humboldt-Hain. Ein Eis war jetzt genau das Richtige, um den Schreck über die Graffiti-Attacke zu vertreiben.

Schnell fuhren sie an Passanten und an zwei Müttern mit Kinderwagen vorbei. Der Wind ließ ihre Haare fliegen und sie hatten großen Spaß an der Geschwindigkeit. Dann bogen sie in die Rügener Straße ein. Die Bürgersteige waren hier zum Glück breit genug für ein kleines Radrennen.

Lara rief: »Wer ist die Erste an der Brunnenstraße?« Ihre Freundinnen verstanden sofort und los ging die wilde Jagd.

Im Stehen und tief über ihre Lenker gebeugt, flogen sie dahin wie Super Girl über die Straßen von National City.

Fast zeitgleich trafen sie an der Brunnenstraße ein, völlig außer Puste und voller wunderbarer Kraft.

Zu Fuß gingen sie über den Bürgersteig der Brunnenstraße. Weil Feiertag war, waren alle Geschäfte geschlossen, außer »Eis-Henri«, hofften sie.

Nebeneinander gingen die Drei an Schaufenstern vorbei. Es war dunkel in den Läden. Nur die Auslagen waren vom Tageslicht erhellt.

»Seht mal, der Friseur mit den abgeschnittenen Köpfen und den merkwürdigen Frisuren darauf.«

»O ja, sieht sehr unheimlich aus.«

Versonnen betrachteten sie die Männer- und Frauenköpfe mit Perücken.

»Guck dir den krassen Männerkopf an, der hat sogar einen Vollbart wie aus dem Film ›Odysseus‹.«

»O ja. Du hast recht, der guckt tatsächlich so.«

»Die Frau hat coole blonde Locken. Die will ich auch.«

Im Hintergrund des Friseurladens war es dunkel und so sahen sich die Drei plötzlich im Spiegelbild, nebeneinander und mit dem schönsten Mittagslicht auf ihren Haaren. Keines der Models auf den Fotos hier war hübscher als sie.

Maya sagte, ihre Freundinnen und dann sich selbst betrachtend: »Wir sehen so anders aus als auf Fotos.« Ihre langen, fast schwarzen Haare wehten ein wenig im Wind. Sie nahm sie nach vorn auf die rechte Seite, wo sie wie ein Zopf schwer über ihre Schulter hingen. Ihr sanftes Gesicht, ihre helle Haut, die großen dunklen Augen und ihre zierliche Nase machten sie schön. Sie war die Kleinste von den drei Mädchen, die, kurz vor oder schon in der Pubertät angekommen, auf solche Details zu achten begannen.

Zwei Jungs kamen vorbei und machten eine blöde Bemerkung, die ich hier lieber nicht wiederhole.

»Dafür seid ihr noch zu klein«, schallte es kokett zurück. Annabell sah sich selbst einen Moment an. Ihr Gesicht schwebte zwischen Perücken und Katalogbildern im Raum. War sie das? So blond mit der kleinen spitzen Nase und den strahlend blauen Augen? Die Nietenknöpfe ihrer Jacke funkelten im Spiegelbild und machten sie noch ein wenig schöner.

Plötzlich erschien jemand aus dem Dunkel im Laden, ging zum Fenster und nahm einen der Köpfe mit den blonden Locken vom Fensterbrett. Lara sah ihm nach, wie er im Dunkel verschwand und vermisste ihn augenblicklich.

Solche Locken will ich auch einmal haben, dachte sie still und erkannte im Spiegelbild ihre dunklen, großen Augen, ihr gleichmäßig geformtes ovales Gesicht mit den hohen Wangenknochen, ihre sanften, sinnlichen Lippen und ihr spitzes Kinn. Lange, dunkelbraune Haare rahmten ihr Gesicht liebevoll ein. War sie schön wie Maya und Annabell? Sie wusste es nicht. Für heute blieben ihre stillen Zweifel, von denen sie ihren Freundinnen nichts erzählte. Dabei war sie für Annabell und Maya schon heute die Schönste von ihnen.

Spieglein, Spieglein an der Wand, wer ist die Schönste in diesem Land?, erklang es wie von selbst in ihren Gedanken.

Dieses Märchen nervte sie total, sie hasste es regelrecht und versprach sich, es kein zweites Mal anzusehen.

Melancholia, dachte Annabell plötzlich, *unsere magische Hütte.* »Wir müssen los!«

113

39

VERGANGENHEIT

Ataruipe

Humboldt und Bonpland gingen einige Schritte hinein in die Höhle. Zuerst mit Bedacht und Respekt vor den Toten. Die Größe der Körbe entsprach dem Alter der Leichen. Einige waren nur 26 cm lang wie für Kinder, die während der Geburt gestorben waren. Die längsten, für Erwachsene, waren bis zu 1,07 m lang. Alle Skelette waren zusammengebogen.

»Sieh nur, Alexander, wie vollständig die Skelette sind, es scheint keine Rippe und kein Fingerglied zu fehlen.«

»Du hast recht. Alles wirkt so unversehrt, als ob vor uns noch niemand an diesem Ort gewesen wäre.«

Und doch lagen die leichten Körbe aus Palmblattstielen mit den Knochen von Hunderten von Menschen schon so lange in der Höhle, dass sich die heute an diesem Landstrich lebenden Menschen nicht einmal mehr an ihr Volk erinnern konnten. Vielleicht waren es bereits Hunderte von Jahren, die hier spurlos vorübergegangen waren. Das Wetter begünstigte mit seiner Trockenheit die Konservierung der Grabstätte. Der Ort wurde einst gut ausgewählt, um die Ruhe der Toten bis ans Ende aller Zeiten zu wahren.

Die Tamanaken, die Humboldt begleiteten, waren mit jeder Generation kleiner und kleiner geworden, so klein, dass sie nicht einmal mehr über die Körbe hinwegsehen konnten.

Dass sie rasant an Körpergröße verloren, war dennoch überaus praktisch, denn sie passten sich in der beschleunigten Evolution, von Generation zu Generation, in günstigster Weise den herrschenden Bedingungen an. Denn auf der beengten Piroge mit den vielen Tieren und Menschen an Bord blieb nicht viel Platz für blinde Passagiere. Doch hier in der Höhle von Ataruipe waren sie inmitten ihrer Ahnen von vor langer Zeit.

Es berührte die Tamanaken, die Erinnerungsbilder ihrer hier versammelten Ahnen zu sehen, die seit vielen Jahrhunderten an diesem heiligen Ort unversehrt und sicher lagen.

Sie stammten noch aus der Zeit, bevor der Unsichtbarkeitszauber gesprochen wurde. Sie sahen den Felsenmenschen so ähnlich. Erst in dieser Gegenwart wurde es den Tamanaken noch einmal so richtig bewusst, – ihre Ahnen waren einst ebenso Menschen wie Alexander von Humboldt und sein Begleiter Bonpland.

Die Neugierde der Europäer ihrer Zeit gewann im gleichen Augenblick in Humboldt und Bonpland schließlich doch die Oberhand, die meinte, alles zu dürfen, was ihnen beliebte. Sie analysierten kühl, kalkulierten scharf und dachten, sie hätten eine gute Entscheidung getroffen.

Wir öffneten, zum großen Ärgernis unserer Führer, mehrere Mapires, um die Schädelbildung genau zu untersuchen. ... Schweigend gingen wir von der Höhle von Ataruipe nach Hause.

Es war eine der stillen, heiteren Nächte, welche im heißen Erdstrich so gewöhnlich sind. Die Sterne glänzten in mildem, planetarischem Licht. Ein Funkeln war kaum am Horizont bemerkbar, den die großen Nebelflächen der südlichen Halbkugel zu beleuchten schienen. Ungeheure Insekten-schwärme verbreiteten ein rötliches Licht in der Luft. Der dichtbewachsene Boden glühte von lebendigem Feuer, als hätte sich die gestirnte Himmelsdecke auf die Grasflur niedergesenkt. Wir gingen in den Fluss hinab und schlugen den Weg zur Mission ein, wo wir ziemlich spät in der Nacht eintrafen. Was wir gesehen, hatte starken Eindruck auf unsere Einbildungskraft gemacht.

Am nächsten Tag gingen sie wieder zur Höhle: Wir nahmen aus der Höhle von Ataruipe mehrere Schädel, das Skelett eines Kindes von sechs bis sieben Jahren und die Skelette zweier Erwachsenen von der Nation der Atures mit. Alle diese zum Teil rot bemalten, zum Teil mit Harz überzogenen Gebeine lagen in den oben beschriebenen Körben (Mapires oder Canastos). Sie machten fast eine ganze Maultierladung aus, und da uns der abergläubische Widerwillen der Indigenen gegen einmal beigesetzte Leichen wohlbekannt war, hatten wir die »Canastos« in frisch geflochtene Matten einwickeln lassen.

40

GEGENWART

Die Drei

»Wow! Megacooles Bike!«

Vor »Eis-Henri« stand eine schwarze DUCATI XDiavel S mit atemberaubenden 1262 Kubikzentimeter Motor.

Das wussten die Drei so genau, weil sie fasziniert sofort alles lasen, was auf dem Bike zu lesen war.

»Seht euch die Räder an, die sind so breit wie mein Arsch«, sagte Annabell mit großen Augen.

Der schwarze Tank zog sich, geschmeidig lang gestreckt vom Lenker über den Motor zum Sitz. Fast völlig frei stand das fette Hinterrad. Der Motor war ein Labyrinth, eine moderne schillernde Skulptur, wie sie sie vielleicht schon mal im Museum sahen.

»Die Yogalehrerin meiner Mutter hat eine weiße Ducati.« Annabell lächelte stolz.

»O mein Gott!«, riefen sie im Chor.

Die Leute, die bei »Eis-Henri« anstanden, drehten sich neugierig zu ihnen um.

»Nur kleine Mädchen«, sagte ein Typ zu seiner Freundin.

»Wem gehört wohl die Ducati?«, fragte Lara versonnen.

Sie schauten sich um und riefen: »Das muss er sein, der Typ da drüben.«

»O mein Gott, der ist so süß«, schmolz Maya augenblicklich dahin.

Er stand da mit Lederjeans, schwarzem T-Shirt und einer schwarzen, kurzen Lederjacke über die Schulter hängend. Er war nicht allein.

»Seht nur, seine Freundin«, betonte Annabell mit tiefer Stimme.

»Ein super Paar«, musste Lara mit einem etwas neidischen Unterton zugeben.

Sie sah so aus wie er, alles schwarz, super eng und in Leder. Sie war das perfekteste Mädchen, das die Drei je gesehen hatten. Ihre Taille war so schlank und ihre pechschwarzen Haare reichten fast bis zur Hüfte. Annabell, Lara und Maya standen nur zwei Eiskunden hinter den beiden.

So hörten sie ein wenig, was sie sagten. Sie sprachen italienisch miteinander. Oder war das Englisch? Schwer zu hören, was sie sagten. Persisch, Hebräisch, Deutsch oder Arabisch war es jedenfalls nicht. Die Drei schworen sich zu nehmen, was sie nahmen. Jetzt waren die beiden dran.

Der »Eis-Henri«-Verkäufer, mit seinem blauen T-Shirt und der blau-weiß gestreiften Schürze, trat einen Schritt zur Seite, um den Blick auf die Speisekärtchen an der Wand freizugeben. Dann ging er kurz zur Eismaschine in der Ecke und rührte darin einige Male mit einem langen weißen Stab herum, schaute noch einmal genau nach, was jetzt in der Maschine vor sich ging, und kam zurück. Es roch nach Vanille und Erdbeeren.

»Bitte?« Fragend schaute der schlanke, kleine und sympathische Eisverkäufer mit leicht gebräunter Haut zu dem Paar.

Der süße Typ zeigte wortlos auf das Schild mit der großen Erdbeerschale: mit drei Kugeln Vanilleeis, mit frischen Erdbeeren, Sahne und Waffel für 3,50 Euro.

»Und Sie?«

Die Spannung stieg. O mein Gott, wie sie das zeigte, was sie haben wollte. Sie musste sich weit vorbeugen, ihre Haare hielt sie elegant mit einer Hand fest und streckte den anderen Arm weit aus, um auf das Schild mit der Apfelschorle zu zeigen.

Die Drei schauten sich an.

»Was war das?«, grübelte Annabell.

»Hatten wir das hier schon mal?«, fragte Lara leise.

»Kann mich nicht erinnern«, murmelte Maya.

Trüber, saurer Saft? Sie blieben standhaft und bestellten das Unvermeidliche, als sie mit der Bestellung dran waren.

»Drei Apfelschorlen, bitte.«

»Na, jedenfalls war es nicht so teuer und ein Strohhalm gibt es auch.« Annabell hielt ihr Glas hoch und sah sich die trübe Flüssigkeit genauer an.

Das coole Paar setzte sich draußen auf eine Bank. Annabell, Lara und Maya nahmen den kleinen runden Tisch drinnen am Fenster, wo die Sonne nicht so knallte. Im Dreieck saßen sie da, schauten sich fragend an, die Apfelschorlen standen vor ihnen, mit frechen roten Strohhalmen, die einladend in ihre Richtung abgeknickt waren. Gleichzeitig nahmen sie die

Strohhalme in den Mund und saugten. Drei Gesichter verzogen sich gleichzeitig.

»Nee, das ist nicht mein Drink, Mädels.« Annabell war nicht erfreut wie auch Lara nicht und Maya ebenso wenig.

Maya war es, die als Erste in den Strohhalm hineinzublasen begann, was ein schönes Blubbern machte. Annabell und Lara schauten verdutzt zu Maya. Zu Hause sollten sie das nicht machen, aber hier? – Mit der sauren Apfelschorle? Jetzt setzten auch Annabell und Lara mit dem Blubbern ein.

Und sie prusteten und lachten immer heftiger. Dann blubberten die Gläser über.

Die Apfelschorle aus drei Gläsern vereinte sich zu einem großen Fluss über den Tisch und lief langsam über die Tischkante auf den gefliesten Boden des Cafés. Die Drei begannen in dem kleinen See aus Apfelschorle, der sich unter dem Tisch bildete, mit den Füßen herumzuplatschen. Doch da wurde es dem »Eis-Henri«-Verkäufer zu viel des Übermuts, von drei kleinen Mädchen, die er zwar schon mal hier gesehen hatte, aber nicht wirklich kannte.

»Hört auf damit. Geht raus. Wo sind eure Eltern? Ich hole die Polizei, wenn ihr nicht aufhört«, rief er hilflos zu den drei Mädchen herüber.

Das war überzeugend genug und sie gingen, ließen die Gläser, wo sie waren, und sagten brav im Gehen:

»Tschuldigung.«

»Tschüssi.«

»Wie abgefahren war das denn?« Maya war irgendwie stolz auf sich, etwas derart Unanständiges getan zu haben.

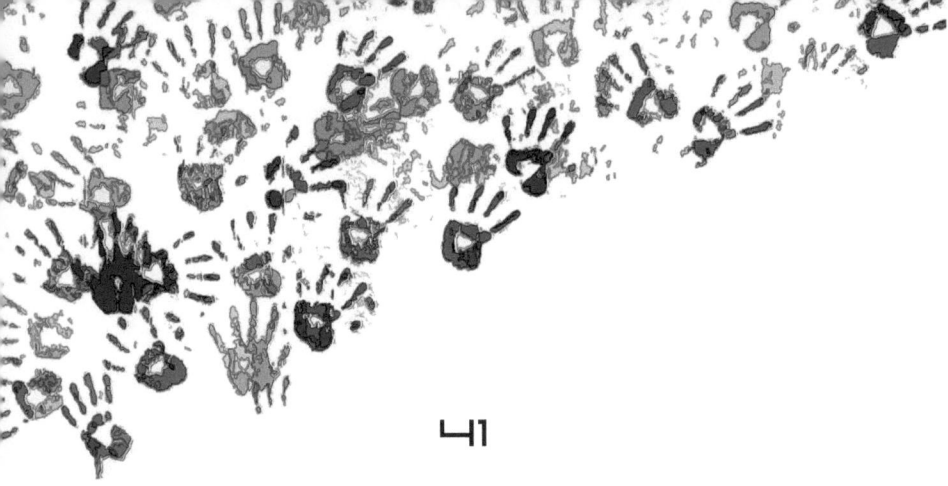

41

VERGANGENHEIT

Alexander von Humboldt

Unsere beiden Abenteurer blieben noch einige Tage in der Mission Perto de la Expedicion. Sie erkundeten die umliegenden Berge, führten meteorologische und geografische Messungen durch, analysierten tektonische und mineralogische Zusammenhänge, stellten bei Nacht astronomische Berechnungen an, ermittelten über die Inklination der Magnetnadel die Intensität der magnetischen Kraft der Erde, sammelten Pflanzen und genossen nach den vielen Tagen in ihrer beengten Piroge die Freiheit, ausgedehnte Wanderungen unternehmen zu können.

Vor der Höhle blieben wir noch öfters stehen und bewunderten den Reiz des merkwürdigen Ortes. Duftende Vanille und Bignonien schmückten den Eingang, und darüber, auf der Spitze des Hügels, wiegten sich säuselnd die Schafte der Palmen ...

... Nordwärts von den Katarakten, am Engpaß beim Baraguan, scheint es ähnliche mit Knochen gefüllte Höhlen zu geben wie die oben beschriebenen. Ich hörte dies erst nach meiner Rückkehr, und die indigenen Steuerleute sagten uns nichts davon ...

Und wieder mussten Humboldt und Bonpland in ihre verhasste, beengte Piroge zurück. Die letzten drei Tage fuhren sie auch die Nächte durch und schliefen auf ihrem Kanu. Flussabwärts zu fahren, erleichterte und beschleunigte die Reise erheblich.

Sie näherten sich den Raudals von Atures.

Das Wasser fing ganz vorsichtig an zu brodeln, schneller zu fließen und schließlich ohrenbetäubend laut und heftig zu tosen. Die Fluten strudelten und erhoben sich zu gefährlichen Wellenbergen, die sich über Felsen auftürmten. Ihr Kanu hätte an jedem von ihnen zerschellen können.

Das Gefährlichste aber war der große Katarakt.

Seine unüberwindbare Wildheit war unseren Abenteurern sehr lebhaft in Erinnerung, von dem Moment, als sie an dieser Stelle flussaufwärts vorbeigekommen waren.

Mit einem Boot war der große Katarakt keinesfalls zu überwinden, weder flussaufwärts noch flussabwärts. Der sonst so breite Orinoko musste sich durch eine aus Inseln und Felsen geformte Enge drängen.

Von über einem Kilometer Breite zwängte sich der Strom durch eine Enge von wenigen hundert Metern. Die Fluten des Orinoko stürzten am großen Katarakt spektakulär tosend über eine Felsenkante mehrere Meter in die Tiefe.

Ihre Piroge musste, wie so oft auf ihrer Flussfahrt, samt Ausrüstung von ihrem Steuermann und den vier Ruderern um einen Katarakt herumbugsiert werden. Sie mussten das Kanu ausladen, alle Instrumente, die Ausrüstung, den Mundvorrat, die Aufzeichnungen und alle Käfige mit den Tieren auf die andere Seite des großen Katarakt tragen und zuletzt die Piroge mühselig auf rollenden Baumstämmen oft bergauf und bergab durch den Urwald bugsieren, um dann alles wieder einzuladen.

Der Transport der Piroge über die Felsen musste jetzt, auf der Rückfahrt, sehr vorsichtig vonstattengehen, da der Boden des Kanus durch die vielen Torturen schon sehr dünn geworden war. Der ehemalige Baum drohte sich zu spalten, was es um jeden Preis zu vermeiden galt.

Die Prozedur des Verladens und Transportierens konnte Tage in Anspruch nehmen. So war es auch diesmal. Wobei die Zahl der Artefakte in ihrer Sammlung, Aufzeichnungen und die Anzahl von mitgeführten Tieren in Käfigen auf der Reise erheblich angewachsen war. Für die Tage, die der Umzug in Anspruch nahm, blieben sie wieder in der Mission Atures.

Hier ging aber zu der Zeit ein Fieber um, an dem nahezu jeder erkrankte. Die meisten der ansässigen Ureinwohner konnten ihre Hängematten nicht verlassen.

Das öffentliche Leben war völlig zum Erliegen gekommen. Selbst das unentbehrlichste aller hiesigen Nahrungsmittel, das Kassavebrot, konnte in der Mission nicht mehr gebacken werden. Sie mussten es von einem benachbarten Dorf holen lassen.

Es verwundert nicht, dass Humboldt, Bonpland und selbst seine Ruderer nebst Steuermann nur so lange in der Mission bleiben wollten, wie es überhaupt nötig war. Auch wenn ihre Piroge jetzt hinter dem großen Katarakt zum Ablegen bereitlag, hatten sie noch fast die Hälfte des Weges durch den Raudals von Atures vor sich.

Wir wagten es, in unserer Piroge durch die letzte Hälfte des Raudals von Atures zu fahren. Wir stiegen mehrere Male aus und kletterten auf die Felsen, die wie schmale Dämme die Inseln untereinander verbinden. Bald stürzen die Wasser über die Dämme weg, bald fallen sie mit dumpfem Getöse in das innere derselben. Wir fanden ein beträchtliches Stück des Orinoko trockengelegt, weil sich der Strom durch unterirdische Kanäle einen Weg gebrochen hat.

Um die Piroge zu entlasten, mussten der Steuermann und die Ruderer wiederum den Großteil ihrer Ausrüstung, ihre Sammlung, Instrumente und die Käfige mit den Affen, von der Piroge entladen und über die Inseln bis zum Raudalito von Canucari verfrachten.

Hier, Flussabwärts an der Spitze der Insel, mussten wir warten. Derweilen sollten der Steuermann und die Ruderer den ausgetrockneten Teil des Flussbettes, am östlichen Ufer der Insel mit einem weiten Umweg umfahren und uns hier wieder aufnehmen.

Wir waren absolut allein im Raudalito von Canucari, ohne Führer oder Missionare. Der Strom toste und brüllte um uns herum. Wir mussten laut miteinander reden, um uns überhaupt verständigen zu können. Die Kraft, die diesen Ort ständig neu formt, ist auch jetzt deutlich zu spüren.

Der Strom türmte hier ungeheuer große, Granitblöcke wie eine Barriere übereinander auf. Diese Blöcke, worunter Sphäroide von 1,6 bis 2 Meter Durchmesser, sind so übereinander geschoben das sie geräumige Höhlen bilden. Wir gingen in eine derselben, um Konferven zu pflücken, womit die Spalten und die nassen Felsenwände bekleidet waren. Dieser Ort bot eines der merkwürdigsten Naturschauspiele, die wir am Orinoko gesehen. Über unseren Köp-

*fen rauschte der Strom weg, und es brauste, wie wenn das Meer
sich an Klippen bricht, aber am Eingang der Höhle konnte man
trocken hinter breiten Wassermassen stehen, die sich im Bogen über
den Steindamm stürzt.*

Für einen kleinen Moment standen sie hier, verblüfft, im
Lärm, sahen das rauschende, glitzernde Wasser vor ihnen fallen, spürten die Gischt, die Feuchte des Ortes. Zeit schien sich
im satten Fluss des Stroms aufzulösen. Der Orinoko ließ sie
ein in seine Welt, lüftete eine Ecke seines Bettes und nahm
sie unter sich. Humboldt war so tief berührt von der Einsicht,
die ihm der Orinoko gewährte, der Strom, auf dem die beiden
Forscher schon seit Monaten umherfuhren und alles auf sich
nahmen, was er ihnen zumutete. In diesem Moment pflückte
ihn der Fluss wie eine reife Frucht.

Und die Tamanaken? Sie waren nicht von Humboldts Seite
gewichen. Sie sahen nur ihn, ihren heiligen Fels, der für sie
selbst wie eine Naturgewalt war.

Generationen von Tamanaken lebten und teilen diesen
Moment in der Höhle mit ihm, Alexander von Humboldt.
Wie ein Berg stand er vor der starren, mächtigen Wand aus
Wasser, wo Tropfen glitzernd im Raum schwebten und die
Gischt wie ein leichter gefrorener Nebel den Boden zu füllen
schien. Generationen von Tamanaken wurden hier zu Zeugen
und sahen, wie überwältigt er vom Anblick des Wassers war.
Alexanders staunendes, herzliches Lächeln allein war wie ein
Wunder für sie. Dieser Moment ihres Idols würde als einer der
intimsten und großartigsten in die Erinnerungsgeschichte
der Tamanaken einfließen.

Einige Zeit später verließen Humboldt und Bonpland, erfüllt und mit reicher Ernte, die Höhle. Die gepflückten Konferven legten sie zu den Kisten ihrer Sammlung und versuchten die Äffchen zu beruhigen, die sich in ihren Käfigen so nah am Wasser sichtlich unwohl fühlten. Mit großen Augen sahen sie abwechselnd nervös auf die Forscher und das Wasser. Ihre kleinen Hände klammerten sich an die Stäbe ihrer Käfige. Sie machten leise, hohe Geräusche.

Wir warteten anderthalb Stunden vergeblich. Die Nacht kam heran und mit ihr ein furchtbares Gewitter; der Regen goss in Strömen herab.

Die kleinen Affen, die wir seit mehreren Monaten mit uns führten, hatten wir auf die Spitze unserer Insel gestellt; vom Gewitterregen durchnässt und für die geringste Wärmeabnahme empfindlich, wie sie sind, erhoben die zärtlichen Tiere ein klägliches Geschrei und lockten damit zwei nach ihrer Größe und ihrer bleigrauen Farbe sehr alte Krokodile herbei. Bei dieser unerwarteten Erscheinung war uns der Gedanke, dass wir bei unserem ersten Aufenthalt in Atures mitten im Raudal gebadet, eben nicht behaglich.

Wir fürchteten nachgerade, unser schwaches Fahrzeug möchte an den Felsen zerschellt sein, und die Indigenen mit ihrer gewöhnlichen Gleichgültigkeit beim Ungemach anderer sich auf den Weg zur Mission gemacht haben.

Vom anhaltenden Regen waren jetzt auch wir bis auf die Haut durchnässt und voll Sorge um unsere Piroge bangten wir vor der Aussicht, eine lange Aequinoktialnacht schlaflos im Lärm der Raudals zuzubringen. Verzweifelt fasste Bonpland den tapferen Entschluss, über die Flussarme zwischen den Granitdämmen zu schwimmen. Er hoffte, den Wald zu erreichen und in der Mission bei Pater Zea Beistand holen zu können. Nur mit Mühe ließ er sich von diesem riskanten Unterfangen abbringen. Er kannte das unüberschaubare Labyrinth mit Strudeln und Stromschnellen nicht, in das sich der Orinoko hier zergliedert.

Und was jetzt, da wir eben über unsere Lage beratschlagten, unter unseren Augen vorging, bewies hinreichend, dass unser Steuermann und die Ruderer fälschlich behauptet hatten, in den Katarakten gäbe es keine Krokodile.

Nach langem Warten kamen unser Steuermann und die Ruderer endlich, als schon der Tag sich neigte. Die Staffel, über die sie hatten, herab wollen, um die Insel zu umfahren, war wegen zu seichtem Wasser nicht fahrbar, und der Steuermann hatte im Gewirre von Felsen und kleinen Inseln lange nach einer besseren Durchfahrt suchen müssen. Zum Glück war unsere Piroge nicht beschädigt, und in weniger als einer halben Stunde waren unsere Instrumente, unsere Mundvorräte und unsere Tiere eingeschifft.

42

GEGENWART

Die Drei

Versonnen sahen Annabell, Lara und Maya im Vorbeigehen noch einmal die Ducati an. Drei Mädchenköpfe drehten sich synchron, nur für einen Abschiedsmoment, über die rechte Schulter.

Die beiden, in ihrem coolen Leder-Outfit, saßen lebhaft plaudernd auf der blauen Bank mit dem »Eis-Henri«-Schriftzug.

»Wirklich süß!«, schmachtete Lara etwas übertrieben.

»Wie er sie ansieht«, sagte Annabell verzückt.

Mayas Stimme färbte sich romantisch ein: »Die lieben sich bestimmt.«

Das Wetter machte diesen Tag zu einem der schönsten des bisherigen Jahres. Die Sonne schien warm und gütig vom Himmel und machte die Stimmung im Herzen jedes Einzelnen zu etwas Wunderbaren und Gutem.

Die Drei überquerten nun mit ihren Fahrrädern die Brunnenstraße, um gleich auf der anderen Seite in den Humboldt-Hain zu gelangen.

Sie schauten brav beim Überqueren der ersten Fahrbahnseite nach links, kreuzten den grünen Mittelstreifen und schauten ebenso brav beim Überqueren der zweiten Hälfte nach rechts. Nichts kam und sie liefen rasch hinüber in den grünen Park.

An Feiertagen war Berlin immer sehr leer. Studenten reisten nach Hause zu ihren Eltern. Die meisten Türken kehrten auf einen Kurzurlaub in ihre Heimat zurück und der Rest nutzte das verlängerte Wochenende, um einfach aus der Stadt ins grüne Umland zu fliehen.

In Berlin war es an solchen Tagen etwas besinnlicher, leiser und sauberer, jedenfalls die Luft – im Allgemeinen.

Im Humboldt-Hain sammelten sich an diesen Tagen viele von denen, die hierbleiben wollten oder mussten.

Sie trafen sich zu vielen kleinen Partys, Großfamilien-Picknicks oder hingen einfach ganz allein ab.

Annabell, Lara und Maya fuhren nun mit den Rädern die Baumallee links entlang, dann rechts in den großen Weg, an der neuen Kirche und dem Abenteuer-Spielplatz vorbei, schräg aufwärts den kleinen Hügel hinauf, wo das Pantheon mit den Sternenbildmosaiken stand, und links zu dem kreisrunden, kleinen Brunnen, der von einer Pergola und Bänken umringt war.

Nur wenige Meter davon entfernt befanden sich die Steintische an einem schattigen Plätzchen, an denen immer ältere Männer mit Schnurrbart Schach oder Backgammon spielten.

Der kleine Brunnen versprühte drei flache Fontänen, die wie Fächer aus dem Nabel einer schwangeren Frau über ihren gewölbten Bauch flossen. In erdigem, weiblichem Rot schimmerte die glitschige Oberfläche.

Das gewölbte Rund des Nabelsteins war aus Mosaikpflastersteinen gesetzt, die ihn wie Schuppen einer Drachenhaut schützten. Gleichmäßig über den gesamten Bauch ergoss sich der Strom des Wassers in ein kleines Fließ, dessen Bett wie das Rund des Nabelsteins in den gleichen Mosaiksteinen gesetzt war.

Es schlängelte sich, wie die groß geschuppte Schlange der Lebensenergie, die Anfang und Ende verbindet, durch drei Teiche hindurch.

Das Wasser floss in den ersten kleinen Teich.

Er symbolisiert die Geburt, die aus dem Bauch der Mutter kommt und in die Kindheit übergeht.

Von hier floss das Wasser wiederum unter einer kleinen hölzernen Brücke hindurch, in einen länglichen Teich, der in der Mitte so schmal wie eine Sanduhr zusammenlief.

Er symbolisierte den mittleren Lebensabschnitt des Wachsens, der Bildung, Arbeit, Familiengründung und sogar das Elternwerden und Kinderaufziehen.

Und von hier floss das Wasser in einen dritten kleinen Teich, unten auf der Wiese, was das Vergehen und den Tod symbolisiert.

Wie das Leben nach dem Tod, sickert das Wasser hier im dritten Teich in das Erdreich, die Unterwelt, und geht durch das Grundwasser, das ewige Sein, wieder in den Bauch der Geburt, um dort am Nabelstein als neues Leben auszuströmen.

Das ist der Kreislauf des Lebens.

Doch von den Symbolen wussten unsere Drei noch nichts.

Sie liebten es aber, manchmal nach Regenfällen, wenn sich das Wasser reichlich in den kleinen Teichen staute, kleine Äste oder Korken um die Wette schwimmen zu lassen.

Oder mit nackten Füßen in den kleinen Seen umherzuplatschen.

Hier auf den kleinen Wiesen neben dem Fließ blühten aber auch Narzissen, Krokusse, Osterglocken und später Sommerblumen, die von Bienen und Hummeln umsummt wurden. Holundersträucher und viele Bäume blühten jedes Jahr reichlich. Linden sandten ihren betörenden Duft durch den Park. Jede dieser Pflanzen, Sträucher und Bäume symbolisierte wie die Rosen eine magische Idee, für die sie standen.

Passenderweise gab es im Park auch einen Rosengarten – von dem unsere Drei jetzt schon wussten, dass Rosen die Weiblichkeit in all ihrer Macht und Schönheit symbolisierten.

Im Rosengarten stand eine Bronzefigur von einer sehr starken, großen, laufenden Frau. Sie war Diana, die römische Göttin der Jagd, Göttin des Mondes und der Geburt, die Beschützerin der Frauen und Mädchen.

Einige Meter weiter, unter einem kleinen Baum, befand sich die Steinfigur eines Biebers, der wie ein kleiner Springbrunnen Wasser in eine Kreisspirale laufen ließ. Von außen nach innen lief das Wasser durch die Rinne in das Zentrum der Spirale.

Diese symbolisierte das natürliche Gestaltungsprinzip des Lebens und zeigte sich in den kleinsten Schneckenhäusern und den gigantischsten kosmischen Sternengalaxien.

Selbst unser Sonnensystem ist Teil eines Spiralnebels mit dem Namen Milchstraße. Im Zentrum befindet sich ein schwarzes Loch, das wie in dem kleinen Brunnen alles aufsaugt.

Auch davon wissen unsere Drei noch nichts. Sie hatten zwar schon einmal beiläufig davon gehört. Kämen aber nie und nimmer auf die Idee, hier im Humboldt-Hain Gleichnisse dazu zu finden.

Bisher war der Park für die Drei nur ein großer und schöner Spielplatz.

Doch das würde sich möglicherweise heute ändern.

43

VERGANGENHEIT

Alexander von Humboldt

Das Leben in den Missionen kannten die beiden Abenteurer schon sehr genau. Es ähnelte sich auf bedrückende Weise.

Missionen waren Vorposten der spanischen Eroberung.

Franziskanermönche waren hier die eigentliche Macht in den weiten Landstrichen der spanischen Kolonie und hegten ein strenges Regime unter dem Deckmantel der christlichen Unterwerfung der indigenen Völker.

Die Besatzung, welche die Jesuiten auf diesem Felsen hatten, sollte nicht allein die Missionen gegen die Einfälle der Kariben schützen, sie diente auch zum Angriffskriege, oder, wie man hier sagt, zur Eroberung von Seelen (conquista de almas).

Die meisten Indigenen, die hier lebten, wurden von Soldaten in die Missionen verschleppt. Geldprämien feuerten sie dazu an mit Gewalt in Gebiete unabhängiger indigener Völker vorzudringen.

Sie brachten um, wer es wagte Widerstand zu leisten, brannten Hütten nieder, zerstörten Felder und verschleppten Kinder, Frauen und Alte.

Mit Bedacht wurden die Indigenen so weit wie möglich von ihrem ursprünglichen Heimatland entfernt, auf Missionen am Rio Meta, Rio Negro und oberen Orinoko verschleppt. Sie sollten gar nicht erst in Versuchung geraten an ihren alten Lebensort zurück kehren zu wollen.

Nach den Gesetzen des spanischen Königs war diese gewaltsame Art des ›Seeleneroberns‹ verboten. Doch die bürgerlichen Behörden in der Kolonie und deren obere weiße Gesellschaftsschicht sahen darin ein höchst löbliches Mittel, um die Missionen zu entwickeln. Soldatenhorden sind häufig in Missionen anzutreffen und ziehen durch den Urwald, die nach spanischem Recht illegale Aktivitäten verfolgen.

Dazu kam, dass die Angst in der spanischen Kolonie vor britischen und amerikanischen Spionen sehr groß war.

Es verwundert nicht, dass in einer derart angespannten Atmosphäre jeder Ausländer, der hier unterwegs war und alles so genau studierte, wie Humboldt es tat, nicht nur einen Königlichen Pass mitführen musste, sondern darüber hinaus im Besitz eines höchst amtlichen und wohlwollenden Begleitschreibens sein sollte, was zudem von einem lokalen und einflussreichen Würdenträger ausgestellt worden sein musste.

Humboldt konnte sich stets auf die großzügige Unterstützung des Statthalters der Provinz, Don Vicente Emparan, und die Empfehlungen der Franziskanermönche verlassen.

Was wiederum so kam, weil der Minister des spanischen Königs, Ritter Don Mariano Luis de Urquijo, der ein begeisterter Förderer der Wissenschaft war, einen Pass für Humboldt mit dem Befehl ausstellte:

Der Inhaber dieses Passes ist ermächtigt sich seiner physikalischen und geodätischen Instrumente mit voller Freiheit zu bedienen; in allen spanischen Besitzungen astronomische Beobachtungen anzustellen, die Höhe der Berge zu messen, die Erzeugnisse des Bodens zu sammeln und alle Operationen auszuführen, die er zur Förderung der Wissenschaft für Gut erachtet.

So kam es, weil Alexander von Humboldt in einer Audienz bei Karl IV., König von Spanien höchstselbst, einen guten Eindruck machte und bei der Gelegenheit gewinnbringende Erkenntnisse über seine Kolonie in Lateinamerika glaubhaft und verbindlich in Aussicht stellen konnte.

Das war es aber noch nicht allein.

Die Audienz beim König war wiederum möglich, weil Baron Forell von Alexander von Humboldt begeistert war. Baron Forell war als sächsischer Gesandter am spanischen Hof und verfügte hier nicht nur über reichlich Einfluss, sondern ebenso auch über ein persönliches fundiertes Wissen zu Mineralogie, Beides verband er mit der Förderung von Unternehmungen, der Weiterentwicklung der Wissenschaften und stellte Humboldt dem schon erwähnten Ritter vor.

So ebnete Humboldt das Interesse einiger einflussreicher Persönlichkeiten an der Wissenschaft, den Weg zu einer neuen Expedition auf einen Kontinent, den er schon seit seiner Jugend sehnlichst bereisen wollte.

Es schloss sich hier ein Kreis, sollte man meinen, der bei genauer Betrachtung doch nur eine Hälfte des Kreises war. Die zweite Hälfte kam aus einer anderen Richtung – Humboldts persönliche Bildung durch seine Familie.

Denn wie sich jemand bei Hofe benimmt, wie man dort spricht, sich gar sicher und zu Hause im royalen Ambiente fühlt und darüber hinaus Argumente geschickt und nicht ausschließlich zu seinen eigenen Gunsten, sondern auch zu den Gunsten seiner Gesprächspartner vertritt, war Teil von Alexanders häuslicher Bildung von klein auf.

Daneben entwickelte sich schon sehr früh sein naturwissenschaftliches Interesse.

Wir können vereinfacht sagen, Humboldt hat Etikette und diplomatisches Geschick auf höchster Ebene mit der Muttermilch eingesogen.

Denn Alexanders Vater, Alexander Georg von Humboldt, wurde wegen seiner Verdienste im Siebenjährigen Krieg als preußischer Offizier von seiner Hoheit Friedrich II., König von Preußen, der schlicht »Friedrich der Große« genannt wird, zu seinem Kammerherrn ernannt.

Danach wurde Alexanders Vater der Kammerherr von Elisabeth Christine Ulrike von Braunschweig-Wolfenbüttel, die bis zu ihrer Scheidung vom preußischen Thronfolger Friedrich Wilhelm, im Jahre 1769, seine Gemahlin war.

Die sehr enge Verbindung von Alexanders Vater zum Preußischen Königshaus begründete wiederum ein persönliches Verhältnis der Humboldt-Brüder zum preußischen König und den Royals im Allgemeinen.

So war es auch nicht verwunderlich, dass einer der Taufpaten Alexanders Kronprinz Friedrich Wilhelm II. war.

Zeit seines erwachsenen Lebens erhielt Alexander eine Apanage, eine Art unbedingtes Grundeinkommen vom preußischen Königshaus, was uns das Genie seiner Zeit bewahrte. Andernfalls wäre Alexander von Humboldt sehr wahrscheinlich, wie so viele andere seiner ambitionierten Zeitgenossen, von Preußen nach Paris gegangen.

Paris war damals das weltweite Zentrum der Wissenschaften. Wegen seiner Weltoffenheit und Begeisterung für Neue Kunst war es für Humboldt viel lebendiger und inspirierender als das staubige preußische Berlin.

Da er nach dem Tod seiner Mutter durch die Erbschaft selbst reich wurde, konnte es sich frei entscheiden, wo er leben und was er mit so viel Geld anstellen sollte.

Er entschied sich, frei und von ganzem Herzen, seine gesamte Erbschaft für Forschungsreisen, Abenteuer und die späteren aufwendigen Buch- und Kartenpublikationen, die er für jeden Mann und jede Frau jeden Ständes drucken ließ, zu verwenden.

Und er gab buchstäblich alles aus.

Am Ende blieb ihm immer noch die Apanage des Königs.

Als die Zeit und Humboldt reif genug waren, rief der Preußische König seinen Herumtreiber und Weltenbummler nach Berlin zurück. Friedrich Wilhelm IV. war für Humboldt zermürbend.

Für den König war der Freigeist von nun an sein Kammerdiener, wie es sein Vater einst für einen König war.

Er war aber auch Vorleser und Gesprächspartner, nahm fast an allen täglichen Tafeln und Festen teil und hatte sich um Gäste des Hofes zu kümmern.

Der König benutzte ihn wie ein Nachschlagewerk, eine frühe Form von Google und Wikipedia in einem.

Vitamin »B« war allerdings in Humboldts Fall nicht alles. Denn keiner bei Hofe oder in einer Universität, auch nicht Alexander selbst, hatten damals irgendeine Ahnung von dem neuen allumfassenden Weltbild, mit dem der junge ehrgeizige Abenteurer und Forscher einst die Menschheit beschenken würde.

Dennoch war sein Wissen um die Regeln der Macht und Etikette bei Hofe ein warmes und geschmeidiges Bett, in dem sich sein Talent bestens entfalten konnte.

Allerdings hätte das weder die Moskitoschwärme und schon gar nicht die Krokodile in irgendeiner Weise beeindruckt.

Der Sitz in der Piroge wurde dadurch auch nicht bequemer.

Und das ist es wohl, was ein Genie ausmacht; dass es den Weg trotzdem geht.

44

GEGENWART

Die Drei

Von hier oben, von dem kleinen Hügel aus, konnten Annabell, Lara und Maya den gesamten Hain im Park überblicken.

Um sie herum duftete es nach Frühling. Jetzt fuhren sie mit den Rädern den Hügel herunter, der im Winter ein Rodelberg war.

Wie kleine Löwinnen näherten sich Annabell, Lara und Maya der weiten Fläche des Hains. Sie taxierten die Szenerie voller Menschen, die genauso gut Gruppen von Gnus, Zebras und Antilopen sein könnten. Neugierig mischten sie sich zwischen die kleinen Herden von Menschen.

Einige ältere, nicht mehr ganz so schlanke Damen im Bikini mit Bast-Hut und Sonnenbrille posierten in der Sonne.

Eine Gruppe von vielleicht zwanzig Teenagern stellte sich einige Bänke zusammen und hatte offensichtlich viel Spaß miteinander. Zwei leere, große Kabelrollen aus Holz dienten ihnen als Tische. Fast jeder von ihnen hatte eine Bierflasche in der Hand. Beats tönten aus einem kleinen Lautsprecher. Mädchen und Jungs saßen, standen und lagen herum, hingen gemeinsam ab, unterhielten sich und kamen sich eben näher, küssten sich ...

Frauen aus mehreren Generationen saßen mit Kopftüchern und weiten, schwarzen Gewändern im Kreis auf Klapp-Stühlchen und auf dem Boden verteilt.

Reichlich Essen war auf einem Tisch angerichtet.

Ein rundbäuchiger Mann war unaufhörlich im Gange, um lecker duftende Kebabs zu grillen.

Kleine Mädchen spielten mit ihren Papas und Brüdern Fußball.

Drei Mädchen im Teenageralter mit kräftig roten, grünen und türkisfarbenen Kopftüchern und super engen Jeans spielten laut juchzend Federball.

Einige sehr alternativ aussehende Jungs mit Dreadlocks, weiten Hosen und blanken Oberkörpern übten Seiltanz auf zwei Slacklines. Das waren lange Bänder, die, nicht sehr hoch über dem Boden, zwischen zwei Bäumen gespannt wurden.

Kleine Familien saßen auf ausgebreiteten Decken mit ihren Kleinsten in Baby-Stramplern und Schnullern um den Hals.

Eine Mutter balancierte, auf dem Rücken liegend, ihr Baby auf den Knien.

Sogar kleine Zelte waren hier und da aufgebaut.

Viele ausgelassene, fröhliche kleinere und größere Picknicke machten die Atmosphäre an diesem Feiertag anders als sonst zu einem viel schöneren Bild, wie aus einem alten Gemälde.

Ein älterer Mann mit dickem Bauch lag anmutig ins Gespräch vertieft zwischen seinen Freunden.

Menschen, die sonst auf Stühlen in Büros saßen, lagen hier auf der Wiese, und Frauen, die sich eigentlich in der Stadt öffentlich niemals ausziehen würden, lagen hier fast nackt mit ihrer weißen, wabbelnden, runzeligen Haut in der Sonne.

Die vielen Singles, manche mit einem Fahrrad, allein auf einer Decke liegend, schauend, lesend oder Musik hörend, mischten sich einfach dazwischen. Jeder durfte hier so sein, wie er wollte.

Menchen welcher Hautfarbe, Nationalität, Religion oder Gang angehörig, vom Baby bis zur Greis:in, von Single bis Großfamilie, – Türk:innen, Araber:innen, Brit:innen, Israel:innen, Chines:innen, Ukrainer:innen, Spanier:innen, Russ:innen, Franzos:innen, Palestinenser:innen, Kongoles:innen, Deutsche, Bulgar:innen, ... – konnte sich hier jede oder jeder wohlfühlen und entspannen.

Das entspannte auch die drei Mädchen nach ihrem »Eis-Henri«-Rauswurf.

45

VERGANGENHEIT

Alexander von Humboldt

Humboldt und Bonpland kamen nach Spanien, weil sie selbst vor dem Krieg in Europa flohen. In Europa und Nordafrika herrschte der sogenannte zweite Napoleonische Krieg.

Napoleon Bonaparte, Kaiser von Frankreich, Feldherr und Eroberer kämpfte gegen die Allianz der Königreiche von Großbritannien, Österreich, Russland, Portugal, Neapel, das Osmanische Reich und den Vatikan.

Preußen, Humboldts Heimat, war wie viele andere Länder von Napoleons Truppen besetzt. Preußen, unter seinem neuen König Friedrich Wilhelm III., blieb in diesem Konflikt aber dennoch neutral. Mit der Unterwerfung Preußens, dem Sieg über Österreich, den vielen territorialen Gewinnen und dem Bündnis mit Russland stand Napoleon auf dem Höhepunkt seiner Macht.

Etwa zur gleichen Zeit, in der Humboldt auf seiner Forschungsreise Südamerika durchquerte, befand sich Napoleon auf seinem Feldzug in Ägypten.

Das war nicht nur eine militärische Invasion, sondern auch eine archäologische Expedition zu den Kulturschätzen des alten Ägyptens.

Mehr als 150 junge Wissenschaftler, Ingenieure, Künstler und Architekten begleiteten die Napoleonischen Truppen, um die Pyramiden zu erforschen und das Geheimnis der Sphinx zu lüften.

Dabei wurde nicht nur die Sphinx aus dem Wüstensand ausgegraben, von der einige Jahrhunderte lang nur der Kopf aus dem Wüstensand schaute.

Neben einer Vielzahl anderer archäologischer Funde nahm Napoleon auch gleich noch den großen Obelisken mit, den er auf dem Place de la Concord in Paris aufbauen ließ.

Napoleon kam zwar mit seiner Armee, aber er brachte auch die Idee der französischen Revolution, die Losung »Freiheit, Gleichheit, Brüderlichkeit« und Menschen- und Bürgerrechte, wie wir sie heute kennen, zu den Königreichen.

In Frankreich wurden infolge der Revolution, die zu der Zeit erst elf Jahre zurücklag, König Luis XVI., seine Frau Marie Antoinette und seine Familie sowie einige zigtausend Adelige auf der Guillotine hingerichtet.

Sie wurden also von einer Maschine geköpft, was damals in Frankreich ziemlich angesagt war. Das wiederum versetzte die Aristokratie im Rest der Welt in helle Aufregung.

Napoleon brachte den Königreichen auch Gesetze und das Staatswesen, welche die bürgerliche Gesellschaft und alle nicht adeligen Menschen stärkten. Als er abzog oder besser gesagt besiegt wurde, hinterließ er ein bürgerliches Bewusstsein bei den Untertanen.

Die Könige wehrten sich mit ihren Armeen so gut sie konnten gegen die Armeen und Ideen, die Napoleon mitbrachte.

Der Krieg zerstörte viele Häuser und unzählige Menschen starben. Die Allianz der acht Königreiche gewann den 23 Jahre andauernden Krieg.

Die Idee der bürgerlichen Revolution nahm ihren Lauf bis hin zu einer Welt, wie wir sie heute kennen.

Leider erlosch Napoleons Stern bald.

Der Größenwahn befiehl ihn. Immer hin konnte er von seinen eigenen Landsleuten entmachtet und auf eine kleine Insel im Mittelmeer mit dem schönen Namen »Elba« verbannt werden, wo er bis zu seinem Tode leben durfte.

Humboldts Stern hingegen erstrahlte heller und heller, trotz seiner kleinen Missetaten, die sich bald schon selbst regulieren sollten. Aber darauf kommen wir später zurück.

46

GEGENWART

Die Drei

Unsere Drei fühlten sich in der behaglichen Atmosphäre des Humboldt-Hains sehr wohl und sicher. Niemand hier würde ihren Plan, eine magische Hütte zu bauen, albern finden oder gar verbieten.

Dennoch wurden sie plötzlich etwas schüchtern.

»Wo wollen wir unsere magische Hütte bauen?«, fragte sich Annabell.

Die Drei sahen sich wortlos um.

Der Ort musste mit Bedacht gewählt werden.

Die Äste sollten sicher stehen und niemandem auf den Kopf fallen.

»Dort, hinter unserem Baum!«, beantwortete Annabell ihre Frage euphorisch selbst.

»Gute Idee«, ergänzte Maya.

»Find ich auch«, stimmte Lara zu.

Schnell waren sie sich einig, denn keine hatte eine bessere Idee.

Sie kannten ihren Baum sehr gut. Es war ein knorriges, altes Exemplar, dessen Stamm so flach und schräg über die Erde wuchs, dass er einen dazu einlud, darauf herumzuklettern.

Die Drei liebten es, stundenlang auf seinem Stamm zu sitzen und über Probleme in der Schule oder mit den Eltern zu plaudern. Neuerdings redeten sie hier auch über Jungs und darüber, wie doof, süß oder cool sie waren.

Die Drei schoben ihre Fahrräder durch die kleinen Gassen zwischen den Grüppchen, den kreuz und quer liegenden Decken, auf denen kleine Horden von Kindern, Erwachsenen und Teenager lagen, die miteinander ins Gespräch vertieft waren und nicht ahnten, was die drei kleinen Mädchen, die schüchtern an ihnen vorbeischlichen, heute und hier vorhatten. Niemand nahm so richtig Notiz von ihnen, als sie langsam im Zickzack über die Wiese gingen.

»Stellt euch vor, es würde wirklich ein Planet anrauschen und auf die Erde stürzen.«

Annabell kam ins Grübeln. »War das mit der magischen Hütte wirklich so eine super Idee?«

»Ach, du machst dir viel zu viele Sorgen. Sieh mal, die Leute hier, würden die so entspannt herumliegen, wenn schon ein Planet durch das Weltall im Anmarsch wäre? Wohl eher nicht, oder?«

Eigentlich war Maya diejenige von ihnen, die sich sonst größere Sorgen machte. Heute war das aus irgendeinem Grund anders. Vielleicht hatten sie die vielen Symbole der Weiblichkeit mutiger gemacht.

»Wir dachten doch, dass etwas anderes Überraschendes passieren würde, von dem wir gar nicht wissen, was es sein soll.

Das mit dem Planeten kennen wir ja schon.

Also wird es das wohl eher nicht sein.«

»Maya, eigentlich hast du ja recht.«, beschloss Annabell, sich jetzt keine Sorgen mehr zu machen und lächelte wieder ihr hinreißendes, sonniges, unwiderstehliches Lächeln, was sie immer so hübsch aussehen ließ.

Die vielen Menschen um sie herum waren miteinander in ihrem eigenen Kosmos – in ihren eigenen Plan vertieft, einen wundervollen Tag zu haben.

47

VERGANGENHEIT

Alexander von Humboldt

Humboldt und Bonpland waren in der Zwischenzeit so weit vorangekommen, dass sie den Orinoko hinter sich ließen.

Auf der 2250 Kilometer langen Flussfahrt durch den Urwald, in ihrem beengten Kanu, von Mückenschwärmen traktiert, waren sie vielen Prüfungen unterzogen worden.

Dank ihrer Entschlossenheit und strapazierfähigen körperlichen Verfassung hatten sie die Gefahren bisher gut überstanden, und das obwohl Bonpland zuletzt, vom Fieber ergriffen, noch in Angostura sehr krank geworden und dem Tod eine Zeit lang näher gewesen war als dem Leben.

Humboldt hingegen, der in jungen Jahren oft kränklich gewesen war, fühlte sich in den Tropen wie zu Hause und war so gesund wie nie zuvor in seinem Leben.

Voller Sehnsucht nach einer längeren Seereise auf dem Meer, kehrten sie dem Orinoko den Rücken zu.

Ihre Maultiere erwarteten sie schon bereit zum Beladen am linken Ufer des Orinoko.

Eine sehr langsame dreizehntägige Reise durch die Llanos del Pao, die Steppe von Venezuela, lag vor ihnen.

Es war kahl in der Steppe, pflanzenlos. Ohne Schatten und ungemein heiß warf selbst der Boden die Sonnenstrahlen wie ein Echo zurück.

Auf einigen Maultieren mussten die Pflanzensammlungen und geologischen Suiten verstaut werden. Auf den anderen die vielen Käfige mit den Tieren, die sie seit Esmeralda und dem Rio Negro mit sich führten.

Wir erinnern uns aber auch an einige Skelette und Schädel aus der Höhle von Ataruipe, die unsere Helden mit sich führten.

Das war eine gesamte Maultierladung voll menschlicher Gebeine, die zwar so gut als möglich in Bastmatten eingewickelt waren.

Bei dem Spürsinn der Indigenen und ihrem feinen Geruch half aber diese Vorsicht leider zu nichts.

Überall wo wir in den Missionen der Kariben, auf den Llanos zwischen Angostura und Nueva Barcelona haltmachten, liefen die Eingeborenen um unsere Maultiere zusammen, um die Affen zu bewundern, die wir am Orinoko gekauft.

Kaum aber hatten die guten Leute unser Gepäck angerührt, so prophezeiten sie, daß das Lasttier, »das den Toten trage«, zugrunde gehen werde.

Umsonst versicherten wir, sie irren sich, in den Körben seien Krokodil- und Seekuhknochen; sie blieben dabei, und »das seien ihre alten Verwandten«.

Wir mussten die Autorität der Mönche in Anspruch nehmen,
um des Widerwillens der Kariben Herr zu werden und frische
Maultiere zu bekommen.

Die Prophezeiung der Indigenen allerdings sollte sich auf die
eine oder andere tragische Weise noch erfüllen.

Wie genau das allerdings geschah, sollten Humboldt und
Bonpland erst viel später nach ihrer Rückkehr erfahren.

48

GEGENWART

Die wahre Geschichte von: Hänsel und Gretel

Sie näherten sich dem Baum, der im April mit seinen kleinen weißen Blüten einen schweren, lieblichen Duft verströmte.

Der Baum war wie ein Tor, ein Haus für sie.

Unmittelbar hinter ihm war der richtige Ort für ihre magische Hütte, das wussten die Drei.

Hier würde niemand sein, so hofften sie.

Die Schüchternheit in ihnen war immer noch da: Durften sie einfach Äste aus dem Wald zusammensuchen und eine magische Hütte damit bauen? Mussten sie vorher jemanden fragen? Da war jedoch keiner, den sie hätten fragen können. Sie mussten selbst entscheiden.

Alles schien so einfach. Zu Hause fassten sie den Plan, Annabell machte Skizzen und nun war es so weit. Es überraschte sie allerdings, als es sich plötzlich wie bei einer Klassenarbeit in Mathe oder wie die Momente kurz vor der Premiere in der Theatergruppe anfühlte.

Sie waren aufgeregt. Keine wollte den anderen gestehen, dass sie lieber nach Hause gegangen wäre.

Doch dazu war es jetzt zu spät. Annabell holte ihre Zeichnung von der magischen Hütte aus ihrer Tasche. Sie hielt sie in der Hand. Lara und Maya standen rechts und links neben ihr.

»Wir brauchen lange, gerade Äste.«

Annabell sah herüber zu den Bäumen auf der Anhöhe, die dort dicht wie ein Wald standen.

Ihre Fahrräder ließen die Drei direkt wie immer vor dem Eingang zu ihrem alten Baum stehen.

Obwohl Annabell, Lara und Maya beste Freundinnen waren, alles gemeinsam taten und miteinander teilten, hätten ihre Fahrräder nicht unterschiedlicher sein können.

Mayas Bike stand stolz mit seinem mondänen, metallic-violett schimmernden Rahmen da. Beide Räder und der Sattel leuchteten in sattem Gelb, während die farbigen Bänder an den Griffen im Wind flatterten.

Annabell legte ihr blaues BMX-Rad auf den Boden, denn es hatte keinen Ständer.

Lara stellte ihr schickes neues, weißes Country-Bike mit orangefarbenen Streifen und der weißen Federgabel neben Mayas Rad ab.

Wie ein Statement der Abenteuerlust und Unabhängigkeit warteten dort nun drei bunte schöne Mädchenbikes – die von drei Mädchen kündeten, die nun ihren geheimnisvollen Plan in die Tat umsetzten und gerade dabei waren, entschlossen um den Baum herumzugehen.

Überrascht sahen sie eine ältere Frau, die hier auf ihrer Decke lag und sich in der Sonne rekelte. Damit hatten sie nicht gerechnet.

»Was sollen wir jetzt machen?«

»Sollen wir sie verjagen?«

Das hörte die Frau und sah herüber.

Sie sah drei Mädchen, circa 12 Jahre alt, hübsch, fast gleich groß, die sie neugierig aus nächster Nähe musterten.

»Na, ihr Süßen. Was gibt's?«

Dass die Frau zu ihnen sprach, machte die Drei noch ein wenig schüchterner. Annabell nahm all ihren Mut zusammen.

»Wir wollten hier eigentlich eine magische Hütte bauen«, sagte sie verdutzt.

»Ach, wie süß und dann?«

Auch mit dieser Frage hatten sie nicht gerechnet.

»Na, wir ...« Maya stoppte und wusste nicht, wie viel sie der fremden Frau von ihrem geheimen Plan verraten sollte.

»... wollen sie bauen, um zu sehen, was dann passiert«, vollendete Lara den Satz ihrer Freundin.

»Allerliebst! Ein guter Plan. Was hindert euch daran, ihn umzusetzen?«

Wieso fragte sie so viel. War sie eine Lehrerin oder so was? Echt krass, die Alte, brummte es in Annabells Kopf.

»Na, Sie liegen genau dort, wo wir die Hütte bauen wollten.«

»Ach, ist das so? Dann baut sie doch ein Stück weiter da drüben.«

»Wir fanden aber, hier hinter unserem Baum, ist es am besten, sie zu bauen«, fasste sich Maya wieder.

»Wollt ihr ein Stück Streuselkuchen zur Stärkung?

Den habe ich selbst gebacken, nach einem Rezept aus der Brigitte.«

Die Drei wussten nicht, was sie nun tun sollten, was zu sagen das Richtige war.

Die Alte saß auf ihrer schönen Decke, mit großen rot und grün abgesetzten Karos.

Neben ihr war ein geflochtener Picknickkorb.

Eine Weinflasche stand geöffnet daneben und ein gefülltes Weinglas lehnte an der Flasche.

Sie wollten nicht unhöflich sein, hatten jetzt aber tatsächlich ein wenig Hunger und wollten wiederum auch endlich damit beginnen, ihre magische Hütte zu bauen.

»Vielleicht geht sie ja, wenn der Kuchen aufgegessen ist«, flüsterte Maya ihren Freundinnen zu.

»Kuchen klingt gut.«

»Dann setzt euch. Etwas zu trinken? Ich habe sogar Orangenlimonade, wenn ihr wollt.«

»Limonade.«

»Ich auch.«

Aus dem Picknickkorb holte die Alte eine Flasche und drei Gläser, goss jeder ein Glas Orangenlimonade ein und gab sie den Mädchen.

Annabell, Lara und Maya setzten sich zu ihr auf die schöne Decke, auf der für alle Platz war.

Dann holte die Alte noch drei weiße Porzellanteller und einen Kuchen aus dem Korb, bevor sie drei Stücken davon abschnitt, sie auf die Teller legte und den Mädchen gab.

»Ihr müsst wissen, ich war eigentlich mit zwei alten Freundinnen verabredet. Aber alte Freundinnen sind eben auch alt, haben Wehwehchen und Verpflichtungen. Kennt ihr so was?«

Die Drei nickten.

»Sind Sie von hier?«

Lara hörte einen Dialekt in ihrer Stimme, den sie nicht zuordnen konnte.

»Nein, ihr Süßen, ich komme aus München und bin nur über die Feiertage in Berlin.«

Das würde erklären, weshalb sie so freundlich ist, dachte Annabell. Menschen aus Bayern sollten viel freundlicher sein als die in Berlin, sagte Shirley, als sie von einer Kurzreise nach München begeistert zurückkam.

»Nun habe ich aber doch noch nette Gesellschaft gefunden.«

Neben der Alten lag ein Buch mit einem Lesezeichen fast in der Mitte. Der Titel war »Becoming« von Michelle Obama – las Lara leise für sich.

»Was ist das für ein Buch?«, fragte Lara neugierig.

»Michelle ist eine Verbündete im Geiste ...«

Die Alte stockte, als ob sie noch überlegen müsste, wovon das Buch eigentlich handelte.

»... Sie ist eine sehr intelligente Frau ihrer Zeit, aber auch so wie die weisen Frauen in den alten Märchen, die etwas in der Gesellschaft veränderten. Sie wird dieses Buch in acht Jahren veröffentlichen. Dann seid ihr schon fast erwachsen, nicht wahr?«

»Wovon handelt es?«, fragte Annabell und überlegte kurz, ob sie richtig gehört hatte.

»Ah, verstehe. Es handelt von einem sehr klugen Mädchen, das in einer nicht so wohlhabenden Gegend aufwächst und später so etwas wie eine gute Königin eines sehr großen Landes wird.«

»Meinen Sie wie in den Märchen von den Brüdern Grimm?«, fragte Lara und ergänzte: »Wie Schneewittchen, Hänsel und Gretel oder Dornröschen?«

»Meine Mutter hat sie mir vorgelesen, als ich noch klein war«, sagte Annabell mit wachsendem Selbstbewusstsein.

Maya fügte noch hinzu: »Wir haben schon viele Märchenfilme gesehen, auch den von Schneewittchen.«

»Haben sie euch gefallen?«

Die Alte sah jetzt plötzlich gar nicht mehr so alt aus.

Eigentlich sah sie jetzt sogar ziemlich frech und jung aus.

Sie trug ein weißes Kleid mit riesigen roten Mohnblumen, eine Kette mit großen weißen Perlen, eine ziemlich extravagante grüne Sonnenbrille und saß mit überkreuzten Beinen elegant drapiert vor ihnen.

Sie musste sich nicht anlehnen, um gerade zu sitzen.

Ihre bunten, mit Gold abgesetzten Sneaker standen neben dem Korb. Die langen rotblonden Haare trug sie als wilde hochgesteckte Frisur, die ein breites hellgrünes Band mit großer Schleife festhielt.

Ein Leuchten ging von ihr aus, wie sie da so im Gegenlicht saß. Sie war stark – das spürten die Drei –, selbstbewusst und irgendwie dann doch sehr angenehm. Eine Lehrerin, wie sie zuerst dachten, war sie bestimmt nicht.

»Schneewittchen wollen wir uns nie wieder ansehen«, entfuhr es Lara.

»Spieglein, Spieglein an der Wand, wer ist die Schönste im ganzen Land war überhaupt nicht cool«, ergänzte Annabell mit fast übertriebener Stimme.

»Die Stiefmutter war so böse zu Schneewittchen, weil sie schöner war als sie selbst.«

»Warum soll nur eine die Schönste sein? Das ist echt doof und ungerecht.«

»Und immer soll der Prinz die Schönste retten.«

»Was machen die anderen, die nicht so schön sind?«

»Wisst ihr, die Brüder Grimm haben alte, mündlich überlieferte Volksmärchen umgedichtet. Sie haben die Orte, an denen Frauen früher zusammenkamen, wo sie Schutz fanden, wo sie sich sehr gut auskannten, wo sie Verbündete hatten, wo sie Wissen sammelten, Magie und Heilung ausübten, in ihren neuen Märchen zu etwas verwandelt, das Frauen bis heute Angst macht.«

»Wie meinen Sie das?« Maya wurde neugierig.

»In den neuen Märchen der Brüder Grimm wurde der Wald zu etwas Bösem, undurchdringlich, mit gefährlichen Wölfen, bösen Geistern und garstigen Hexen, die ängstliche Mädchen fangen, einsperren oder fressen wollten.

Nur der Prinz konnte sie davor retten.

Dabei war es genau umgekehrt. Frauen waren stark, weil sie sich mit der Natur verbündeten. Ihr habt schon recht damit, den Spruch mit dem Spiegel nicht zu mögen.

Würde er nicht ebenso eure Freundschaft entzweien?

Weise Frauen, die in den Geschichten auch wilde Frauen oder Hexen genannt wurden, kannten sich im Wald aus, sie kannten seine Geheimnisse, Heilpflanzen Kräuter, die Kraft der Bäume und der Tiere, die ihre Verbündeten waren.«

»Ist denn der Wald nicht dunkel und ein wenig unheimlich?«, wollte Lara wissen.

»Aber nein, mein Liebes. Das kommt nur, weil wir immer die gleichen Märchen vom bösen, dunklen Wald hören und lesen, in denen jedes Mal das unheimliche Böse lauert, die bösen Geister und Ritter den Frauen auflauern, ihnen mindestens ebenso Böses antun wollen, oder in Burgtürmen gefangen halten.

Heute sind es die Krimis, in denen Frauen im Wald und in den Städten schlimme Dinge widerfahren. Immer das Gleiche. Ich kann es schon nicht mehr hören«, sagte sie und machte eine wilde Geste mit den Händen in die Luft.

»Aber wie war es denn vor den Märchen der Brüder Grimm?«, wollte Annabell wissen.

»Ich kann euch eine Geschichte erzählen, wie sie sich vor vielen hundert Jahren zugetragen hat. Sie wird seit eben so langer Zeit von Generation zu Generation von weisen Frauen mündlich weitergegeben.«

»Na, wenn sie nicht so lang ist?« Lara dachte wieder an die magische Hütte, die sie eigentlich bauen wollten.

»Keine Sorge, Herzchen, sie ist nicht zu lang.«

»Sind Sie eine weise Frau?«, fragte Maya mit einem verschmitzten Lächeln.

»Nun, ihr Süßen, ich bin die, die ich bin.«

Sie machte eine kurze Pause und begann:

»Es ist die wahre Geschichte von Hänsel und Gretel oder besser von Gretel und Hänsel. Denn Gretel spielt darin die Hauptrolle und Hänsel ist ihr kleiner Bruder.«

Die Frau nahm ihre Sonnenbrille ab und die Drei sahen ihre Augen jetzt zum ersten Mal.

Sie waren so leuchtend klar und gütig, wie es die Drei noch nie zuvor gesehen hatten.

Sie hätten das mit ihren eigenen Worten nicht so beschrieben, aber sie spürten es in ihrem Herzen deutlich.

Die Frau begann die Geschichte mit einer so wunderschönen Stimme zu erzählen, dass die Zeit um sie herum stillzustehen schien und die magische Hütte weiter und weiter aus ihrem Bewusstsein schwand:

»Stellt euch vor, unser Hain hier wäre von einem großen Wald umgeben, der so groß ist, dass er in alle vier Himmelsrichtungen, bis zum Horizont reicht.

Am Rande des Waldes war ein kleines Dorf.

Hier lebten Gretel und Hänsel mit ihren Eltern.

Ihr Vater war Holzfäller. Die Zeiten aber waren schwer für die Menschen, weil die Ernte seit mehreren Jahren schlecht ausfiel.

Zu wenig Sonnenschein und zu viel Regen ließen das Korn nicht reifen.

Die Menschen hungerten und Kriege zwischen den rivalisierenden Königreichen taten ihr Übriges, um die Situation der Menschen weit und breit zu verschlechtern.

Da litt auch die Familie eines Holzfällers große Not.

Jeden Abend saßen die Eltern von Gretel und Hänsel an einem spärlich gedeckten Tisch, weil sie immer weniger zu essen hatten. Schon seit vielen Nächten lagen die Kinder auf ihrem Bett aus Stroh und konnten vor Hunger nicht schlafen.

»Vater, wir müssen etwas unternehmen«, sagte die Mutter.

»Es gibt da eine alte Frau, zu der die Menschen früher gingen, wenn sie krank waren«, sagte der Vater, der den Wald gut kannte. »Vielleicht nimmt sie unsere Kinder auf.«

Wegen der vielen Plünderungen aber, die es in dieser Zeit gab, konnten der Vater und die Mutter nicht lange vom Haus fernbleiben: »Die Kinder müssen allein zu ihr gehen«, sagten die Eltern mit Tränen in den Augen.

Am nächsten Morgen beschlossen sie, ihren Plan in die Tat umzusetzen. Gretel und Hänsel bekamen noch eines ihrer knorrigen Brote als Wegzehrung und dann gingen sie los in den Wald. Vater und Mutter sagten, dass sie zusammen Brennholz sammeln wollten. Als sie einige Zeit in den Wald gelaufen waren, erklärten sie den Kindern den Plan und gaben ihnen die Wegbeschreibung, so weit sie sie kannten.

Ihr müsst wissen, es war damals sehr üblich, die eigenen Kinder zu jemand anderem zu geben, wenn die Zeiten schlecht waren. Gretel und Hänsel weinten, verstanden aber, dass es keinen anderen Ausweg gab.

»Geht nun«, sagte die Mutter mit Tränen in den Augen und umarmte ihre geliebten Kinder, gab ihnen einen Abschiedskuss und ließ sie ziehen. »Sucht die Alte. Bei ihr wird eure Not ein Ende haben.«

So zogen die Kinder los. Sie kannten den Wald gut, kamen an dem alten Steingrab vorbei und folgten der Richtung zum heiligen Platz, gingen über die Lichtung mit der uralten großen Eiche und der Quelle, wo sie sich schon früher erfrischten, wenn sie mit der Mutter Holz sammelten.

Dann brach die Nacht herein und sie suchten sich einen Platz zum Schlafen. Die Geräusche des Waldes wurden in der Nacht lauter und unheimlicher.

Die Kinder begannen sich zu fürchten.

»Hänsel, wir gehen wieder nach Hause«, sagte Gretel und nahm ihren kleinen Bruder bei der Hand.

Doch sie fanden den Weg nach Hause nicht mehr.

Ohne zu wissen, wohin sie der Wald führte, irrten sie Schritt für Schritt über den weichen Moosboden.

Als dicht vor ihnen ein großes Tier aus dem Gebüsch aufschreckte und dicht an ihnen vorbeiflüchtete, begannen sie zu weinen. Die ganze lange Nacht irrten sie weiter und immer tiefer in den Wald.

Als es endlich hell wurde, sahen sie hinter Sträuchern auf einer Lichtung Rauch aufsteigen. So schnell sie konnten liefen sie voller Hoffnung auf das wohl ansehnliche Haus zu.

Es war eines der damals typischen Häuser der wohlhabenderen Leute, wie sie es aus Geschichten von fernen Orten her kannten, mit grünen Fensterläden und einem hohen Spitzdach, das mit Schindeln gedeckt war, mit einer Stallung und einem großen Backofen davor.

»Sieh doch, Hänsel!«

Die Kinder konnten ihr Glück kaum fassen.

Vor dem Haus, auf großen Backblechen, lagen Pfefferkuchen mit Mandeln und Honigglasur. Hungrig wie sie waren, nahmen sie sich einen Lebkuchen, teilten ihn und begannen zu essen.

Da ging die Tür auf. Eine alte Frau kam heraus. Sie war runzlig und klein, hatte schlohweißes Haar, einen Hut auf dem Kopf und einen großen Stab in der rechten Hand. Die Kinder erschraken.

»Habt keine Angst, kommt nur her«, sagte die Alte mit knarziger Stimme. »Nun habt ihr meine Pfefferkuchen gegessen, dann könnt ihr ebenso für mich arbeiten.«

Die Frau war vieles, aber auch eine weit bekannte, ja sogar berühmte Pfefferkuchenbäckerin, die selbst den hiesigen Königshof belieferte und daher jede Hilfe gut gebrauchen konnte.

Als sie aber sah, in welch miserablem Zustand die Kinder waren, führte sie sie ins Haus und ließ sich von ihnen ihre Geschichte erzählen, wie es kam, dass sie so tief und allein in den Wald gelaufen waren.

In einer kleinen Kammer richtete die Alte zwei Bettchen für die Kinder her und reichte ihnen eine Tasse Eichelkaffee. Danach schliefen Gretel und Hänsel tief und lange.

Am nächsten Tag weckte die Alte die beiden Kinder und sah, wie mager und ausgezehrt sie waren.

»Ich bin Margolza, bleibt eine Weile bei mir und arbeitet für mich?«

Die Kinder kamen Margolza gerade recht, denn für den nächsten Ball bei Hofe sollte sie ihre berühmten Pfefferkuchen backen.

Sie war jedoch zu alt, um jeden Morgen den Ofen anzufegen und Feuer zu entfachen. Sie konnte das Wasser nicht mehr zum Haus schleppen und auch das Kochen bereitete ihr Mühe.

So wies Margolza die Kinder am nächsten Tag an, ihr zur Hand zu gehen.

Sofort merkte sie, dass Gretel und Hänsel einiges Geschick darin hatten. Gretel konnte Feuer machen und kochen, Hänsel konnte Holz hacken, was ihr beides schwerfiel.

Die drei lebten von nun an zusammen und ergänzten sich prächtig.

Am Abend erzählte Margolza Geschichten von Soldaten, die sich zu ihr verirrt und die sie gesund gepflegt hatte. Zum Dank schenkten sie ihr Golddukaten. Auch Händler waren viele bei ihr vorbeigekommen. Für Übernachtung, Schutz, Nahrung und Orakel gaben sie ihr wertvolle Schmuckstücke.

»Ich habe immer gehofft, eines Tages mein Wissen an eine junge Frau weitergeben zu können«, sagte Margolza zu Gretel.

Da sie Gretel nach einigen Monaten sehr ins Herz geschlossen hatte und ihr vertraute, tat sie es.

Sie brachte Gretel bei zu heilen, wie Wunden gesäubert wurden, in welchen Mondphasen sie am besten Pflanzen sähen und ernten konnte, wie Heilgesänge und Zaubersprüche gewirkt wurden und nicht zu vergessen natürlich das magische Weben.

Margolza brachte Gretel aber auch bei, weise und diplomatisch zu handeln, wie sie mit Königinnen und Königen, Fürstinnen und Fürsten sprechen musste, um ihre Interessen zu wahren.

Denn die Macht, die richtigen Worte zu wählen, war ebenso bedeutend, wie die Geheimnisse der Natur und Magie zu kennen.

Sogar Gretels Begabung als Seherin entwickelte sich langsam. Denn ihr müsst wissen, nur sehr wenige Menschen werden mit der Gabe geboren. Wenn aber alles Wissen, alle Sinne und Emotionen aufs Beste verschmelzen, dann entsteht die Gabe des Sehens auf eine magische Weise ganz von selbst.

Viele Jahre des Lernens und Studierens waren vergangen. Gretel war schon eine ziemlich starke und weise junge Frau geworden. Sie beherrschte ihre Kunst fast so gut wie ihre Meisterin.

Und Hänsel war jetzt schon zu einem ansehnlichen, selbstbewussten jungen Mann herangereift.

Um Gretels Initiation abzuschließen und sie mit der großen Kraft für immer zu verbinden, war nur noch ein wichtiger Zauber notwendig.

Eines Nachts bei Vollmond, in ihrem Hain, der nebenbei gesagt genau so aussah wie unser Hain hier, zog Margolza einen Kreis mit ihrem Stab, der einen Pferdekopf als Knauf hatte.

Hänsel hatte ein schönes Feuer auf der Lichtung gemacht, Gretel warf duftende Kräuter dazu.

Margolza sagte: »Nun, Gretel, ist der Moment gekommen.«

Sie hob ihre Arme weit in den nächtlichen Himmel, dem Mond entgegen, und rief mit fester Stimme die Göttin Freya.

Da zog ein Nebelschleier über die Lichtung, umhüllte Margolza, Gretel und Hänsel für eine Weile und wehte davon.

Das bedeutete, dass die Göttin Gretel und Hänsel in ihren Schutz nahm.

Es war vollbracht.

Alle drei feierten noch eine Weile. Vergnügt saßen sie um das tanzende Feuer, sahen seinem Spiel zu und träumten.

Da sagte Margolza: »Ich werde nicht mehr lange hier sein. Ich habe mich der Feuergöttin versprochen. Wenn ich gestorben bin, schiebt meinen irdischen Leib in den Backofen und entfacht ein loderndes Feuer darin, damit mein Geist befreit wird und aufsteigen kann.«

Gretel und Hänsel waren mit dem Ritual vertraut, doch wollten sie jetzt nichts davon hören.

Die Alte sagte: Solltet ihr es nicht tun, wird mein Geist auf Erden ewig umherirren. Folgt meinem Wunsch, dann wird mein Geist auf ewig mit euch sein und ihr werdet reich belohnt.«

Nur wenige Tage später starb sie.

Gretel und Hänsel waren voller Trauer, denn Margolza hatte ihr Leben gerettet, als sie noch Kinder waren, und war eine gütige Lehrerin bis zum letzten Tag ihres Lebens gewesen.

Sie liebten die Alte aber so sehr, dass sie ihren Wunsch erfüllten, obwohl es ihnen im Herzen sehr schwerfiel.

Gretel und Hänsel bereiteten den Backofen vor.

Sie nahmen alle Backbleche heraus, damit die Feuergöttin die Zauberin in ihre Arme schließen konnte.

Hänsel bereitete ein wunderschönes, besonders heißes Feuer mit Buchen und Eichenholz vor.

Sie legten Margolza auf einen Rost, schmückten sie mit Blumen und Kräutern und schoben sie in die laut lodernden Arme der Feuergöttin.

Doch Gretel und Hänsel wussten nicht alles über die alte Zauberin.

Als sie sie hineinschoben, hörten sie einen hellen Klang, als ob ein Schlüssel zu Boden gefallen wäre.

Nachdem Margolza im Ofen war und die Ofentür geschlossen, lag da tatsächlich ein Schlüssel, den sie noch nie zuvor gesehen hatten.

Das Feuer im Ofen begann mit seinem singenden und säuselnden Gesang.

»Wozu könnte der Schlüssel passen?« Gretel und Hänsel suchten im ganzen Haus, im Garten, im Stall, fanden aber keine Tür, zu der der Schlüssel passte. Margolza hatte Gretel das Haus vermacht, mit allem, was darin war. Gretel versprach, ihr Erbe in Ehren zu halten, und Margolza wusste, dass sie es wahr machen würde.

Die beiden begannen, das Haus einem magischen Reinigungsritual zu unterziehen. Jetzt im abnehmenden Mond war die richtige Zeit dafür. Mit Meersalzwasser und Rosenöl schrubbten Gretel und Hänsel das gesamte Haus von oben bis unten, jede Diele, jeden Stuhl, jedes Werkzeug, hinter und in jedem Schrank.

Als sie den großen Kleiderschrank jedoch zur Seite schieben wollten, gelang es ihnen nicht. Er war schwer, aber sah nicht so schwer aus, dass Hänsel und Gretel ihn nicht hätten gemeinsam bewegen können.

Sehr genau und vorsichtig schauten sie, wo das Problem liegen könnte. Im Haus einer Zauberin mussten sie mit allem rechnen. Alles sah jedoch so aus wie immer. Sie musterten das Schrankinnere sehr genau, klopften die hintere Wand ab und nahmen den Boden heraus. Nichts.

Doch da ließ sich eine Schnitzerei verschieben und dahinter wurde ein Schlüsselloch sichtbar. Schnell war der Schlüssel geholt und er passte perfekt. Eine halbe Drehung reichte und es machte klack.

Unter dem Schrank grollte und toste es. Und dann schob sich der große Schrank von selbst nach rechts, machte einen Ruck und stand wieder wie ein Fels.

Zum Vorschein kam eine dunkle Treppe, die in einen Keller hinunterführte, den die beiden noch nie zuvor gesehen hatten.

Sie stiegen vorsichtig hinab.

Hänsel zündete ein Streichholz an und was sie sahen, war atemberaubend schön, bis Hänsel sich den Finger verbrannte und ein neues Streichholz anzünden musste.

Es war eine kleine unterirdische Kammer mit kleinen Truhen. Sie waren gefüllt mit Schmuck, Ringen, Diademen und Armreifen aus Gold mit Edelsteinen besetzt.

Eine andere Truhe war voll mit Goldmünzen.

Wieder eine andere beherbergte einige Schriftstücke, die dem Inhaber Reiserecht und wohlwollende Empfehlungen von höchsten Persönlichkeiten bescheinigte.

Aber das Wunderbarste und Schönste in diesem Raum war die Figur einer Göttin. Sie lag auf frischen Kräutern und Rosenblättern in einer großen irdenen Schale.

Gretel und Hänsel dankten der Göttin, denn sie erkannten, sie war die Herrin des Waldes und des Hains. Sie dankten ihr für ihre Güte, diesem Haus einen Grund zu geben und den Bewohnern Gesundheit und Wohlstand zu bescheren. Sie ließen alles, wie sie es vorgefunden hatten und verschlossen den Eingang wie er war.

Dieses Geheimnis war bei ihnen sicher und sie wussten, dass damit ihre letzte Prüfung bestanden war. Niemals würden Gretel oder Hänsel jemandem davon erzählen.

Als sie mit der Reinigung fertig waren, kam etwas auf, was sie schon lange nicht mehr verspürten: Sehnsucht nach ihren Eltern. Sie mussten jetzt bereits sehr alt sein und vielleicht lebten sie auch gar nicht mehr. Das hielt Gretel und Hänsel nicht davon ab, es herauszufinden. Sie gingen in das Dorf am Rande des Waldes, wo sie geboren waren.

Das ärmliche Haus ihrer Eltern stand noch am selben Platz und sogar die Eltern waren noch am Leben.

Die Eltern erkannten ihre Kinder nicht gleich. Gretel und Hänsel waren in gutes Tuch gehüllt, sprachen wie Edelleute und waren manierlich im Umgang.

Doch die Freude war groß, als sie erfuhren, wen sie vor sich hatten. Sofort sprach sich die Neuigkeit im Dorf herum und es wurde geredet und getratscht, weshalb die Kinder des Holzfällers wohl so hochwohlgeboren erschienen.

Ihr müsst wissen, für die einfachen, armen und ungebildeten Menschen in diesem Dorf, die weder lesen noch schreiben konnten und sonst nichts von der Welt wussten, waren selbst Gretel und Hänsel, die bei einer weisen Frau im Wald aufwuchsen, wie Menschen aus einem anderen Universum.

Also ging die Geschichte reihum, jeder veränderte ungewollt ein bisschen, bis dabei das Märchen von Hänsel und Gretel herauskam, wie wir es heute kennen.

Die Geschichte ist aber noch nicht zu Ende. Denn Gretel und Hänsel ließen im Dorf alles zurück und gingen nun mit ihren Eltern wieder zurück in den Wald, in ihr Haus, wo ihre Eltern glücklich bis an ihr Ende lebten.

Gretel und Hänsel hingegen gingen auf eine große Wanderschaft, um mit ihren erlernten Fähigkeiten die Welt zu einem besseren Ort zu machen.

Und wenn sie nicht gestorben sind, dann leben sie noch heute.

Und wer kann schon so genau sagen, ob sie nicht immer noch unter uns weilen, oder, ihr Süßen? Was meint ihr?«

Die Drei erwachten wie aus einem tiefen Schlaf, als kämen sie direkt aus dem Hain im tiefen Wald.

Alles hatte sich in der Geschichte so echt für sie angefühlt, als wären sie persönlich dabei gewesen.

Und um sie herum sah es plötzlich so aus wie in der Geschichte. Als ob dort, wo ihr Lieblingsbaum stand, die alte Hütte stehen würde, mit dem Keller, dem Schatz und der Figur der Göttin des Waldes.

Dort drüben hatte die Alte den Kreis mit ihrem Stab gezogen. Gegenüber, auf der anderen Seite war der Backofen gewesen. Alles hier sah genauso aus.

Annabell, Lara und Maya surrte der Kopf und sie verspürten ein sonderbares Prickeln auf der Haut.

Waren sie wirklich schon zurück aus der Geschichte?

Die Frau, von der sie nicht wussten, wie sie hieß, und die sie heute das erste Mal gesehen hatten, war noch da.

Sogar die Leute auf der Wiese waren hier.

Etwas war aber anders. Die Farben sahen viel leuchtender aus und es gab so ein violettes Schimmern in den Bäumen.

Der Himmel und die Sonne hatten sich nicht verändert.

Die Wolken schimmerten strahlend grün an den Rändern.

Und es war so still, als ob alle Geräusche verschluckt würden.

Nur die Geschichtenerzählerin machte einen unheimlich klaren Ton, als sie fragte: »Hat euch die Geschichte gefallen?«

»Das war die coolste Geschichte, die ich je gehört habe«, sagte Maya immer noch völlig entrückt.

»Fand ich auch. Wo sind Hänsel, oh, sorry, Gretel und Hänsel hingegangen?«, fragte Lara ebenso verträumt.

»Wie ihr wisst, die beiden waren in vielen Dingen sehr geübt. Sie konnten als Heiler für alle Menschen arbeiten oder als Diplomaten zwischen Königshäusern Friedens- oder Hochzeitsverhandlungen führen, sie konnten als Lehrer jeden unterrichten, Bauern bei der Aussaat und Ernte beraten und Bäckern die edelsten Rezepte geben und vieles mehr.

Wohin genau sie aber gegangen sind, das blieb allein ihr Geheimnis.«

Annabell, Lara und Maya standen auf und sahen gemeinsam zu den Menschen auf der anderen Seite der großen Wiese im Humboldt-Hain.

Es war wie ein Traumbild.

»Wir müssen jetzt leider gehen«, sagte Annabell im Umdrehen zu der Geschichtenerzählerin.

Doch sie war nicht mehr da. Samt ihrer karierten Decke, den Kuchentellern, Gläsern und dem Picknickkorb war sie spurlos verschwunden.

»Sie ist weg!«

»Ist das gruselig, findet ihr nicht auch?«

»Trotzdem war sie nett. Die Geschichte war echt supercool.«

»Los, dann haben wir endlich Platz für unsere magische Hütte.«

49

VERGANGENHEIT

Alexander von Humboldt

Angekommen in Nueva Barcelona, mussten Humboldt und Bonpland feststellen, dass die Paketboote, die von Coruña nach Havana und nach Mexiko fuhren, seit drei Monaten ausgeblieben waren.

Sehr wahrscheinlich waren sie von den englischen Kreuzern aufgebracht worden. Da sie so schnell wie möglich nach Cumaña wollten, um mit dem ersten Schiff nach Veracruz fahren zu können, mieteten sie ein Kanu ohne Verdeck, was hier Lancha genannt wurde.

Humboldt und Bonpland trafen in Nueva Barcelona auch einen guten Freund wieder, den sie schon ein ganzes Stück mit der Piroge zum oberen Orinoko mitgenommen hatten.

Es handelte sich um Bruder Juan Gonzales, ein sehr interessierter und erfrischend angenehmer junger Franziskanermönch, der nach Europa zurückkehren wollte. Bruder Juan begleitete von nun an unsere Forscher von Nueva Barcelona bis zur Insel Cuba.

Für Humboldt und Bonpland wurde Bruder Juan in den sieben Monaten, die sie zusammen reisten, zu einem sehr guten Freund.

Das Karibische Meer war ostwärts vom Kap Codera fast immer sehr ruhig. Die Lancha wurden daher für die etwa 70 Kilometer lange Strecke zwischen Nueva Barcelona und Cumaña und für noch weitaus längere Strecken sehr gern genutzt.

Die Lancha, die Humboldt, Bonpland und Bruder Juan eine Überfahrt bot, transportierte Kakao und betrieb einen nicht ganz legalen Handel mit der Insel Trinidad, wobei sie an Cumaña quasi vorbeifuhr.

Der Eigner glaubte, von den feindlichen britischen Schiffen, die damals alle spanischen Häfen durch Belagerung blockierten, nichts befürchten zu müssen.

Humboldt, Bonpland und Bruder Juan entschieden sich, die Gelegenheit zu nutzen, mit der Lancha nach Cumaña überzusetzen. Sie schifften ihre Pflanzen- und geologische Sammlung, die Instrumente, natürlich auch die Gebeine von Ataruipe sowie ihre lebenden Affen und Vögel ein.

Das Wetter war herrlich und hätte nicht besser sein können. Sie hofften auf eine kurze Überfahrt, von der Mündung des Rio Neveri, westlich von Nueva Barcelona, nach Cumaña, wo ihre Expedition einst begann.

Aber kaum waren wir im engen Kanal zwischen dem Festland und den Felseneilanden Borracha und Chimanas, so stießen wir zu

unserer großen Überraschung auf ein bewaffnetes Fahrzeug, das
uns anrief und zugleich auf große Entfernung einige Flintenschüsse
auf uns abfeuerte.

Es waren Matrosen, die zu einem Kaper aus Halifax gehörten,
und unter ihnen erkannte ich an der Gesichtsbildung und der
Mundart einen Preußen, aus Memel gebürtig.

Seit ich in Amerika war, hatte ich nicht mehr Gelegenheit gehabt,
meine Muttersprache zu sprechen, und ich hätte mir wohl einen
erfreulicheren Anlass dazu gewünscht.

Unser Protestieren half nichts und man brachte uns an Bord des
Kapers, der tat, als ob er von den Pässen, die der Gouverneur von
Trinidad für den Schmuggel ausstellte, nichts wüsste, und uns für
gute Prise erklärte.

Da ich mich im Englischen ziemlich fertig ausdrückte, so ließ
ich mich mit dem Kapitän in Unterhandlungen ein, um nicht nach
Neuschottland gebracht zu werden; ich bat ihn, mich an der nahen
Küste ans Land zu setzen.

Während ich in der Kajüte meine und des Eigners des Kanus
Rechte zu verfechten suchte, hörte ich Lärm auf dem Verdeck. Einer
kam und sagte dem Kapitän etwas ins Ohr. Dieser schien bestürzt
und ging hinaus. Zu unserem Glück kreuzte auch eine englische
Korvette (die Sloop Hawk) in diesen Gewässern. Sie hatte durch
Signale den Kapitän des Kapers zu sich gerufen, und da dieser
sich nicht beeilte, Folge zu leisten, feuerte sie eine Kanone ab und
schickte einen Midshipman zu uns an Bord.

Dieser war ein sehr artiger junger Mann und machte mir Hoff-
nung, dass man das Kanu mit Kakao herausgeben und uns des
anderen Tages werde weiterfahren lassen. Er schlug mir zugleich
vor, mit ihm zu gehen, mit der Versicherung, sein Kommandant,
Kapitän Garnier von der königlichen Marine, werde mir ein ange-

nehmeres Nachtlager anbieten, als ich auf einem Fahrzeug aus Halifax fände.

Ich nahm das freundliche Anerbieten an und wurde von Kapitän Garnier aufs höflichste aufgenommen. Er hatte mit Vancouver die Reise an die Nordwestküste gemacht; und alles, was ich ihm von den großen Katarakten bei Atures und Maypures, von der Gabelteilung des Orinoko und von seiner Verbindung mit dem Amazonenstrom erzählte, schien ihn höchlich zu interessieren.

Seit einem Jahre war ich nicht mehr mit so vielen unterrichteten Männern beisammen gewesen. Man war aus den englischen Zeitungen über den Zweck meiner Reise im Allgemeinen unterrichtet; man bewies mir großes Zutrauen und ich erhielt mein Nachtlager im Zimmer des Kapitäns.

Beim Abschied wurde ich mit den Jahrgängen der astronomischen Ephemeriden beschenkt, die ich in Frankreich und Spanien nicht hatte bekommen können.

Kapitän Garnier habe ich die Trabantenbeobachtungen zu verdanken, die ich jenseits des Äquators angestellt, und es wird mir zur Pflicht, hier dem aufrichtigen Danke für seine Gefälligkeit Ausdruck zu geben.

Wenn man aus den Wäldern am Cassiquiare kommt und monatelang in den engen Lebenskreis der Missionare wie gebannt war, so fühlt man sich ganz glücklich, wenn man zum ersten Mal wieder Männer trifft, die das Leben zur See durchgemacht und auf einem so wechselvollen Schauplatz den Kreis ihrer Ideen erweitert haben.

Am folgenden Tag setzten wir unsere Überfahrt fort und wunderten uns sehr über die Tiefe der Kanäle zwischen den Caracasinseln, die so bedeutend ist, dass die Korvette beim Wenden fast an den Felsen streifte.

50

GEGENWART

Die Drei

Sie gingen zurück, um ihren Baum herum, zur Vorderseite. Die drei Mädchen blieben vor dem Eingang ihrer Baumhöhle stehen – sahen ihn mit ganz anderen Augen, denn sie wussten jetzt, dass hier das Haus der Zauberin stand.

Und wo genau unter dem Baum der kleine Keller war, mit der Figur der Göttin des Waldes und ihrem Schatz.

»Wenn der Wald früher so groß war, wie Berlin heute ist, dann ist die Göttin vielleicht auch die Göttin der ganzen Stadt?«

»Klingt wie eine megacoole Idee. Vielleicht ist ihr Name ja ›Berlin‹.«

Die Drei lachten.

»Göttin Berlin, erhöre uns«, scherzte Lara mit großer Geste.

»Lass uns ein in dein Reich«, ergänzte Annabell mit starker Stimme.

Beide lachten wieder.

»Seid nicht so ...« Maya fehlten die Worte. Sie war ernst, sehr ernst.

So oft waren sie hier hineingegangen und hatten sich wie in einer Höhle gefühlt, saßen auf dem quer über den Boden gewachsenen Stamm und erzählten sich Geschichten.

Heute war es anders. Sie hatten Gänsehaut und waren ungeheuer aufgeregt. Das seltsame Schimmern in den Bäumen war immer noch da.

Was sich aber vor ihnen, inmitten ihres Baumes, ereignete, war etwas ganz anderes. Die Luft verzerrte sich, löste sich auf in neongrüne, pulsierende Kristalle und war wieder normal.

Es zog jetzt ein kleiner Wind aus dem Baum heraus zu ihnen, als ob sie vor einem geöffneten Fenster standen.

Doch was sie sahen, war nur ihr vertrauter Baum.

Ein Duft kam herausgeweht und sanfte Stimmen.

»Was war das?« Annabell ging als Erste, fasste Lara noch schnell an der Hand und ging weiter.

»Maya, komm.«

»Ich ...?«

»Na los, komm schon!«

Lara packte Maya am Arm und zog sie mit sich.

»Dreht euch mal um.« Annabell traute ihren Augen nicht. Auf der Wiese gingen viele Wesen umher, etwas größer als sie, mit Armen, Beinen und einem Kopf, eigentlich wie Menschen, nur dass sie fast transparent waren und neonviolett schimmerten.

Augenblicklich wurden die Drei bemerkt. Jemand kam zu ihnen.

»Wer seid ihr denn, wie seid ihr hierhergekommen?«

»Sie sprechen sogar unsere Sprache.« Annabell verstummte für einen Moment.

»Verzeiht, ich bin Flaro. Ihr seid in unsere Welt eingetreten, in die Welt der Tamanaken. Keine Angst, es geschieht euch nichts. Ihr seht aus wie Felsenmenschen, richtig?

Wie kommt es, dass ihr euch bewegen könnt?«

»Was für eine seltsame Frage war das schon wieder?«, kam es von Annabell trotzig zurück, verdrehte, als sie das sagte, etwas genervt ihre Augen, denn von den seltsamen Fragen der geschichtenerzählenden Frau hatte sie sich noch nicht erholt und drohte nun die Geduld zu verlieren.

»Schon gut, schon gut, kommt erst einmal aus dem heiligen Baum heraus.«

Die Drei gingen zögerlich einige Schritte, blickten sich um.

Alles sah so aus wie wenige Augenblicke zuvor.

Dort waren ihre Fahrräder, wo sie sie eben gelassen hatten. Nur der violette Schimmer in den Bäumen war jetzt viel stärker und die Wolken standen still, mit ihren grünen Rändern.

Die Menschen bei den Essgelagen, Partys und Spielereien auf der Wiese schienen stillzustehen und einfach alles, der Wind, die Sonne und die Vögel waren wie eingefroren.

Und keine leiseste Bewegung auch nur eines einzigen Blatts war zu spüren. Es war, als würden sie sich in einem dreidimensionalen Foto befinden.

»Seht ihr das auch? Nur die Tamanaken und wir können uns ganz normal bewegen. Wenn man normal nicht gleich mit normal gleichsetzt, meint hier normal und sonst wohl eher anders oder eben, wie sie es hier machen«, stammelte Lara vor sich hin. »Na, ihr wisst schon, was ich meine«, beendete sie ihren hilflosen Erklärungsversuch.

»Vergesst das. Es ist abartig anders und schräg irgendwie«, brummte es in Annabells Kopf herum. »Flaro, so heißt du doch, oder? Wo sind wir wirklich? Verarsch uns nicht.« Ihre Geduld war jetzt definitiv am Ende.

»Glaubt mir, für uns ist das auch sehr neu und seltsam.

Die Felsenmenschen haben sich noch nie bewegt, seit vielen Tausenden von Generationen nicht.

Es ist überliefert von unseren Ahnen, dass sich die Felsenmenschen früher schneller bewegt haben als heute.«

»Felsenmenschen? ... Meint er tatsächlich uns?«, sagte Lara verdutzt zu ihren Freundinnen, ohne eine Antwort zu erwarten.

51

VERGANGENHEIT

Der reichere König

Gegen 9:00 Uhr morgens waren sie zurück am Meerbusen von
Cumaña, wo sie ihre Expedition sieben Monate zuvor begannen. Tief im Herzen berührt sahen sie das Ufer wieder, an dem
sie die ersten Pflanzen in Amerika gepflückt hatten.

Damals war noch nicht sicher gewesen, ob sie die Flussfahrt
durch den Urwald überleben würden.

Und heute, rückblickend, erschien es wie ein Wunder, dass
sie gemeinsam noch einmal hier standen.

*Die ganze Landschaft war uns so wohlbekannt, der Kaktuswald,
und die zerstreuten Hütten, und der gewaltige Ceibabaum, unter
dem wir bei Einbruch der Nacht so gerne gebadet.*

*Unsere Freunde kamen uns aus Cumaña entgegen; Menschen
aller Stände, die auf unseren vielen botanischen Exkursionen mit
uns in Berührung gekommen waren, äußerten ihre Freude umso*

lebhafter, da sich seit mehreren Monaten das Gerücht verbreitet hatte, wir haben an den Ufern des Orinoko den Tod gefunden. Anlass dazu mochte Bonplands schwere Krankheit gegeben haben, oder auch der Umstand, dass unser Kanu durch einen Windstoß oberhalb der Mission Uruana beinahe umgeschlagen wäre.

Es gab ein freudiges und herzliches Wiedersehen mit dem Statthalter Don Vincente Emparan, dessen Empfehlungen und beständige Vorsorge für Humboldt und Bonpland auf der langen Reise so ungemein hilfreich gewesen waren.

Er stellte ihnen ein komfortables Haus in der Stadt zur Verfügung, in dem sie alle Instrumente sicher lagern konnten.

Der Hafen von Cumaña wurde täglich strenger von britischen und amerikanischen Schiffen blockiert und durch das Ausbleiben der spanischen Postschiffe wurden sie noch drei Wochen festgehalten.

Nach allem genossen Humboldt und Bonpland hier eine Zeit der Entspannung, denn sie waren mit ihrer Expedition bislang so erfolgreich gewesen, dass es dafür keinen Vergleich zu jener Zeit gab.

Wir erinnern uns, dass dem König von Spanien etwas versprochen wurde. Und zwar, seine Kolonie zu erforschen und ein umfassendes Bild seines Wertes und seiner Größe zu erstellen sowie militärische Aspekte mit einfließen zu lassen.

Humboldt und Bonpland untersuchten nicht nur die Tier- und Pflanzenwelt.

Darüber hinaus nahmen sie Landvermessungen vor und korrigierten damit bereits existierende Karten und ergänzten darüber hinaus sogar Landstriche in ihnen, von denen der spanische König nicht einmal wusste, dass er sie besaß.

Humboldt erstellte mehr noch eine umfassende Auflistung der Menschen, die in der spanischen Kolonie lebten; kategorisiert nach Anzahl der weißen Einwohner, der schwarzen und farbigen Sklaven sowie der indigenen Völker.

Er notierte sehr detailliert Ernteerträge von Mais, Früchten, Kaffee und Kakao, ob Ernten gut ausfielen, welche Nöte die Menschen hatten und wie sie miteinander umgingen.

Hier sei nur ein kleiner Ausschnitt seiner Erhebungen erwähnt, um eine grobe Vorstellung von Humboldts und Bonplands vielfältiger Arbeit zu vermitteln.

Der König von Spanien hatte mit seiner Erlaubnis wohl die beste Entscheidung getroffen und konnte höchst hoheitlich zufrieden über das Resultat sein.

Wäre da nicht die Tatsache, dass Humboldt zu einem der prominentesten Kritiker der Sklaverei werden sollte.

Zudem war er der Ansicht, wissenschaftliche Erkenntnisse sollten jedem Mann und jeder Frau zugänglich sein.

Das machte ihn zu einer Art erstem Wikipedia und Whistleblower in einer Person.

Humboldt veröffentlichte seine Landkarten, Zeichnungen und Notizen in mehreren Büchern, unzähligen Zeitungsartikeln und Vorträgen. Damit machte er seine Art, die Welt zu erkennen, für alle zugänglich, womit er nicht weniger tat, als die Welt zu verändern.

Das könnte dem König von Spanien missfallen haben, da viele Informationen über seine Kolonie, die er höchstwahrscheinlich als geheim eingestuft hätte, bei seinen großen Rivalen, den jungen Vereinigten Staaten von Amerika und England, bekannt wurden.

Am verheerendsten für die spanische Krone war aber vielleicht diese Verknüpfung: Simón Bolívar, der sich zu jener Zeit als, wir würden heute sagen, »Dandy« den schönen Reizen der Pariser Salons hingegeben hatte, wurde von Humboldts sehr sinnlichen und zugleich überaus genauen Landkarten und Reiseberichten in seinem Exil aufgeweckt.

Ihm wurde die Schönheit, der Wert und die Größe seiner Geburtsheimat Lateinamerika wieder vor Augen geführt.

Daraufhin beschloss er, sich der Unabhängigkeitsbewegung gegen die spanische Kolonialmacht anzuschließen, wo er sogar zu ihrem charismatischen Führer aufstieg und später in ganz Lateinamerika als »El Libertador« verehrt wurde.

Nun, da Humboldt seine Forschungsreisen gänzlich aus seinem eigenen Vermögen finanzierte und dem König von Spanien vereinbarungsgemäß einen umfassenden Bericht zukommen ließ, konnte ihm das Teilen seines Wissens zu jener Zeit niemand wirklich verwehren.

War es letztlich doch auch für den König eine schmeichelhafte Demonstration des Reichtums der Spanischen Krone.

52

GEGENWART

Tamanaken

In der Zwischenzeit waren viele Tamanaken wie aus dem Nichts erschienen, um neugierig zu sehen, was geschehen war.

Eine kleine Gruppe stand inmitten der Menschen, die eingefroren auf der Wiese saßen oder Ball spielten.

Sie blickten ungläubig zu den drei merkwürdigen sich bewegenden Steinmenschen-Mädchen hinüber.

»Ist das ein gutes Zeichen, dass so viele von euch zu uns herüberstarren?«, fragte Annabell in ihrer typischen Art, wenn sie drohte, gleich in die Luft zu gehen.

»Wie sind eure Namen? Ich muss euch vorstellen.«

»Das ist Annabell, Lara und ich bin Maya«, sagte sie schnell auch um Annabell etwas zu beruhigen.

»Erfreut, eure Bekanntschaft zu machen, Annabell, Lara und Maya. Ich bin Flaro, aber das wisst ihr ja schon.«

Flaro und die Drei, die, wie ihr euch vorstellen könnt, super aufgeregt waren, gingen zu der Gruppe Tamanaken, die jetzt auf den Köpfen der sitzenden Felsenmenschen-Frauen mit Badeanzügen Platz nahmen. Neugierig sahen sie herüber.

»Wer hätte das gedacht, die Felsenmenschen können sich bewegen.«

»Das ist Schikla, meine Schwester und die Felsenmenschen heißen Annabell, Lara und Maya.«

»Sieh an, so hübsche Namen hätte ich denen gar nicht zugetraut.«

»Woher könnt ihr unsere Sprache?«, wollte Maya wissen.

»Wir leben seit einigen Oktillionen Generationen hier in diesem Land. Eine sehr alte Erinnerung sagt, fünf unserer Ahnen sind einst, mit dem Felsenmenschen Alexander von Humboldt, von unserem Land am Orinoko hierhergekommen.

Um ihn zu ehren und ihm zu danken, haben wir seine Sprache angenommen. Unsere fünf Ahnen, von denen wir alle abstammen, wollten in das Land unseres Urvaters Amalivaca, auf die andere Seite des großen Wassers reisen, zu diesem Kontinent also. Die Tochter von Amalivaca, die Göttin Berlin, brachte uns hierher an diesen Ort.«

»Wirklich? Das ist krass«, rief Annabell euphorisch. »Ich wusste es, die Göttin des Waldes im Keller des Hauses von Gretel und Hänsel ist die Göttin Berlin. Ja!« Annabell juchzte und war stolz, obwohl sich ihr der Magen vor Aufregung fast umdrehte.

»Deshalb trägt die ganze Stadt auch den Namen Berlin, sie ist nach ihr benannt?«

»Fast richtig, Lara. Eine sehr alte Erinnerung sagt uns, die Göttin des Waldes Berlin hat die Stadt gegründet. Unter ihrem Schutz haben sich zuerst Menschen am Rande ihres Waldes angesiedelt.

Zu Beginn siedelten sie in kleineren Gruppen. Die Siedlungen wuchsen zu Dörfern heran und mit der Zeit wurden sie zu einer großen Stadt, wie ihr das nennt.«

»Wieso wisst ihr das alles so genau?«

Die Situation war für alle seltsam. Keiner, weder die Tamanaken noch Annabell, Lara und Maya konnten sich vorstellen, was hier vor sich ging.

Schnell hatte sich herumgesprochen, dass in der Welt der Tamanaken drei Felsenmenschen angekommen waren, die sich ganz wie sie selbst bewegen konnten. Immer mehr erschienen, um die Drei persönlich zu sehen.

Sie berührten die Mädchen ungläubig, schauten sie von Nahem genau an und schienen miteinander zu reden. Doch sie bewegten nicht den Mund dabei.

Die Drei wurden ängstlicher und begannen sich zu fürchten. Annabell begann zu weinen.

Wie aus dem Nichts kam plötzlich eine Frau, die die anderen Tamanaken überragte auf sie zu und sagte in ihrer Sprache: »Seid willkommen bei den Tamanaken. Ich bin Umatrinatara, die oberste Priesterin unseres Volkes hier in diesem Land.

Wer seid ihr?«

Die Drei nahmen alle Kraft zusammen und stellten sich eine nach der anderen vor. Flaro ergriff das Wort und erklärte, wie er sie gefunden hatte.

Umatrinatara sagte ruhig und gütig: »Es war Göttin Berlins Wille, dass ihr hier seid. Habt ihr ein Ansinnen?«

185

»Wir wollten nur eine magische Hütte bauen, um zu sehen, was dann passiert. Deshalb sind wir in den Humboldt-Hain gekommen«, sagte Annabell und ihre Stimme überschlug sich dabei.

»Wir wissen nicht, wie wir hierhergekommen sind, wir verfolgen keine bestimmte Absicht ... Wir wussten ja nicht einmal, dass es eure Welt gibt ...« Maya versagten die Worte.

»Was sollen wir jetzt machen?«, fragte Annabell in einem zunehmend verzweifelten Ton.

Umatrinatara wusste auch keinen schnellen Rat, sagte aber gütig: »Nun, wenn es der Wille der Göttin des Waldes war, euch in unsere Welt zu leiten, seid ihr natürlich unsere Gäste.

Morgen findet ein großes Fest statt. Es ist das große Rachmakud, das Fest der Erinnerungen an unseren heiligen Fels Alexander von Humboldt. Bleibt bis dahin bei uns.

Die Göttin des Waldes wird uns besuchen und dann werden wir mehr über den Grund eures Besuches erfahren. Bis dahin kümmern sich meine Tochter Schikla und mein Sohn Flaro um euch. Seid freundlich zu unseren Gästen und zeigt ihnen alles, was sie sehen wollen.«

Erst jetzt bemerkte Lara die Mücke, die neben ihr, mit aufgespannten Flügeln, regungslos in der Luft verharrte. Einige Raben waren ebenso im Flug erstarrt, mit ausgebreiteten Flügeln vor dem blauen Himmel.

Lara sprach ein leises, unsicheres »Danke«.

Die Tamanaken waren kaum voneinander zu unterscheiden. Nur Mädchen und Jungen sahen etwas anders aus.

Die Mädchen waren schlanker und hatten ein erdenrotes, breites Band um den Hals sowie eine Tätowierung, direkt auf dem Körper. Und da waren ihre größeren, schöneren, sehr eindringlich leuchtenden Augen. Die Pupillen waren groß und tiefschwarz, umrandet von einer schimmernden grünvioletten Iris.

Die Jungen hingegen waren gänzlich schmucklos, hatten kleine unscheinbare Augen und machten dennoch einen sehr sympathischen Eindruck. Sonst gab es keine erkennbaren Unterschiede.

Es gab an ihnen keinerlei Haare oder Kleidung.

Alle waren aber irgendwie schön, elegant und an ihrem fast transparenten Körper war kein Alter zu erkennen.

Außer Umatrinatara, die etwa einen Kopf größer war, waren fast alle von ihnen gleich groß.

Umatrinatara entfernte sich mit langsamen, erhabenen Schritten. Einige aus der Gruppe folgten ihr. Die anderen Tamanaken bis auf Flaro und Schikla verschwanden ebenfalls, wie sie gekommen waren.

Und jetzt waren unsere Drei mit Schikla und Flaro ganz allein auf der Wiese, mal abgesehen von den zu Statuen erstarrten anderen Menschen, die vor einigen Minuten noch fröhlich ihre Partys gefeiert hatten.

Die Tamanaken nannten sie: Felsenmenschen.

Doch sie waren keine Felsen. Jedes Detail, jede Wimper und jede Haarlocke waren wie von echten Menschen.

Annabell, Lara und Maya konnten sich nicht sattsehen. Sie gingen ganz dicht an die sitzenden und herumtollenden, an die springenden, in der Luft schwebenden Menschen und ihre Hunde heran. Sie sahen ihnen tief in die Augen und nichts, keine Regung, gar nichts. Es war wie in einem Figurengarten im Schlosspark Sanssouci.

Daher wohl der Name FELSENMENSCHEN.

53

VERGANGENHEIT

Alexander von Humboldt

Die drei Wochen in Cumaña vergingen wie im Flug.

Und natürlich beobachtete Humboldt, dank des Hinweises des freundlichen Kapitäns Garnier von der englischen Korvette »Sloop Hawk« eine Reihe von Trabantenimmersionen, mit denen die Position der Stadt Cumaña auf dem Längengrad bestätigt werden konnte.

Sie machten auch physikalische Versuche zu ungewöhnlichen Strahlenbrechungen, Verdunstung und Luftelektrizität.

Für die lebenden Tiere, die Humboldt und Bonpland vom Orinoko mitbrachten, interessierten sich die Einwohner von Cumaña lebhaft.

Obwohl sie alle in den Tropen lebten, hatten sie die Tiere nie zuvor aus nächster Nähe gesehen. Und die Kapuzineräffchen, die im Gesichtsausdruck, ebenso wie die Nachtaffen, große Menschenähnlichkeit hatten, waren hier an der Küste sogar gänzlich unbekannt.

Unerwartet ergab sich eine Gelegenheit, die Vögel und Äffchen, die sie den langen Weg vom Orinoko und über die Lanos mitgebracht hatten, zur Menagerie im Pariser Pflanzengarten zu senden.

Im Hafen von Nueva Barcelona traf eine französische Flotte ein. Deren General Jeannet und der Kommissar Bresseau, Agent der vollziehenden Gewalt auf den Antillen, versprachen ihnen, die sensible Fracht nach Frankreich mitzunehmen.

Unglücklicherweise erreichten die Affen und Vögel nie die Menagerie im Pariser Pflanzengarten, da sie tragischerweise schon bald während ihres Zwischenstopps im französischen Überseedepartement auf der Insel Guadeloupe im Karibischen Meer verstarben.

Am 16. November verabschiedeten sich Humboldt, Bonpland und ihr Begleiter Bruder Juan von ihren Freunden in Cumaña, um nun zum dritten Mal von der Mündung des Meerbusens von Cariaco nach Nueva Barcelona überzufahren.

Diesmal war ihr Gepäck schon etwas kleiner geworden.

Die Nacht war wohltuend kühl. Der Seewind war so stark, dass sie nach nicht ganz sechs Stunden Nueva Barcelona erreichten.

Das Schiff, das sie nach Havana bringen sollte, lag bereits segelfertig im Hafen. Ein gemeinschaftlicher Freund vertraute Bruder Juan noch kurz vor der Abreise einen Jungen an, den seine Familie in Spanien erziehen lassen wollte.

So kam es, dass zwei Abenteurer und Wissenschaftler, ein Franziskanermönch und ein Junge gemeinsam das Segelschiff nach Cuba bestiegen.

Die Tamanaken verschmolzen von Generation zu Generation immer mehr mit dem Leben auf dem Ozean. Die weite und salzige Luft war das Beste, was ihnen überhaupt nur passieren konnte.

Und die Sonne, die zudem von der Meeresoberfläche reflektiert wurde, bewirkte bei ihnen einen wahren Energierausch. Ihre Körper entwickelten sich im Fluss der Evolution rasend schnell weiter, passten sich an und begannen sogar zu leuchten. In jeder einzelnen Körperzelle formten die Tamanaken jetzt schillerndes Licht.

Es durchzog ihren durchsichtigen Körper in Wellen, pulsierte in Kreisen oder blitzte manchmal einfach auf.

Mit ihrer neu gewonnenen Fähigkeit konnten die Tamanaken ihre Emotionen wie Liebe, Freude, Hoffnung oder Trauer in einem prächtigen Licht und Farbenspiel nun auch sichtbar machen.

54

GEGENWART

Die Drei

»Könnt ihr euch vorstellen, dass wir vorhin, als wir über die Wiese gegangen sind, genauso komisch wie alle hier erstarrt waren?« Lara schaute bei diesem Gedanken verwundert zu ihren Freundinnen.

»Komische Vorstellung«, sagte Annabell, sich selbst in Gedanken sehend, wie sie vor wenigen Minuten nichts ahnend noch über die Wiese gegangen waren.

»Habt ihr uns vorhin auch so starr gesehen?«, wollte Maya von Flaro und Schikla wissen.

»Nein, das konnten wir nicht. Unser Leben dauert in eurer Zeitrechnung nicht lang genug«, begann Flaro zu erklären. »Ein Wimpernschlag der Felsenmenschen dauert für uns so lange wie für euch Ebbe und Flut im Meer. Wenn sich ein Felsenmensch nur ein wenig bewegt, ist das für uns so, als würde in eurer Welt ein Samenkorn zu einem sehr alten Baum heranwachsen, das kann einige hundert unserer Jahreszyklen, ein ganzes Tamanakenleben lang dauern.«

»Wie viele eurer Zyklen sind das?«

»Vielleicht 200 bis 300.«

»So alt werdet ihr?« Lara machte große Augen.

»Echt krass! Aber sind nicht Tag und Nacht gleich für euch?«

»Eine sehr gute Frage, Maya. In der Tat teilen wir nur eine Sonne und eine Erde. Der Tagesrhythmus, den ihr in eurer Welt erlebt, mit aufgehender und untergehender Sonne, Tag und Nacht, bedeutet in tamanakischer Zeitrechnung vielleicht einige hundert Generationen.« Flaro versuchte, sehr einfache Vergleiche zwischen ihrer und der Felsenmenschenwelt zu finden, die rechnerisch nicht immer so genau stimmten, aber das machte jetzt nichts. »Als ihr vorhin hier entlanggegangen seid, haben euch unsere Ur-Ur-Ur-Urahnen, viele Generationen jedenfalls, vor uns gesehen.«

»Wie ist das möglich?«, wollte Lara erstaunt wissen.

»Wir bewegen uns so schnell, dass wir für Felsenmenschen unsichtbar sind«, war Flaros kurze Erklärung für eine sehr komplizierte Sache.

»Seid ihr Menschen von der Erde?«

Die Mädchen löcherten Flaro mit Fragen und Lara wurde gerade erst warm im Fragenstellen.

»Ja, das sind wir. Einst waren wir Menschen wie ihr. Allerdings haben unsere Ahnen, die vor undenkbar langer Zeit am Orinoko lebten, in großer Not und Angst vor sehr gewalttätigen Sklavenhändlern und Kannibalen ihre Schutzgöttin Amalicvaca angerufen, um unsichtbar zu werden.

Damals wussten unsere Ahnen nicht, was sie erwarten würde, wenn sie unsichtbar wurden. Die Angst, versklavt oder aufgegessen zu werden, war jedoch so groß, dass sie das Risiko eingingen. Die Göttin erhörte ihren Wunsch und erfüllte ihn. Seither leben die Tamanaken quasi in einer parallelen Welt, in unser aller Welt.«

Annabell ging sehr nah an einer Amsel vorbei. Still stand sie da mit ihrem leuchtend orangeroten Schnabel und tiefschwarzen Federkleid, auf ihren dünnen Beinchen. Als ob sie einen Wurm aus dem Boden herauspicken wollte, aber ausgestopft in einer Vitrine im Museum stünde. Das hatte etwas Trauriges.

Plötzlich erschien den Mädchen alles ihnen Vertraute in dieser eingefrorenen Welt ohne Bewegung und Spaß, ohne Eisdielen, Shopping, Fernsehen, Musik, ohne alles, was den drei Mädchen in ihrem Leben wichtig war, traurig und tot.

»Was macht ihr hier, um Spaß zu haben?«, wollte Annabell wissen.

Schikla drehte den Kopf zu Annabell, fokussierte sie eindringlich, schwieg kurz und dachte darüber nach, wie sie es so sagen konnte, dass die drei Mädchen aus der Welt der Felsenmenschen es verstehen konnten.

»Unsere Erinnerungen zeigen uns, was ihr mit Spaß meint. Das ist eine sehr alte archaische Praxis, um eine sehr kurze Erfüllung finden. Wir wissen, für euren Körper und eure Seele ist Erfüllung für nur wenige Sekunden sehr befriedigend. Und ihr würdet ganze Wälder, alle Tierarten und Ozeane dafür verbrauchen. Sogar Kriege werden von den Felsenmenschen für solche kurzen Momente der Erfüllung geführt.« Damit konnten die Drei jetzt noch nichts anfangen.

»Dann macht ihr nichts Schönes?«

»Maya, unsere Welt funktioniert ganz anders als eure. Wir leben in der Summe allen Wissens und Seins aus allen Zeiten hier an diesem Ort«, versuchte Flaro ganz vorsichtig anzudeuten, was Erfüllung in der Welt der Tamanaken bedeutete.

Im Zickzack gingen sie an den sonnenbadenden Singles vorbei, die auf ihren Decken lagen, mit Headsets in den Ohren und Smartphones in den Händen, hinauf zur Anhöhe, wo der kleine Brunnen war. Einige ältere Männer spielten Schach und saßen wie eine Skulpturengruppe um einen Tisch herum. Ein kleiner Junge spielte am Brunnen, platschte mit seinen Füßen ins Wasser und lachte laut, mit seinem eingefrorenen Gesicht war seine Stimme aber erstarrt. Das Wasser schwebte in großen Tropfen in der Luft.

»Das alles sieht so unlebendig aus«, bemerkte Lara noch einmal kurz, ein wenig enttäuscht.

»Für uns sieht unsere Welt so lebendig aus wie Berge und Wälder für euch in eurer Welt.« Schikla wurde etwas ungeduldig, denn eigentlich hatte sie etwas ganz anderes, etwas Wichtigeres vor, als die simplen Felsenmenschen herumzuführen. Das tat sie nur ihrer Mutter zuliebe.

»Dies ist der Brunnen des Lebens, den die Göttin des Waldes zur Heilung des Humboldt-Hains nach dem zweiten Weltkrieg hier errichten ließ«, sagte Schikla abwesend, wurde immer ungeduldiger und ihr Bruder musste sie etwas bremsen.

»Schikla, wir haben noch genug Zeit, um uns für morgen vorzubereiten.«

»Was ist morgen?«, fragte Lara.

194

»Morgen ist einer der wichtigsten Tage unseres Jahreszyklus. Wir veranstalten zu Ehren der Göttin des Waldes das große Rachmakud. Ihr würdet dieses Ritual wohl am ehesten als Rennen oder Wettkampf bezeichnen.«

»Super! Ein Rennen, na, da habt ihr ja doch Spaß, oder?«, entfuhr Lara ein erleichterter Seufzer. In ihrer Fantasie begann sie sich den Wettkampf vorzustellen.

»Dürfen wie zusehen?«, fragte Maya mit einem sanft flehenden Funkeln in den Augen.

»Ja, es ist uns eine Ehre, wenn ihr kommt, denn ihr seid die Gäste der Göttin des Waldes«, sagte Schikla brav.

»Und natürlich seid ihr auch unsere Ehrengäste«, ergänzte Flaro mit einem großen Lächeln.

»Wo sind all die anderen Tamanaken, die wir vorhin gesehen haben?« Maya hatte so viele Fragen, doch traute sie sich nicht so richtig, Flaro und Schikla weiter zu löchern.

»Sie sind in einem der vielen Parallelräume hier in diesem Humboldtpark.«

»Seht ihr den violetten Schimmer in den Bäumen, das sind sie.«

»Wie geht das?« Maya fasste Mut für eine weitere Frage.

»Lass es mich versuchen zu erklären. Ihr habt so etwas, das nennt ihr Radio, bei dem Sender mit bestimmten Frequenzbändern gewählt werden. Bei uns funktionieren Realitätsebenen ganz ähnlich auch mit unterschiedlichen Frequenzen. Jede Frequenz ist bei euch ein Radiosender und bei uns eine Realitätsebene. Wir haben Realitätsebenen für das Gärtnern, Sport, Heilung, Schule, Erinnerungen und noch einige andere. Wir können von einer Frequenz in eine andere switchen, wie ihr mit dem Fahrstuhl von einer Etage zu einer anderen fahrt.«

»Das ist so abgefahren. Und wo sind wir jetzt?« Mayas hungrige Augen wurden immer größer.

»Wir sind in einer Art Meditations- und Empfangsraum. Deshalb könnt ihr hier sein. Auf dieser Ebene können wir auch Erinnerungsbilder aufrufen. Unser großes Rachmakud findet in dieser Ebene statt.«

Plötzlich kam ein kleines Tamanaken-Mädchen den Hügel heraufgerannt. Es schaute neugierig, wo die drei Mädchen aus der Felsenmenschenwelt waren. Sie war so groß wie unsere Drei und sah sehr süß aus mit ihren großen Augen und der schlanken Figur. Ein seltsames pulsierendes Licht floss in kleinen Wellen über ihren gesamten Körper.

»Solltest du nicht in der Schule sein?«, wollte Schikla wissen.

»Ja, aber ich wollte unbedingt die Felsenmenschen sehen. Schwester, bitte verrate mich nicht.«

»Das ist meine, unsere kleine Schwester Makira. Vielleicht kannst du unsere Gäste Annabell, Lara und Maya ein wenig herumführen? Sei bitte vorsichtig mit deinen Fähigkeiten. Sie sind immer noch Menschen.«

»Natürlich, hatten wir gerade in der Schule. Ich bin vorsichtig, versprochen.«

Die drei Felsenmenschen herumführen, das war es, was Makira sich sehnlichst wünschte, seit sie von ihrer Ankunft erfahren hatte. Bis zum großen Rachmakud blieb zum Glück einige Zeit, um die Menschen-Mädchen etwas kennenzulernen.

Makira sah die Drei von oben bis unten genau an. Sie ging in Kreisen um sie herum und wunderte sich über die Bewegung der matten Haut, das leichte Schwingen in ihren Haaren und der Kleidung.

Lara und Maya waren noch unsicher, was sie von all dem hier halten sollten.

Und Annabell? – Sie war ungewohnt ängstlich, mit der beunruhigenden Tendenz zur Panik.

Entschlossen reichte Maya ihre Hand Makira. Jetzt glänzte der Sonnenschein wieder auf Makiras Körper und manchmal auch in ihm, wechselnd von fluoreszierendem Violett zu anderen Farben, die Maya fremd waren.

Die Mädchen berührten sich. Das war für beide etwas ganz Neues. Makiras Hand fühlte sich weich, geschmeidig und so außergewöhnlich glatt an, dass Maya nichts Vergleichbares je zuvor in ihren Händen gespürt hatte.

So standen sie sich dicht gegenüber und sahen einander tief in die Augen. Makiras Augen waren groß, unglaublich schön, mit einer violett schimmernden Iris und auch sie hatten schon dieses Durchdringende in ihrem Blick, wie ihre Mutter, die oberste Priesterin der Tamanaken hier in diesem Land.

Maya fragte sich, was Makira wohl sehen mochte, mit ihrem Blick, der so stark war wie ... was eigentlich? Es fehlte ihr jeder Vergleich. Dennoch war er sanft und angenehm zu spüren. Er sah vor Allem das Wahre und Gute in ihr, so fühlte es sich jedenfalls an. Maya vertraute darauf, dass sie von Makira so gesehen wurde, wie sie tatsächlich war.

Bei dem Gedanken durchfuhr sie plötzlich ein Gefühl von Glück, ganz und gar in diesem Moment, wie ein warmer Schauer.

55

VERGANGENHEIT

Tamanaken

Auf Cuba trennten sich die Wege der zusammenreisenden Männer und ihrer unsichtbaren Passagiere sowie eines Großteils der wertvollen Fracht.

Für Humboldt und Bonpland ergab sich abermals eine Gelegenheit, sensible Fracht nach Europa zu senden. Denn sie planten, schon bald den 6263 Meter hohen Vulkanberg Chimborazo zu besteigen, der nah am Äquator im Westen Lateinamerikas aufragte.

Die genaue Höhe kannte Humboldt damals noch nicht und er wusste auch nicht, dass der Gipfel des Chimborazo wegen seiner Nähe zum Äquator der am weitesten vom Erdmittelpunkt entfernte Ort war. Diese Lücke in seinem Wissen machte Humboldt neugierig genug, um den riskanten Aufstieg zu wagen. Doch dieses wissenschaftliche Abenteuer soll nicht Teil unserer Geschichte sein. Zurück nach Cuba.

Bruder Juan bot sich an, auf seiner Fahrt nach Spanien einen bedeutenden Teil der Sammlung mitzunehmen, die Humboldt und Bonpland unter großem Aufwand auf ihrer Orinoko-Expedition zusammengestellt und bis hierher transportiert hatten.

Das waren zum einen bedeutende Teile ihrer geologischen und botanischen Sammlung, die sorgsam in vier langen, schmalen Transportkisten verpackt wurden.

Zum anderen waren das die Skelette und Schädel aus der Grabstätte von Ataruipe, die ebenfalls in vier große Transportkisten verpackt wurden.

Die Tamanaken hingegen mussten sich jetzt einer äußerst herzzerreißenden und mindestens ebenso bedeutenden Entscheidung stellen.

Sollten sie mit ihrem geliebten heiligen Fels, Alexander von Humboldt, weiterziehen oder bei ihren ebenso geliebten Ahnen aus der Zeit vor dem Unsichtbarkeitszauber bleiben, die sie vielleicht vor weiterem schlimmen Unheil in der Ferne beschützen mussten?

Sie haderten, berieten sich, hielten bedeutende Zeremonien ab, befragten Erinnerungsbilder, die bis in die Zeit Amalivacas zurückreichten. Schweren Herzens und sicher, das Richtige zu tun, entschieden sie sich.

Zusammen wollten sie bei ihren Ahnen bleiben und mit ihnen in das ersehnte Land Amalivacas am anderen Ufer *des großen Wassers* reisen.

Mit Schrecken stellten sie aber fest, dass die Kisten mit ihren Ahnen fern von Deck, tief im Bauch der riesigen Galeone zwischen unüberschaubar vielen anderen, nahezu gleich aussehenden Kisten, großen Fässern, Pferden, Schafen und anderem Getier verstaut werden sollten.

Um sicher zu sein, dass sie ihre Ahnen auf der langen Schiffsreise nicht verloren, sahen die Tamanaken keinen anderen Ausweg, als sich mit ihnen zusammen in die Kisten verpacken zu lassen.

Das war eine folgenschwere Entscheidung, wie sich noch herausstellen sollte.

Jetzt aber mussten die Tamanaken erst einmal ihre Entscheidung in die Tat umsetzen und das nicht ganz so einfache Unterfangen bewerkstelligen, sich in die Kisten zu schmuggeln. Es konnte hier für die Tamanaken nicht nur sehr eng werden, sondern sie mussten auch ihre totale Bewegungslosigkeit für die gesamte Zeit der Reise erdulden. Dessen waren sie sich bewusst und sie waren bereit, das Opfer für ihre Ahnen zu bringen.

In einem staubigen Lagerhaus am Hafen von Havanna waren die Maultiere schon angekommen.

Es war heiß und feucht.

Die Männer hatten sich seit Tagen nicht richtig waschen können. Schnell war die Lagerhalle erfüllt vom schweren Duft der schwitzenden Männer und Maultiere.

Ihre dunkle Haut glänzte im matten Licht.

Heu war an einer Seite des Lagerhauses bis zur Decke aufgestapelt. Jemand schloss die beiden großen Tore.

Die Männer waren still. Durch Ritzen zwischen den Brettern schien die Vormittagssonne und malte lange, schmale Staubvorhänge in die Luft.

Dann gab es laute Kommandos.

»Die kleinen Kisten von den Maultieren abladen! Wehe, eine Kiste nimmt auch nur den kleinsten Schaden oder ein Glas geht zu Bruch!

Die großen Schiffskisten mit Stroh auspolstern! ... Habe ich nicht gesagt, ihr sollt die Kisten mit Glasfenstern vorsichtig anfassen? Los, in die vier großen Schiffskisten einsortieren und zwischen jede Kiste Stroh stopfen.«

Die Stimme des Vorarbeiters klang rau und bedrohlich: »Oben Stroh auflegen und die Deckel mit Nägeln schließen!«

Es hämmerte für eine Weile. Die ersten vier Schiffskisten waren fest verschlossen. Das Verpacken der Sammlung ging relativ schnell vonstatten.

Dann kamen die unförmigen Bündel mit den Gebeinen von Ataruipe an die Reihe.

Mehr Kommandos: »Die anderen vier großen Schiffskisten reichlich mit Stroh auspolstern! ... Alle Bündel von den Maultieren auf die Schiffskisten aufteilen.

Aber ganz vorsichtig! Du da! Los, nicht faulenzen! Das mir auch nicht der kleinste Knochen verloren geht!«

Als die Gebeine in den Bündeln zum Vorschein kamen, weigerten sich die Indigenen unter den Arbeitern, die Knochen anzufassen. Heftig lamentierend verließen sie das Lagerhaus.

»Geht nur, ihr Bastarde! ... Los, weiter! Wird's bald!«

Der Vorarbeiter wusste, dass bei den Indigenen kein Mittel half, wenn sie nicht wollten. Sie würden sich lieber totschlagen lassen. Vorsichtshalber nahm er jetzt seine Peitsche vom Gürtel fest in die Hand. Jeden Moment konnte er erbarmungslos zuschlagen.

Die schwarzen Sklaven wussten, dann würde wieder Blut spritzen und die Wunden noch lange bei der Arbeit schmerzen. Zwei von ihnen nahmen die Schiffskiste aus schwerem Tropenholz, polsterten sie mit Stroh aus und begannen, die Bündel zu sortieren. Schweiß rann ihnen vom dunklen Körper und tropfte auf die Gebeine.

Einer von ihnen kniete erschöpft nieder, stöhnte tief, schöpfte etwas Wasser aus dem Trog und griff nach einem kleinen Bündel Stroh, um sich damit den Schweiß von der Stirn zu wischen.

»Du da, mach weiter! Oder soll ich erst nachhelfen?«

Er hatte ebenso wie die anderen keine Wahl, denn er gehörte nicht sich selbst. Er gehörten einem weißen Kolonialherrn, der ihn zur Arbeit an die Hafengesellschaft vermietete. Für ihn wie für die anderen schwarzen Sklaven war dies eine Arbeit wie jede andere im Hafen von Havanna, fern ihrer Heimat an der afrikanischen Westküste.

Kurz blitzte eine Erinnerung in ihm auf.

Sein Besitzer kaufte ihn auf dem afrikanischen Sklavenmarkt im Hafen von Old Calabar im Cross-River-Delta.

Dort wurde er verkauft, weil er als Bauer ein kleines Feld bewirtschaftete und sich dafür bei der ansässigen Handelsgesellschaft verschulden musste.

Er erhielt als Darlehen Kupferstäbe, das damals dort übliche Zahlungsmittel, bezahlte die Pacht, kaufte Geräte und die Samen für die Aussaat.

Als Sicherheit für das Darlehen mussten die Frau und die Kinder des Bauern als Schuldknechte im Haus des Inspektors der Handelsgesellschaft arbeiten.

Der Bauer aber hatte eine schlechte Ernte, konnte den Kredit für die letzte Aussaat nicht zurückzahlen und keine neuen Samen für das nächste Jahr kaufen.

Als der Bauer die Kupferstäbe, um den Kredit zurückzuzahlen, nach einer Zeit weder von seiner Familie noch in seinem Dorf beschaffen konnte, wurden er, seine Frau und seine Kinder als Sklaven weiterverkauft, um den Kredit abzulösen.

Das geschah vor einigen Jahren auf einem anderen Kontinent und schien für den Sklaven im Hafen von Havanna so weit weg zu sein wie ein anderes Leben.

Weil sie alle getrennt verkauft wurden, hatte weder der Mann seine Frau noch die Frau ihre Kinder sowie die Kinder ihren Vater wiedergesehen.

Inzwischen war die Schiffskiste mit je zwei Skeletten in ihren Mattenbündeln sowie einigen Schädeln gefüllt und gut gepolstert.

Zwei Arbeiter nahmen einen der Deckel, die an einen Pfosten gelehnt waren, um die Schiffskiste zu verschließen.

Jetzt war der Moment für die Tamanaken gekommen, sich einzuschmuggeln. In jeder große Schiffskiste mussten drei von ihnen Platz finden.

Die Tamanaken waren zwar unsichtbar und mittlerweile ziemlich klein an Körpergröße, benötigten aber dennoch Platz in der Schiffskiste.

Sie mussten so lange still im Stroh liegen, bis die Deckel geschlossen wurden. Und das war das Problem. Denn dann würden die Tamanaken durch ihren Abdruck im Stroh sichtbar werden, was sie unbedingt vermeiden wollten.

Also mussten sie im letzten Moment, bevor der Deckel auf die Kiste aufgelegt wurde, hineinspringen und sofort in den tiefen Schlaf der Stille fallen.

So war der Plan der Tamanaken und so machten sie es. Mehrere Generationen von ihnen warteten auf den richtigen Moment, um in die Kiste zu schlüpfen. Geschafft!

Die ersten drei waren in der ersten Schiffskiste.

Deckel auflegen.

Es wurde dunkel. Der Schlaf der Stille setzte sofort ein.

Das Hämmern hörten die drei Tamanaken schon nicht mehr.

Bei den nächsten drei Gruppen klappten alles ebenso reibungslos. Sie blieben unbemerkt, denn sie waren perfekt auf den Sprung in die Schiffskisten vorbereitet.

Die Lieferanschrift war bereits mit großen Buchstaben-Schablonen auf die Deckel gemalt.

Reisepapiere wurden jetzt fest auf die Schiffskisten geklebt und von eins bis acht durchnummeriert.

Das letzte raue Kommando tönte laut und mit kratzender Stimme durch den dichten Staub des Lagerhauses.

»Alle acht Kisten einschiffen!«

Vierundzwanzig Tamanaken waren jetzt, gemeinsam mit ihren Ahnen, den Seelen der Toten folgend, auf der Reise über *das große Wasser* zu ihrem Gründervater Amalivaca.

56

GEGENWART

Tamanaken

Lara zögerte kurz und gab dann Makira ebenfalls ihre Hand und fühlte das gleiche wunderbare, klare Glück des Gesehenwerdens wie Maya.

Annabell war immer noch mit sich beschäftigt, mit ihren Ängsten und Erwartungen. – Mit dem, was ihre Mutter sagen würde. Sie war gefangen in einem Meer von Gefühlswellen, die alle ein überwältigendes Eigenleben zu führen schienen.

Annabell konnte sich für das Geschenk, was sich im Zeichen der magischen Hütte in ihrem Leben ereignete, jetzt noch nicht öffnen.

So verletzlich, wie sie sich fühlte, wollte Annabell von Makira und den anderen Tamanaken nicht gesehen werden. Sie war voller Scham deswegen, was sie mit ihrem demonstrativ genervten Verhalten zu überspielen versuchte.

»Wo sind Schikla und Flaro?« Lara schaute sich suchend um.

»Flaro holt uns etwas zu essen und Schikla muss ihre Erinnerungsmeditation für das große Rachmakud vorbereiten.«

»Erinnerungsmeditation? Was ist das?«

Maya wollte am liebsten nicht aufhören zu fragen.

So viele Fragen schwirrten in ihrem Kopf umher.

»Das ist so krass verwirrend!« Annabells Geduld war langsam aufgebraucht. »Wie kommen wir hier wieder weg?

Und wann werden wir heute Abend zu Hause sein?«, schoss es aus ihr nur so heraus. Ihre Stimme überschlug sich, als sie sagte: »Meine Mama und Shirley werden mich sicherlich schon überall suchen.« Dann schluchzte sie hilflos.

Aber keiner konnte ihr eine Antwort geben.

Lara setzte sich noch einmal zu der Amsel und betrachtete sie immer noch versonnen, fasste sie an und streichelte sie.

Die Federn waren weich und der Schnabel spitz.

»Die Amsel lebt!«, rief Lara zu Annabell und Maya. »Seht, wie geschmeidig ihr Körper ist, wie warm sie ist.

Hier ist alles gut, lebendig und nichts ist aus Stein, von den Steinen mal abgesehen.

Es ist so schön! Auch die Vögel in der Luft, die Eichhörnchen und die Pflanzen, alles in dieser Welt lebt. Seht nur!«

Während Annabell immer unruhiger wurde, stieg eine schöne und entspannte Begeisterung in Lara und Maya auf. Auch wenn sie den Park, die Wesen und das mit den Ebenen und Erinnerungen noch nicht so ganz verstanden, fühlten sie etwas … etwas tief in ihrem Herzen, etwas Angenehmes und Vertrauenerweckendes.

Es erinnerte sie sehr an das Gefühl in der Wohnung von Mayas Eltern. Lara und Maya sahen sich an und konnten gemeinsam fühlen, was es war. Es war erfüllende, freudvolle Geborgenheit, ganz ohne Coolness.

Ihre Freundin hingegen war noch lange nicht so weit.

Annabell war wieder fast den Tränen nah.

»Annabell, kannst du es nicht fühlen, die Geborgenheit?«

»Nein, ich will nach Hause!«, sagte Annabell störrisch. Der Boden drohte ihr unter den Füßen zu entgleiten.

»Komm her, wir kuscheln.« Lara und Maya nahmen Annabell in ihre Arme, drückten sie und wiegten einander leicht hin und her, wie sie es schon so oft getan hatten, wenn es brenzlig wurde.

Makira fokussierte ihre großen Augen, neigte ihren Kopf leicht zur Seite und beobachtete die drei Felsenmenschen-Mädchen bei dem, was sie taten.

Eigentlich war es Maya, die sonst in viele brenzlige Situationen kam, in denen sie getröstet werden wollte, vor Prüfungen und den Premieren am Schultheater.

Hier war die Welt anders.

Es gab keine Ängste, wie sie Maya sonst verspürte.

Keine vermeintlich coolen Jungs, die blöde Bemerkungen machten, keine doofe Deutschlehrerin, die sich über sie lustig machte, und schon gar keine Sprayer, die einen Untergrund-Krieg um gemalte Zeichen an Wänden führten.

Die drei besten Freundinnen standen für einen Moment nur so da, sich umarmend, ihre Köpfe in der Mitte ihres Kreises aneinandergelehnt und leise miteinander flüsternd.

Dann lösten sie ihre Umarmung, hielten sich noch für einen Moment an den Händen und sahen sich reihum tief in die Augen. Und dann, nach dreimal Auf- und Abschwingen ihrer Arme, ließen sie ihre Hände und alles, was ihre Seele bedrückte, los.

Als Schikla den drei Mädchen aus der anderen Welt zusah, begann auch sie ihnen, zu vertrauen.

Die Zeit verging, auch wenn nichts dafürsprach.

Die Sonne stand an derselben Stelle, wo sie vor einigen Stunden war. Die Wolken sahen immer noch gleich aus. Die Felsenmenschen saßen wie Statuen auf der Wiese. Doch es war später, Essenszeit, sagten deutlich vernehmbar drei knurrende Mädchenbäuche.

»Gibt es bei euch etwas zu essen?«, wollte diesmal Annabell wissen, was ein gutes Zeichen war.

»Leider könnt ihr nichts von dem essen, was die Felsenmenschen aufgetafelt haben ... Aber auch wir kennen etwas, das mit eurem Essen vergleichbar ist ... Es ist eine Art Gebäck aus Samen der Kamyakapflanze ... Wir nennen es Lanutu.

Zu trinken gibt es Blütenpollensaft. Klingt das interessant für euch?«

»O ja, das klingt soo guut«, kam es im Chor von drei hungrigen Mädchen aus der Felsenmenschenwelt, die überraschend lebendig waren.

Wie aus dem Nichts erschien Flaro mit einem gedeckten Tisch und fünf Stühlen.

Die Lanutu waren in der Mitte in eine einfache gläserne Schale gelegt und jeder hatte einen gläsernen Teller und einen gläsernen Becher, in dem der Pollensaft leuchtend gelb und grün schimmerte.

Die Stühle sahen auch gläsern aus, doch sie fühlten sich nicht so an. Der Tisch sah aus, als wäre er aus Holz. Was er aber eigentlich auch wiederum nicht war.

Die Drei waren jetzt einfach nur hungrig und dachten nicht weiter darüber nach.

»Nehmt Platz und lasst es euch schmecken. Die Lanutu sind von Flaro persönlich gebacken. Er ist ein wahrer Meister im Backen.«

Makira liebte ihren Bruder, besonders weil er so gut backen konnte.

Die Lanutu waren flach zusammengerollte Teigschnecken, so wie Lakritzschnecken, nur goldgelb und viel größer.

Lara nahm eine, biss genüsslich hinein und machte ein leises: »Hmmm, das ist gut.«

Annabell fasste sich ein Herz und nahm sich ebenfalls eine Lanutu, auch wenn ihr Gesicht noch nicht ganz so fröhlich aussah wie sonst. Maya rollte ein kurzes Stück ab und steckte es in ihren Mund, ganz so, wie sie es liebte, Lakritzschnecken zu essen.

»Der Blütenpollensaft ist das Beste, was ich je getrunken habe.«

Maya fühlte sich wie im Himmel.

Lara empfand ähnlich. Und Annabell? Sie ließ ihren Kummer langsam ziehen.

Auch Makira und Flaro aßen ein wenig, aber nur um der Gesellschaft willen.

»Seid ihr nicht hungrig?«, wollte Maya wissen. Denn Essen war für sie eines der schönsten Dinge überhaupt im Leben.

»Bei uns ist das ganz anders als bei euch.

Wir zum Beispiel erleben niemals eine Nacht, weil wir immer im Tageslicht leben, wie ihr es kennt. Andere Generationen von uns leben bei Nacht und erleben niemals einen Tag, wie ihr ihn kennt. Viele Generationen leben in den Dämmerungen und Abendstunden der Sonne.

Unsere Körper erzeugen Energie durch reine Bewegung und in den Tagesgenerationen durch das reine Sonnenlicht.

Jede unserer Zellen erzeugt Energie wie ein kleiner Dynamo.

Das macht uns fast unabhängig vom Essen, wie ihr es für den Stoffwechsel benötigt.

Wir brauchen keine Vitamine oder Ballaststoffe oder Proteine, Minerale oder viele andere Stoffe, die ihr zum Leben benötigt. Deshalb haben wir keine Organe und brauchen keine Toiletten. Was ist nicht nur sehr praktisch ist, sondern macht uns sehr resistent gegen Krankheiten und das Altern.«

Als Annabell das hörte, fasste sie wieder Lebensmut. »Ich glaube, ich werde neidisch. Das will ich auch haben.«

»Lanutu sind das Einzige, was wir sehr genüsslich essen.

Das Mehl, aus dem sie gemacht sind, gewinnen wir aus unseren heiligen Kamyakapflanzen, die ihr, glaube ich, Esskastanien nennt.

Früher am Orinoko haben unsere Ahnen Quaschilikos gegessen. Ihr nennt sie in eurer Welt Amazonenmandeln oder Paranüsse. Sie haben einen sehr hohen Kamalumgehalt, meint in eurer Sprache Kaliumgehalt, den wir direkt in körpereigene Energie umwandeln können.

Seit unsere Ahnen hier angekommen sind, gewinnen wir Kamalum für die Lanutu aus den Samen der Kamyakapflanzen. Unsere Körper brauchen nur sehr, sehr wenig davon, denn der Extrakt, den wir daraus gewinnen, ist sehr rein und konzentriert. Viermal im Jahreszyklus feiern wir ein Fest und essen dann gemeinsam Lanutu. Für alle Tamanaken ist das immer ein großartiger, freudiger Tag.«

»Woher wisst ihr eigentlich so viel von unserem Leben? Für uns wart ihr bis heute völlig unbekannt«, fragte Maya mit leiser, sanfter Stimme.

Makira fand die Frage überraschend.

»Ihr wusstet nichts von uns? Auch wenn ihr uns nicht sehen könnt, gibt es doch sicherlich Geschichten über uns in eurer Welt. Sind da nicht Supergirl oder die Feen, Außerirdische von anderen Planeten oder magische Welten, wie die bei Harry Potter und sein Freunden?«

»Ja, wir haben schon so viele Fantasy- und Märchenfilme gesehen. Aber dass sie von realen Wesen handeln, konnten wir wirklich nicht ahnen«, sagte Annabell.

»Na ja, und die erzählen mehr oder weniger von uns, nur dass die Autoren gern sehr viel von der Felsenmenschenwelt mit in die Geschichten einbauen.

Wir amüsieren uns immer köstlich über eure Geschichten, wenn so unglaublich viel geschossen wird oder alles mehr oder weniger wie eine Cowboy-Story abläuft.«

»Aber wirklich, woher wisst ihr so viel über unsere Welt?«

»Alle Tamanaken, die lebenden und die toten auf der gesamten Erde, aus allen Zeiten sind in ihren Erinnerungsbildern miteinander verbunden.

Wir können erleben, fühlen und sehen, was sie erlebt haben, als ob wir dabei gewesen wären.

Wenn wir schnell genug von den Erinnerungsbildern einer Generation zu einer nächsten switchen, erscheint die Felsenmenschenwelt für uns wie ein Zeitraffer-Film.

Dann nehmen wir in den Erinnerungsbildern an eurem Leben teil, so wie in einem Theaterstück oder Kinofilm.

Daher wissen wir so viel über euch, eure Sprache und Gebräuche.« Makira klang so klug, wenn sie davon erzählte.

»Wie alt bist du?«, fragte Lara.

»Ja, ich bin schon fast 60 unserer Jahreszyklen alt, noch recht klein also.«

»Und in welche Klasse gehst du?«, fragte Annabell.

»Die Schule oder das, was ihr vielleicht so nennen würdet, besuche ich seit 30 unserer Jahreszyklen.«

Die Drei sahen sie mit großen Augen an.

»So alt bist du schon?«

»Ja, wir werden einige hundert Jahreszyklen alt.«

»Was habt ihr jetzt in der Schule?«, wollte Maya wissen.

»Energie-Zell-Regeneration, Erinnerungstechniken, Tamanakische Telepathie, Gefühlssprache und mein Lieblingsfach: Felsenmenschengeschichte.«

»Klingt aufregend. Was ist Gefühlssprache?«, fragte Maya.

Beinahe als ob es das Normalste von der Welt wäre, unterhielten sich ein Tamanakenmädchen und drei Felsenmenschenmädchen über ihre Schule und das Leben im Allgemeinen.

Unsere Drei hatten schon unzählige Filme von Wesen aus anderen Dimensionen gesehen, von anderen Planeten und anderen Welten, dass es ihnen schon irgendwie normal vorkam, jetzt auch persönlich mit welchen zu plaudern.

»Gefühlssprache ist eines meiner Lieblingsfächer.

Wir lernen, Gefühle zu formen, in etwa so, wie ihr eure Sprache erlernt. Ihr kennt das: Wenn ihr geboren werdet, macht ihr nur so erste Babas oder Dudels oder Ahhas oder so.

Dann kommen erste Muttersprachenwörter, die Schule, wo ihr Schreiben und Lesen lernt, später erlernt ihr die Erwachsenensprache und schließlich die hohe Kunst der Literatur, des Theaters oder der Lyrik.

Genauso lernen wir, bewusst unsere Gefühle zu formen, uns damit auszudrücken und die Gefühle anderer zu lesen.

Das ist für das Verstehen und Erzeugen von Erinnerungsbildern wichtig und eigentlich berührt es all unsere Lebensbereiche, selbst in unserem Gespräch jetzt oder in der Art, wie wir mit unseren Augen sehen und wie unsere Körper Lichter erzeugen.

Unser ganzes Sein drückt sich in reinen Gefühlen aus.

Wir senden mit Gefühlsschwingungen Botschaften über größere Entfernungen zu anderen Tamanaken und sogar in andere Realitätsebenen. Gefühle sind die stärkste Kraft, die wir Tamanaken haben.«

Annabell nahm eine Lanutu und teilte sie mit Lara. Maya hatte schon die zweite auf dem Teller und beinahe sah es so aus, als ob sie problemlos noch eine dritte verputzen könnte.

57

VERGANGENHEIT

Alexander von Humboldt

In bester Stimmung, voller Herzenswärme umarmten sich die Männer und verabschiedeten sich in Cuba voneinander.

Alle acht Kisten wurden auf die riesige Galeone eingeschifft. Bruder Juan und sein Schützling gingen an Bord und schauten weit über den Hafen in die Stadt.

Der große gebogene Bauch des Schiffs ragte wie ein Bollwerk gegen Kaperer und Ozeanwellen in die Höhe.

Die Segel an den drei Masten füllten sich mit Wind, der von weither kam. Holz und Wanten knarrten und das riesige Schiff nahm Fahrt auf.

Gischt schäumte am Bug und einige Delfine tummelten sich bald neben dem mächtigen Schiff.

Humboldt und Bonpland winkten. Es war ihnen wohl ums Herz, für ihre Freunde und ihre wertvolle Sammlung auf dem

214

Weg nach Europa. Was sich aber zutragen sollte, ließ sich zu diesem Zeitpunkt von keinem von ihnen vorausahnen.

Vor der Küste Afrikas ereignete sich ein tragischer Schiffbruch, der die mächtige Galeone auf den Meeresboden schickte.

Einzelheiten wurden nicht bekannt, denn alle Menschen an Bord, ebenso Bruder Juan Gonzales und sein Schützling, verloren bei dem Unglück ihr Leben.

Mit ihnen gingen die Kisten der Ahnen, mit ihren Schädeln und Skeletten, ebenso wie die Kisten mit Humboldts Sammlungen für immer in den Fluten des Meeres verloren.

Auch die Tamanaken in den schweren Holzkisten, die mit dicken Nägeln fest verschlossen waren, hatten keine Chance. Das Meer verschlang sie einfach, ungesehen und von niemandem gehört.

Die Nachricht über den Schiffbruch und den Verlust erreichte Humboldt und Bonpland erst viele Monate später. Erfüllt von Trauer, hallte die Prophezeiung der Yanomami über die Gebeine der Ahnen von Neuem in ihren Ohren wider. Die Prophezeiung der Yanomami erfüllte sich spät, aber tragischerweise umso verheerender.

Nun wäre der Ozean aber nicht der Ozean, wenn er nicht ebenso unberechenbar grausam wie überraschend milde über die Schicksale aller Wesen, Pflanzen und Steine in seiner feuchten Welt herrschen würde.

Denn eine Kiste konnte aus den Tiefen wieder aufsteigen und trieb nun schon eine Weile mit den Strömungen des Meeres dahin. Und so verwunderte es nicht, auch wenn es einem Wunder gleichkam, dass eben diese Kiste von einem spanischen Postschiff aus dem kalten, salzigen Wasser gefischt wurde.

Das Seewasser ließ jedoch nur den Namen des Eigentümers auf der Kiste zurück. Kein Heimat- oder Zielhafen, lediglich ALEXANDER VON HUMBOLDT stand da kaum lesbar, wobei das »Alexander« eher geraten werden musste.

Der Rest der Adresse war ein unlesbarer dunkler Fleck auf dem verwitterten Tropenholz.

Aus Tageszeitungen waren Humboldts Name und seine Mission jedoch über alle Grenzen hinweg bekannt.

Dass Humboldt zusammen mit Napoleon Bonaparte eine der beiden wichtigsten Persönlichkeiten ihrer Zeit war, erwies sich jetzt einmal mehr als ein glücklicher Umstand.

So wurde die Kiste beinahe selbstverständlich und mit einem gewissen Stolz eines Kapitäns der spanischen Postschiffflotte seinem berühmten Eigentümer mit weltweit bekannter Adresse in Berlin »SCHLOSS TEGEL, Adelheidallee 19, KÖNIGLICHE HAUPTSTATT BERLIN, PREUSSEN« zugestellt.

Die Kiste maß fast einen Meter in der Höhe mal ebenso einen Meter in der Tiefe bei achtzig Zentimeter Länge.

Sie war aus massivem, schwerem Holz gefertigt.

In ihr befanden sich zwei Skelette und einige Schädel der Ahnen der Tamanaken, die Humboldt aus Ataruipe mitgenommen hatte.

In ihr befanden sich aber auch drei der unsichtbaren Reisenden, die sich, wie wir wissen, nicht von ihren Ahnen trennen wollten.

58

GEGENWART

Tamanaken

»In Felsenmenschengeschichte haben wir gelernt, dass ihr Gefühle eher auf eine sehr primitive Art habt, etwa so wie Tiere und Pflanzen. Stimmt das?«, fragte Makira ungläubig.

»Darüber haben wir, glaube ich, noch nie so genau nachgedacht. In der Schule haben wir keine solchen Themen«, sagte Lara.

»Viele Menschen glauben, Gefühle wären negativ und machen schwach, weil sie immer zuerst an Wut, Angst, Einsamkeit, Misstrauen, Schuld, Traurigkeit und Eifersucht denken, die ihr Leben kontrollieren, anstatt dass sie ihre Gefühle selbst formen, wie du es nennst«, sagte Maya.

»An Liebe, Glück, Vertrauen und Freude denken auch viele Menschen, aber dann sofort daran, wie schnell sie das Gute wieder verlieren können.

Das macht die meisten Menschen wiederum ziemlich traurig und einige werden mit der Zeit wirklich seltsam«, ergänzte Lara.

»Du hast recht, Makira. Das mit den Gefühlen ist bei den Menschen eine echt krasse Sache. Bei mir ist das leider nicht anders«, sagte Annabell leise.

»Wusstet ihr, dass eines der ältesten bekannten Gefühle auf der Erde Vertrauen ist?

In Gefühlssprache haben wir gelernt, dass in der Felsenmenschenwelt schon primitive Lebewesen wie Gliederfüßer, also zum Beispiel Spinnen und Krabben, dieses Gefühl empfinden.

Wir hatten die Beispiele im Unterricht. Spinnenmännchen müssen auf dem Netz der Weibchen eine Art Hochzeitssinfonie mit den Beinen zupfen.

Das Männchen muss so gut darin sein, dass das Weibchen in eine Art Trance fällt. Erst dann kann das Männchen zu ihr, um sich mit ihr zu paaren.

Er muss also Vertrauen haben. Sollte er sich irren, frisst ihn das Weibchen einfach auf.«

»Und wie ist das bei den Krabben?«, fragte Maya.

»Sogar dramatischer als bei den Spinnen, finde ich. Beide Arten sind kannibalisch. Bei den Krabben muss das Männchen auf das Weibchen klettern und es mit seinen Füßen und Zangen liebkosen, bis sie ihren Panzer abwirft und ganz ohne Schutz unter ihm sitzt.

Das Weibchen muss dem Männchen also vertrauen. Wenn sie sich irrt, würde sie das mit dem Leben bezahlen und von dem Männchen über ihr aufgefressen werden. Seltsam, dass Menschen mit ihren Gefühlen nicht viel weiter sind.«

Makira lächelte dabei verschmitzt. Alle lachten kurz und dachten noch einen Moment über die Beispiele mit den Spinnen und Krabben nach und wie sie das wohl selbst handhaben würden.

»Hmmm, die Lanutu und der Pollensaft sind so gut. Ich fühle mich schon so viel besser.«

Das kleine Mahl zauberte Annabell ein wunderschönes zufriedenes Lächeln auf ihr Gesicht.

»Jetzt ist es für euch sicherlich schon spät.«

Flaro versuchte das Schlafengehen anzudeuten, denn die Drei sahen tatsächlich schon recht müde um die Augen aus. Menschen schliefen und es war für sie sogar wichtig. So viel wussten die Tamanaken.

»Ja«, gähnte Annabell.

»Ich auch«, gähnte Maya.

»Wo können wir schlafen ?«, fragte Lara mit müden Augen.

»Hier ist ein improvisiertes Bett mit einigen Decken. Das sollte für einen guten Schlaf ausreichen.«

Schnell lagen die Drei auf dem improvisierten Lager und kuschelten sich zusammen.

»Geht ihr auch schlafen?«, wollte Lara mit kleinen Augen wissen.

»Nein, wir brauchen keinen Schlaf, wir schlafen niemals.«

»O mein Gott, wie schön ist das denn?«, bemerkte Annabell leise schlummernd für sich.

Und schon schliefen die Drei unter einem Baum auf kuscheligen Decken mit kleinen Kissen und träumten von unsichtbaren Wesen und Felsenmenschen in einer anderen Welt.

59

VERGANGENHEIT

Alexander von Humboldt

Zwei Monate nach dem Fund der Kiste, irgendwo im Atlantischen Ozean vor Westafrika, traf sie als einzige »Überlebende« der tragischen Schiffskatastrophe auf Schloss Tegel ein.

Keiner interessierte sich hier für die schäbige, vom Salzwasser arg mitgenommene Kiste.

Alexander von Humboldt weilte noch in Mexiko und würde erst in einem Jahr, wenn überhaupt, zurückkommen.

Die Angestellten im Schloss fühlten sich nicht so recht zuständig für Alexanders wissenschaftliche Spielereien.

Schließlich wurde die Kiste erst einmal in einem Stall, ganz hinten in einer dunklen Ecke verstaut.

Erst fast ein halbes Jahr später entdeckte ein junger, aber mindestens ebenso neugieriger, frecher als auch wissbegieriger Schüler der Botanik die gänzlich in Vergessenheit geratene, dick verstaubte Kiste. Was war das, fragte er sich. Schon seit einem Monat war der kleine Peter Joseph wegen eines kleinen Studienaufenthalts hier im Schloss Tegel.

Denn der Schlosspark sollte neugestaltet werden. Und sein Vater Peter Joseph Lenné, der Hofgärtner am Kurfürstlichen Schloss in Bonn war, beschloss, dass der kleine Peter Joseph dabei einige interessante botanische Erfahrungen sammeln konnte.

So schickte er ihn samt Gouvernante vom fernen Elternhaus in Bonn nach Preußen.

Die Zeit verging für den jungen Studenten der Botanik wie im Flug, denn die Freiheiten und Abenteuer fern der Heimat waren zweifelsohne größer und aufregender als die zu Hause.

An diesem Tag ergab sich für ihn die Gelegenheit, der Aufsicht seiner Gouvernante und des alten Gärtners zu entwischen und im Stall die seltsame große Kiste zu inspizieren, die ihm schon mehrmals aufgefallen war.

60

GEGENWART

Tamanaken

Es dämmerte nicht in der Welt der Tamanaken.

Die Sonne stand immer noch an der gleichen Stelle. Die Wolken klebten unverändert an ihrem Platz vor dem blauen Himmel. Die Amsel stand erwartungsvoll dort, wo sie gestern gewesen war. Die Felsenmenschen waren unverändert bei ihren Partys, Grillgelagen oder schauten in dasselbe Buch. Der zottige schwarze Hund, der dem Frisbee in der Luft hinterhersprang, würde ihn erst in einigen hundert Tamanaken-Generationen mit seinen weißen Zähnen schnappen.

Bei den Tamanaken herrschte aber schon oder besser gesagt immer noch lebendiges Treiben. Viele waren dabei, den heiligen Baum mit einer Art rotem Wollfaden und kleinen rot-weißen Wollkügelchen zu schmücken.

Andere bauten Reihen mit Tischen für die Lanutu auf. Wobei die Tamanaken einfach mit den Tischen aus dem Nichts erschienen, wieder verschwanden und mit weiteren Tischen zurückkehrten, dann wieder mit Lanutu und Pollensaft erschienen und so weiter, bis der freie Platz vor dem heiligen Baum festlich geschmückt und gedeckt war.

Nur drei kleine Mädchenfahrräder standen ein wenig kreuz und quer im Weg, doch das störte hier niemanden so recht. Keiner kannte es anders.

Unsere Drei wachten jetzt langsam auf und stellten fest, ihre seltsamen Träume waren wahr.

Maya rekelte sich zu Lara. Annabell saß schon eine kleine Weile aufrecht und beobachtete, wie die Tamanaken ihr großes Rachmakud vorbereiteten.

Eine Hummel stand regungslos in der Luft, direkt in ihrem Blickfeld.

»Wie süß sie ist mit ihrem kleinen Hummelfell«, sagte Lara versonnen.

»Ja, so habe ich eine Hummel nie zuvor gesehen«, meinte Maya schon fast wie eine Wissenschaftlerin.

»So schön.« Annabell war noch müde und rieb sich den Schlaf aus den Augen.

Dann saßen die Drei um die Hummel herum und staunten, sahen sie und sahen sich – Drei beste Freundinnen auch in dieser anderen merkwürdigen Welt.

»Heute ist das große Rachmakud. Ich bin schon so gespannt, was für ein Fest die Tamanaken veranstalten.« Lara verzog verschmitzt ihre Schnute, als sie das sagte.

»Sieht interessant aus, was sie aufgebaut haben.«

»Und auch die leckeren Lanutu. Müssen wir uns nicht die Zähne putzen?«, fragte Maya.

»Ich glaub, die Tamanaken machen so etwas nicht.«

Makira erschien wie aus dem Nichts direkt neben ihnen.

»Naaa, bewundert ihr unsere Hummeln?«

»Eigentlich sind es unsere Hummeln«, wollte Annabell klarstellen.

»Wenn es dir so besser gefällt: Bewundert ihr die Felsenmenschen-Hummeln?«, scherzte Makira.

»Okay, dann lieber eure Hummeln, denn so haben wir sie vorher bei uns tatsächlich noch nie gesehen«, versuchte Maya diplomatisch zu vermitteln.

»Wir haben ein wenig Zeit, bis das große Rachmakud beginnt. Worauf habt ihr Lust?«

»Wir würden gern die anderen Realitätseben sehen, von denen du gestern erzähltest.« Maya begann auch heute, als Erste neugierig zu werden.

»O ja, bitte«, stimmte Lara flehend zu.

»Ich befürchte, das ist nicht so einfach. Denn die Frequenzverschiebung, die wir mit unseren Emotionen formen, muss von unserem gesamten Körper, von jeder einzelnen Zelle, die in die andere Ebene wechselt, aktiv ausgeführt werden.

Meint, ihr seid noch nicht so weit. Aber ich könnte Erinnerungsbilder von den anderen Ebenen mit euch teilen. Wie wäre das?«, sagte Makira und gleichzeitig vibrierten aufgeregt farbige Wellen durch ihren Körper, denn sie war so unglaublich gespannt, was die Felsenmenschenmädchen davon halten würden.

»Bist du aufgeregt, wenn du so farbige Lichter machst?«

»Du hast recht, Annabell, ein wenig bin ich das. Denn das Teilen von Erinnerungsbildern mit Felsenmenschen lernen wir erst in 15 unserer Jahreszyklen in der Schule.

Aber ich kann einige Erinnerungen von Älteren teilen. Das kann schiefgehen, doch wenn ihr es so sehr wollt?«

»Was kann denn passieren?«, wollte Annabell wissen.

»Sehr alte Erinnerungen sagen, die große Harmonie könnte in ein Ungleichgewicht geraten. In der Geschichte der Tamanaken ist das aber bisher noch nie passiert.«

»Also dann, was sollen wir machen?« Annabell wurde jetzt wieder neugierig.

»Berührt mich mit den Händen an meiner Schulter. Seid ihr bereit?«

Die Mädchen nickten etwas unsicher.

»Es kribbelt so komisch in meiner Hand «, wunderte sich Annabell.

»Bei mir auch«, flüsterte Lara gespannt, was nun kommen würde.

»Lasst nicht los, was auch immer geschieht. Doch seid gewarnt, es wird sich sehr real anfühlen.«

Vor Annabells, Laras und Mayas Augen wurde es gleichzeitig weiß und dann erschien ein anderes Bild in ihren Gedanken, ein Erinnerungsbild, eine neue Welt, mitten in ihrem Kopf: Viele Tamanaken gingen umher, andere standen in einer Gruppe im Kreis, die Arme über die Schultern der Nachbarn gelegt, mit erhobenem Blick.

Neongrüne Lichtwellen kreisten durch ihre Körper, zirkulierten wie Ringe auf und ab, dann wieder wie Wellen im Kreis, wechselten zu Neonpink, danach zu leuchtendem Gelb und metallischem Dunkelblau.

»Wo sind wir?«, fragte Lara mit großen, staunenden Augen.

»Ihr würdet es vielleicht als Fitnessstudio bezeichnen?«

»Was die hier vorn im Kreis machen, ist unglaublich. Was ist das?«, fragte Maya fasziniert.

»Wir nennen es Kerench, es ist ein Ringsport.

Die Emotionen der Kerenchedim, so nennen wir die Sportler, die diese Sportart ausüben, verschmelzen zu einer Art emotionalen Wolke, die jeder Einzelne von ihnen und alle gemeinsam in höchster Konzentration formen und die in ihren Körpern sichtbar wird.

Im Wettkampf gewinnt die Kerenchformation, die die komplexesten, vielfarbigsten Formen mit den überraschendsten, elegantesten und virtuosesten Lichterspielen in ihren Körpern erzeugt.«

»Macht das Spaß? So etwas habe ich nie zuvor gesehen.«

»Aus unseren Erinnerungsbildern von den Felsenmenschen weiß ich, was für euch spektakuläre expressive Erlebnisse bedeuten.«

Die Drei versuchten mit aller Kraft, ihre Hände auf der Schulter von Makira festzuhalten.

Aber es wurde schwieriger für sie.

Etwas zerrte immer stärker an ihnen. Makira war noch zu unerfahren, um zu bemerken, was in ihren neuen Freundinnen vor sich ging und sprach weiter: »Was die Kerenchedim hier machen, ist für sie so intensiv wie für Menschen ein Wingsuit-Jump von einem Felsen in den Alpen, ein Shoppingrausch in der perfekten Luxuswelt, Macht, wie sie der Präsident der USA hat, das Wissen von Ilon Mask und Mutter Theresa, das Glück eines Lottogewinns und Mutter zu werden und das alles zusammen in einem.«

Makira machte eine kurze Pause und sah aufmerksam zu ihren Freundinnen – und fand, dass sie noch einen Schritt weitergehen könnte.

Also sagte sie: »Durch das Teilen der Erinnerungsbilder können wir zu jeder Zeit in die Kerenchwolken eintauchen und erleben, was sie erleben – so als ob die Fernsehzuschauer in der Felsenmenschenwelt ge-nau das erleben könnten, was ein Skispringer erlebt, wenn er die Schanze herunterfährt und abspringt, oder wie es ist, in einem Formel-1-Rennwagen zu sitzen und um den Grand Prix zu kämpfen.«

»Wenn ihr das alles so genau miterlebt, kann das dann nicht irgendwann jeder nachmachen?«

»Das ist der Grund, weshalb wir die Erinnerungsbilder teilen. Wir wollen, dass es jeder machen kann, wenn er will.

Wir lernen aus den Erfahrungen aller Tamanaken und haben einen riesigen Spaß dabei.«

Makira war in ihrem Element. Später einmal wollte sie Lehrerin werden, das wünschte sie sich sehr.

»Seht, dahinten! Die fliegen!«, rief Annabell mit euphorisch hoher, viel zu lauter Stimme.

»Nicht loslassen, auf keinen Fall dorthin gehen.«

»Aber das ist super krass.« Annabell konnte nicht mehr stillstehen. Die Kraft zerrte so sehr an ihr, dass sie nicht widerstehen konnte. »Ich muss dahin!« Sie riss sich von Makiras Schulter los und rutschte aus dem Erinnerungsbild, stolperte über einen Felsenmenschen und fiel auf den Boden.

Lara und Maya standen noch neben Makira, mit den Händen fest auf ihrer Schulter.

Annabell tat alles weh. Sie fühlte sich, als ob sie aus einem Zug gefallen wäre.

»Shit! Fuck!« Sie lag zwischen einigen Felsenmenschen, die auf einer Decke Karten spielten. Fluchend und wütend über sich selbst trat sie heftig mit dem rechten Fuß gegen den Typen mit der Flasche Sternburg Bier in der Hand.

Maya und Lara kamen jetzt auch zurück und Makira hörte auf zu leuchten.

»Annabell, verzeih, das war mein Fehler. Ich hätte euch nicht in Gefahr bringen sollen«, sagte Makira umsichtig.

»Das war es wirklich wert, Makira. Das war cooler als alles, was ich je zuvor erlebt habe«, sagte Maya mit großen Augen und breitem Lächeln.

»Meinst du, dass etwas Schlimmes mit dem großen Gleichgewicht passiert sein könnte?«, fragte Lara nachdenklich.

»Ehrlich … ich weiß es nicht. Im Moment sieht alles so normal aus wie immer.«

61

VERGANGENHEIT

Schloss Tegel

Der alte Gärtner, der mit der Neugestaltung beauftragt wurde, war ein entfernter Onkel des kleinen Peter Joseph, der ihm den vielversprechenden Studienaufenthalt bei der Familie von Humboldt vermittelte.

Er war sehr streng mit seinem jungen Eleven, denn alles, was sein Neffe anstellen würde, fiele auch auf ihn zurück.

Die Neugierde ließ den Jungen heute aber alle Vorsicht ver-gessen und er beschloss, die mysteriöse Holzkiste zu öffnen. Eine große Brechstange war schnell zur Hand und schon krachten die Nägel.

Der Deckel gab nur zögerlich, unter Quietschen und Schnarren, das Geheimnis der Kiste preis.

»Was ist das!?«, entfuhr es dem Jungen. Nie hatte er so et-was zuvor gesehen.

Er wollte seinen Augen nicht glauben. Zwischen Tüchern, Stroh und verstreuten Knochen lagen drei kleine menschenähnliche Wesen mit transparenter Haut, unter denen weiß leuchtende Knochen zu sehen waren.

Wie tot lagen sie da, dicht aneinandergeschmiegt.

Der junge Gärtner wich einen Schritt zurück, um nachzudenken. Dann trat er ganz dicht an die Wesen heran. Sie wirkten nicht bedrohlich. Sanft berührte er einen Arm. Es fühlte sich trocken, weich und gut an.

Waren das Puppen?

Nein, sicherlich nicht.

Der junge Gärtner zog abenteuerlustig eines der Wesen halb aus der Kiste.

Es sah aus wie ein Mädchen dieser Spezies.

Er griff ihr unter die Achseln, hob sie ganz heraus und legte sie vorsichtig auf das Heu.

Sie war nicht schwer, viel leichter als gedacht.

Nun lag sie dort. Er betrachtete sie eingehend, ging vom Kopf zu den Füßen, schaute sie von der Seite an.

Sie war nackt und fast durchsichtig. Ihre großen Augen waren geschlossen, sie hatte Ohren, eine Nase, einen schönen Mund und es war ganz deutlich ein Mädchen.

Peter Joseph setzte sich und dachte weiter nach.

Zeit verging.

62

GEGENWART

Tamanaken

Die Vorbereitungen für das große Rachmakud waren im Hain in vollem Gange. Langsam gingen die vier Mädchen von dem kleinen Hügel mit der Quelle der Heilung hinunter auf die große Wiese.

Seit gestern waren sie hier oben, hatten zu Abend gegessen und geborgen unter zwei Eiben geschlafen, nahe der Quelle der Heilung, die in der Menschenwelt ein Nabelstein war.

Sie hatten das Gefühl, schon viel länger in dieser Welt zu sein. Ihr Zuhause schien so weit entfernt und die starre Stille, die von ihrer Welt herüberragte, wurde für sie immer mehr zu einem Hintergrund, vor dem sich das Leben der Tamanaken abspielte.

Lara wollte wissen: »Wofür ist die kleine Bühne, dort drüben im Hain vor unseren Lieblingsbäumen?«

»Sie ist für die drei Hohepriesterinnen. Auf ihr erzeugen sie die Erinnerungsbilder für das große Rachmakud.«

»Sind das solche Erinnerungsbilder, wie wir sie gestern geteilt haben, mit dem Kerench und den Fliegenden?«

»Es ist viel komplizierter. Das große Rachmakud ersetzt die gesamte Realität durch das Erinnerungsbild, mit mehr Details und tatsächlichem Leben. Und das in Echtzeit, würdet ihr, glaube ich, sagen, für alle Zuschauer und natürlich auch für die Wettkampfteilnehmer.

Die Hohepriesterinnen müssen ihre Emotionen perfekt synchron formen. Noch dazu müssen sie eine ekstatische Balance mit dem großen Gleichgewicht über das gesamte Rachmakud aufrechterhalten. Andernfalls können die Erinnerungsbilder außer Kontrolle geraten.«

»Wow, das klingt gewaltig«, bemerkte Maya ehrfürchtig.

»Das ist es. Deshalb darf das große Gleichgewicht nicht gestört werden.«

63

VERGANGENHEIT

Im Schloss Tegel

Es war Freitag und alle im Schloss waren mit den Vorbereitungen für ein Fest beschäftigt. Niemand vermisste an solch einem Tag den jungen Gärtner. Er wusste das und ließ sich viel Zeit zum Nachdenken.

Gänzlich ohne Eile wollte er einen Entschluss fassen, wie er weiter vorgehen sollte. Was der kleine Peter Joseph nicht wusste, war, dass die Wesen nie zuvor von einem Menschen gesehen wurden.

Nie zuvor waren die Tamanaken in den Schlaf der Stille gefallen.

Auch sie selbst wussten nicht, dass sie sichtbar waren.

Die Sonne schien in die Scheune hinein. Das Tor war immer noch weit geöffnet. Es war ein großes Tor, das fast bis zum Dach reichte. Hier lagerte das Heu für die Pferde im Winter. Zu dieser Zeit war es in diesem Teil des Schlossparks still. Kein Mensch verirrte sich jetzt hierher.

Die Sonne wanderte tiefer und tiefer. Sie schien weiter und weiter in die Scheune hinein, bis ihr Licht das Wesen auf dem Boden erreichte.

Zuerst schien die Sonne auf die Füße, zog weiter zu den Waden bis hinauf zur Hüfte und zu den Schultern. Und plötzlich verfärbte sich ihre Haut seltsam.

Sie war jetzt gar nicht mehr so durchsichtig. Es veränderte sich etwas. Aber was war das? Schimmerndes, leuchtendes Ocker, überlagert von grünem Pulsieren, strahlte hell aus dem Körper.

Gebannt verfolgte der junge Gärtner, was hier vor sich ging. Mit Pflanzen kannte er sich aus und er wusste, dass sie nach langer Trockenheit anders aussahen, als wenn ihnen der Regen und die Sonne sattes Leben schenkten.

Geistesgegenwärtig rannte er los und holte einen Eimer mit Wasser aus dem Pferdestall nebenan. Er goss es langsam von Kopf bis zu den Füßen über das Wesen.

Was geschah jetzt? Wieder setzte er sich, aber diesmal etwas weiter weg, denn er rechnete damit, dass etwas Unvorhersehbares geschehen könnte.

Er kauerte sich zusammen und versteckte sein Gesicht hinter den Händen und Knien. Mit den Augen blinzelte er durch die Finger und beobachtete.

Das Wesen bewegte sich leicht.

Ganz leicht wackelten seine, nein, ihre Arme.

Ihr Körper begann wieder zu leuchten, zuerst nur ein wenig, dann stärker und schließlich war sie verschwunden.

Ganz einfach weg.

Kein Geräusch, kein Knall, kein Lichtblitz, nichts, einfach nichts war mehr von ihr da.

Peter Josephs Blick fiel sofort auf die Kiste, die er in der Aufregung beinahe vergessen hatte.

Dort waren eben noch zwei der Wesen zwischen den Gebeinen und den Tüchern gewesen. Doch auch sie waren ebenso geräuschlos und ohne jedes Zeichen verschwunden.

Das fremde Mädchen ging dem jungen Gärtner nicht aus dem Sinn. Wer war sie und was wollte sie hier? War sie eine Sklavin aus den Kolonien?

Genau in diesem Augenblick erschien eine ältere, elegant gekleidete Dame in der Scheune. Sie trug ein weißes Kleid mit riesigen roten Nelken darauf, eine Kette mit großen Orient-Perlen, ein exzentrisches blaues Sonnenglas.

Ihre rotblonden Haare trug sie wild hochgesteckt, mit einem breiten, hellblauen Seidenband umwickelt und mit einer großen Schleife an der Seite.

Ein Leuchten ging von ihr aus, wie sie da im abendlichen Gegenlicht am Tor stand.

Sie sagte zu dem jungen Gärtner: »Engelchen, du hast gut daran getan, die Kiste zu öffnen. Jetzt kann hier eine neue wunderbare Welt entstehen.«

»Wer sind Sie?«, wollte der junge Gärtner wissen, denn er hatte diese Frau hier noch nie zuvor gesehen.

»Mein kleiner Peter Joseph, ich bin jemand, der Pflanzen ebenso sehr liebt, wie du es tust.

Ich danke dir für deinen Mut, den du eben bewiesen hast. Und wenn es etwas gibt, was ich für dich tun kann, so will ich es tun. Mein Wohlwollen soll in meinem Reich immer mit dir sein«, sagte sie mit einer so sanften und gütigen Stimme, dass der kleine Peter Joseph keinen Zweifel an ihren Worten hatte.

Die Alte, die jetzt gar nicht mehr so alt aussah, streichelte dem jungen Gärtner zum Abschied sanft über sein wildes Haar, ging zum Tor, drehte sich noch einmal um, lächelte ihn an und verschwand im dichten Grün des Parks.

Der kleine Peter Joseph stand still und wie angewurzelt allein in der Scheune, seinen Blick auf die Stelle geheftet, wo die Frau soeben verschwunden war.

Für eine Weile spürte er noch den leichten Druck ihrer Hand auf seinem Kopf. Er hörte ihre Stimme sanft und gütig in seinem Bewusstsein nachhallen und fragte sich, was das für ihn bedeuten könnte. Dieser Moment berührte ihn tief in seinem Herzen und er würde ihn nie vergessen.

Nun, ihr müsst wissen, der kleine Peter Joseph erblickte bereits in einem Gartenhaus im Kurfürstlichen Schlosspark in Bonn das Licht der Welt. Hier wuchs er zwischen barocken Hecken, Blumenbeeten und prächtigen Alleen auf.

Sein Vater, Peter Joseph Lenné d. Ä., bekleidete im Kurfürstlichen Schloss bereits seit 33 Jahren das ehrenvolle Amt des Hofgärtners und war darüber hinaus Vorsteher des dortigen Botanischen Gartens.

Der kleine Paul Joseph kam in einer Gärtnerfamilie zur Welt, die seit mehreren Generationen in Kurfürstlichen Diensten stand. Sein Vater wird der Eindeutigkeit halber fortan Peter Joseph Lenné der Ältere genannt.

Sein Sohn aber, unser junger Gärtner, wird, der Logik folgend, Peter Joseph Lenné der Jüngere genannt.

64

GEGENWART

Tamanaken

Dass jeder der Felsenmenschen ein eigenes Leben führte, eine Familie, einen Lieblingsfilm hatte oder ein besonderes Parfüm mochte, spielte aus der Perspektive der Tamanken ganz und gar keine Rolle. Wenngleich sie in ihren Erinnerungsbildern lebhaft am Leben der Menschen teilnehmen konnten.

Annabell, Lara, Maya und Makira gingen im Zickzack an den Decken und Gelagen vorbei. Sie begannen zu lästern:
»Sieh mal, was der für ein seltsames Tattoo auf dem Arm hat.«
»Und der erst, echt merkwürdig.«
»Der Typ hat sich die Haut verbrannt, o Gott, wie rot der ist.«
»Guck mal, ist das Baby süß.«

»Und der Kleine mit dem grünen Fahrrad und dem Helm erst.«

»Du sagst es, der ist auch süß.«

»Krass, der Hund, er springt immer noch nach dem Frisbee.«

Lara und Maya gingen zu ihm, kraulten ihm den Bauch und hinter den Ohren. Seine Lefzen und Ohren flatterten aufgeregt im Sprung.

»Wie findet ihr den Typen auf der weißen Decke?«

»Den mit den kurzen Haaren und den blauen Shorts?«

»Ja, genau den.«

»Nett irgendwie, aber nicht mein Typ.«

»Am besten finde ich den auf dem Seil. Der ist total cool, wie der da so auf einem Bein steht und mit den Armen balanciert und absolut nicht wackelt.«

»Du nun wieder. Ja, das musst du erst mal hinkriegen.«

»Und so lange im Auf-einem-Bein-steh-Marathon.«

»Ihr seid doof.«

»Ach, jetzt seid nicht so ...«

»Wie denn?«

»Na, so eben.«

»Die sehen hier alle echt nackig aus.«

»Bis auf die Türken, die sind alle schön warm angezogen.«

Die Drei fühlten sich in der Tamanakenwelt schon ein wenig wie zu Hause. Wie schnell das ging und Lästern half immer ein wenig dabei, Distanzen zu überwinden.

Auch Annabell hatte sich wieder beruhigt.

»Makira, wie haben die das vorhin eigentlich mit dem Fliegen gemacht? Könnt ihr fliegen wie Supergirl oder wie die Elfen in Peter Pan?«

»Hab ich noch nicht so genau drüber nachgedacht. Eher wie die Elfen oder Kolibris, würde ich sagen.

Unsere Haut ist so glatt, dass wir keine Reibung in der Luft erzeugen. Wir würden uns sonst sehr stark aufheizen oder sogar lichterloh brennen.

Wenn wir uns jedoch kleine Flügel aufschnallen, können wir tatsächlich fliegen. Wir müssen einfach nur die Arme bewegen. Für uns ist die Luft so dick wie Wasser für euch.«

»Super, das ist klasse. Aber weshalb heizen wir uns dann nicht auf?«, kombinierte Lara.

»Ich denke, die Göttin des Waldes hat euch eine Schutzschicht verpasst. Sonst wärt ihr sicherlich niemals bei uns angekommen.«

»Das würde einiges erklären«, stutzte Maya.

»Bei unserem großen Rachmakud fliegen die Wettkämpfer mit einem Vogelanzug, der Federn hat. Das wird euch gefallen.«

»Wie sind die Regeln?«, wollte Lara wissen.

»Also, es starten vier Brenchadin, das sind die Wettkämpfer. Jeder trägt einen Vogelanzug in einer anderen Farbe.

Es gewinnt der, der am schnellsten das Ziel erreicht hat und dabei die meisten Punkte ergattern konnte. Klingt einfach, ist aber extrem spannend, denn der gesamte Wettkampf findet in zwei Erinnerungsbildern statt.«

»Weißt du, in welchem Erinnerungsbild der Wettkampf heute stattfinden wird?«

»Das ist bekannt. Es ist die Grundsteinlegung für den Humboldt-Hain am 14. September 1869, der 100. Geburtstag von Alexander von Humboldt. Die genaue Uhrzeit des Ereignistages kennen wir aber nicht.«

Inzwischen waren sie bei der Bühne angekommen.

»Hey, Flaro.« Er baute etwas an der Bühne. Sie war nicht aus Holz oder Kunststoff, auch wenn sie so aussah. So wie die Tische ebenso nicht aus Holz oder Kunststoff waren, selbst wenn man das annehmen könnte. Doch auch jetzt dachten die Drei erst einmal nicht weiter darüber nach.

»Hallo, ihr drei, wie war die Nacht? Habt ihr gut geschlafen in unserer Welt?«

»O ja, wie ein Stein. Und die Lanutu waren köstlich«, betonte Maya noch einmal und konnte den wundervollen Geschmack der Lanutu förmlich schmecken, als sie das sagte. »Sie sind so klein und machen doch so satt«, fügte Maya hinzu und hatte eigentlich große Lust darauf, noch eine vom Tisch zu stibitzen.

Flaro verstand gleich, worauf es Maya abgesehen hatte.

»Kein Wunder, denn sie sind aus reiner Energie. Wir machen sie aus Kamalum, was wir aus dem Mehl der heiligen Samen extrahieren. Hat euch Makira die Geschichte noch nicht erzählt. Nein? Na, das sieht ihr ähnlich.«

Flaro begann weit auszuholen, denn in dieser Geschichte ging es um weit mehr als um die kunstvoll gerollten Lanutu-Schnecken.

»Seit dem Schutzzauber der Göttin Amalicvaca, als unsere Ahnen noch in den Guahibos am Orinoko lebten, bewegen wir uns so schnell, dass die vier Jahreszeiten für uns so lang wie ganze Zeitalter sind.

Der natürliche Zyklus von Frühling, Sommer, Herbst und Winter ist viele, viele Tausende Tamanaken-Generationen lang. Der Anbau von Samen für das Mehl, um Lanutu zu bereiten, ist daher eine große Aufgabe für uns. Denn die Natur und ihre Zyklen folgen auch in unserer Welt dem Lauf der Sonne, wie ihr ihn kennt.«

»Aber wie könnt ihr dann überhaupt etwas ernten?«

»Lara, das ist die allerwichtigste Frage für unser Überleben, denn wir ernten niemals. Unsere Generation lebt in der Epoche des Pflegens der Pflanzen und Extrahierens.

Seit Tausenden von Tamanaken-Generationen geben wir die Samen aus der letzten Ernte an unsere Nachkommen weiter.

Das Mehl, aus dem wir die reine Energie, das Kamalum, extrahieren, um Lanutu zuzubereiten, ist eine begrenzte Ressource, die wir schützen und für zukünftige Tamanaken-Zeitalter erhalten müssen.

Wir brauchen zwar nur sehr wenig davon. Aber ohne Lanutu würden wir und alle Tamanaken, die nach uns kommen, sterben.

Deshalb sind uns die Lanutu heilig und die Weitergabe der Samen und die Erhaltung der Pflanzen eine gesamtgesellschaftliche, ja, eine kulturelle Verpflichtung.

Über Tausende Generationen müssen Tamanaken weit über ihr eigenes Leben hinaus für alle Tamanaken denken, planen und handeln.«

»Meine Güte, das muss ich in der Klasse erzählen. Wir können so viel von euch lernen. Aber ich befürchte, niemand wird uns irgendetwas davon glauben«, murmelte Lara leise für sich.

Flaro fuhr fort: »Die Samen und ihre Pflanzen sind der eigentliche Schatz, den die Tamanaken über Generationen und Zeitalter hinweg weitergeben. Sie sind Energie, Leben und Aussaat zugleich. Die Generationen, die den Samen vor unvorstellbar langer Zeit aussäten, werden die Pflanzen, die daraus hervorgehen, niemals sehen.«

»Das klingt wie eine echt riesige Verantwortung, die Tamanaken für die Zukunft ihrer Kinder empfinden. Meine Mama sagt, Politiker bei uns denken immer nur kurzfristig, in Wahlperioden und an ihre Umfrageergebnisse, die ihre Beliebtheit und die ihrer Partei möglichst cool aussehen lassen sollen.

An zukünftige Generationen denken die nur, wenn krasse Katastrophen sie dazu zwingen.« Lara fasste so in etwa zusammen, worüber ihre Mutter häufig zu Hause genervt herumlamentierte, wenn sie kritische Kommentare schrieb oder einen Beitrag für ihre News-Show vorbereitete.

65

VERGANGENHEIT

Der junge Gärtner

Der junge Gärtner, der einst beherzt und mutig das Leben der Tamanaken rettete, sollte noch Bedeutendes in der Welt der Schlossgärten und Parks vollbringen.

Seinen großen Ruhm aber würde er nicht im fernen Bonn oder sonst irgendwo auf der Welt erlangen. Sondern in Potsdam und Berlin und die Göttin des Waldes würde ihr Versprechen einlösen. Man würde ihn eines Tages schlicht »Linné« nennen. Denn aus dem ehrenvollen Schatten seines geliebten Vaters trat der junge begabte Gärtner schon bald hervor.

Linné war nicht nur ein ehrgeiziger Student der Botanik, machte Studienreisen zu den wichtigsten Gartenbauarchitekten seiner Zeit, in Wien, Brüssel, Paris, England und Italien. Sondern er war auch ein brillanter Zeichner, was es ihm ermöglichte, seine Ideen zu visualisieren und damit anderen

Menschen mitzuteilen. Denn die Gartenbaukunst war eine Kunst, die sich erst in vielen Jahren zeigen würde und zudem musste sie mit dem ständigen Wachstum der Pflanzen und den Jahreszeiten spielen können.

Eine Verkettung von Umständen wollte es, dass Linnés Heimat, die Rheinprovinz, Preußen angegliedert wurde und dass während der Napoleonischen Kriege die Parkanlagen in Berlin und Potsdam in einen verwahrlosten Zustand verfielen. Dadurch kam Linné in den Dienst des preußischen Hofes, wo er eine Gehilfenstelle im Februar 1816 mit Probezeit bis Michaelis, am 29. September, antrat.

Dank seines begnadeten Talents und einer Reihe von wohlwollenden Umständen stieg er auf, Stufe um Stufe, wie ein schillernder Laubfrosch im Wetterglas bei Sonnenschein, zum »Garteningenieur und Mitglied der Gartendirektion«, »Direktor der Landesbaumschule«, »Direktor der Potsdamer Gärtnerlehranstalt« und zum Mitglied im »Landesökonomie-Collegium«.

Im Jahr 1854 wurde Linné dann von Friedrich Wilhelm IV., dem König von Preußen, in das höchste Amt berufen, welches sich ein Junge, der sich für Botanik interessierte, in einem Königreich überhaupt nur erträumen konnte, er wurde zum »Gartendirektor der königlichen Gärten« ernannt.

Wenn das für euch wie ein Märchen klingt, dann wird euch die Liste der Garten- und Landschaftsparks, die Linné entworfen hat, ganz sicherlich auch mindestens ebenso fabelhaft vorkommen. Das wären einige der bekanntesten: Park Sanssouci, Pfingstberg, Alexandrowka, Pfaueninsel, Berliner Tiergarten, Park Sacrow, der Böttcherberg ... ja und so weiter.

Die Göttin des Waldes musste sehr selten weichenstellend für ihren Schützling wirken. Linné musste nur im richtigen Moment dem richtigen Förderer begegnen und das passende Mädchen heiraten.

Ein paarmal musste sie den späten Frost milde stimmen, wenn es zu trocken war, den Regen motivieren und ein wenig darauf achten, dass beim Freimachen der Schneisen für die Blickachsen, die Linné so sehr liebte, nicht zu viele von den alten großen Bäumen abgeholzt wurden.

Sonst war Linné ihr ein großer Gewinn, der Weltgewandtheit, Wissen, Organisationstalent, Fantasie, Ehrgeiz und sein Herz am richtigen Fleck mit in ihr Reich brachte.

An der neu gegründeten königlichen Gärtnerlehranstalt lernte Linné seinen begabten späteren Meisterschüler Gustav Meyer kennen, der später nicht nur Berliner Gartendirektor werden sollte, sondern auch in Linnés Sinne den Humboldt-Hain erschuf, die Welt, die das neue Zuhause für die Tamanaken sein sollte.

Denn der Schlosspark Tegel wurde nach einigen Jahrzehnten für die Tamanaken nun doch zu klein. Nicht, weil die Fläche des Parks nicht ausreichend gewesen wäre, sondern weil hier Unregelmäßigkeiten im Erdmagnetfeld auftraten, wodurch die Anzahl der parallelen Welten, die die Tamanaken erzeugen konnten, erheblich limitiert war.

Die Tamanaken waren jetzt so viele geworden und die Themen, mit denen sie sich in ihrer neuen Heimat beschäftigten, waren so vielfältig, dass ein Umzug vonnöten war.

66

GEGENWART

Tamanaken

»Glaub mir, Lara, die Felsenmenschengeschichte kennen wir
nur zu gut. Deine Mama ist mutig und ich kann sie gut verstehen. Unser Gefühl für die großen Zusammenhänge kommt
nicht von ungefähr. Denn die Generation unserer Vorfahren,
die einst die Kastanien ernteten, und die vielen Generationen,
die sie bis heute bewahren, kennen wir aus überlieferten Erinnerungsbildern«, erklärte Flaro.

»Zu den zukünftigen Generationen haben wir jedoch, wie
ihr in eurer Welt, keine Verbindung. Auch wir können nicht in
die Zukunft sehen.

Wir wissen aber aus Erinnerungsbildern, dass wir, die heutigen Tamanaken, einst für unsere Ahnen die unbekannten
Kinder aus der Zukunft waren. Unsere eigene Erinnerungser-
fahrung zeigt uns, wie sehr unsere Kinder auf unser heutiges

nachhaltiges Handeln vertrauen. Egal wie alt jemand heute ist oder wann jemand lebte, einst waren sie alle die unbekannte kommende Generation.«

»Ich glaube, meine Imma würde bestimmt ein Interview mit euch machen, wenn es ginge. Klingt so, als ob das für alle in unserer Welt interessant sein könnte«, sagte Lara anerkennend.

»So oft haben wir Menschen in ihrer Welt gesehen, die dazu neigen, ihre Fehler immer wieder von Neuem zu machen, egal ob Kulturen kommen und gehen, das Klima wechselt oder neue Gesellschaftsformen entstehen.

Und selbst mit neuesten Technologien hört das nicht auf, weil sie nicht miteinander verbunden sind. Sie können die tatsächlichen Gefühle wie Freude, Liebe, Hoffnung und Angst der Ahnen nicht teilen und vergessen deshalb Gewesenes in seiner emotionalen Vielfalt.«

»Aber wie können wir das bei uns anders machen?«, wollte Annabell wissen.

»Süße, das ist die vielleicht wichtigste Frage, die es überhaupt gibt, und ihr dürft nie aufhören, sie immer wieder von Neuem zu stellen«, sagte eine vertraute Stimme hinter ihnen.

Die Drei drehten sich um und da stand die noch einmal viel jünger Erscheinende, überhaupt nicht mehr Alte, die ihnen gestern, an ihrem Lieblingsbaum, die wahre Geschichte von Gretel und Hänsel erzählte.

Diesmal trug sie ein weißes Kleid mit riesigen leuchtend pinkfarbenen Rosen und auf dem Kopf hatte sie einen großen irisierend grünen Hut, der mit einem breiten blauen Seidentuch umwickelt war – was sicherlich mondän im Wind geweht hätte, wenn in dieser Welt ein Lüftchen wehen würde.

»Oh, Sie sind es!«, rief Annabell aufgeregt und erfreut, hier jemanden zu treffen, der aus ihrer Welt kam.

»Wo sind Sie so plötzlich geblieben? Wir hatten noch so viele Fragen zu Gretel und Hänsel«, schoss es geradezu aus Lara heraus.

»Wie kommt es überhaupt, dass Sie auch hier sind?«, sprach die Tochter einer Journalistin neugierig.

Die umstehenden Tamanaken begannen, dem Gespräch zu lauschen. Ihre Köpfe drehten sich und schoben sich zwischen andere, um ein paar Worte zu erhaschen. Die Spannung war groß. So viele Felsenmenschen hatten sie noch nie zuvor in ihrer Realität miteinander sprechen gehört, geschweige denn sich bewegen gesehen.

»Wollt ihr die offizielle Version hören oder die private?«

»Erzählen Sie uns alle Versionen, die es gibt«, rief Lara.

67

GEGENWART

Göttin des Waldes

Der Platz vor dem Baum füllte sich. Immer mehr Tamanaken kamen herbei, denn das große Rachmakud wird sehr bald beginnen. Jeder nahm sich eine von den köstlichen Lanutu-Schnecken, hielt sie mit ausgestreckten Armen hoch zum heiligen Baum, nahm sie zur Stirn, verbeugte sich, hielt kurz inne und begann sehr langsam und, wie es aussah, in meditativer Konzentration zu essen.

»Herzchen, ich bin die Alte aus der Geschichte von Gretel und Hänsel. Ich bin auch die alte Frau, die am Orinoko der Abschiedsrede von Amalivaca widersprach.

Er ist mein Vater, der zugleich der Gründervater der Tamanaken war. Und ich bin ebenso Amalicvaca, die Schutzgöttin der Tamanaken, die den großen Zauber über sie legte, durch den sie unsichtbar und damit vor den Sklavenhändlern und Kannibalen geschützt waren. Ich bin Diana, die Jagdgöttin, von der, wie ich finde, eine sehr reizende Bronzefigur hier im Rosengarten steht. Und wie ihr selbst erkanntet, bin ich die Geschichtenerzählerin, die euch die wahre Geschichte von Gretel und Hänsel erzählen konnte, weil ich dabei war, als sie sich zugetragen hat. Das war die fast schon private Version.«

Einen Moment war es still.

»Und nun die offizielle Version?«, fragte Berlin die Mädchen mit einem Augenzwinkern.

Die Drei konnten nicht fassen, was sie hörten. Mit großen Augen standen sie da und lauschten. Sie konnten sich nicht annähernd vorstellen, wie die offizielle Version sein würde. Ungeduldig riefen sie durcheinander: »Ja, bitte, erzähl uns die offizielle Version!«

»So sei es«, klang es kurz in der sanften, gütigen Stimme, die unsere Drei kannten und dann änderte sich alles.
Gewaltig groß, grollend tief und gebieterisch laut wurde es. Die Erde bebte und das Licht um sie herum flimmerte, als sie sprach:

»ICH BIN IŠTAR, DIE LÖWIN, TOCHTER VON SIN UND NINGAL, DIE KÖNIGIN DES HIMMELS, DIE GÖTTIN ALLES WEIBLICHEN, DIE GÖTTIN DER LIEBE, HERRIN DER SCHLACHT, GOTTHEIT DES KÖNIGTUMS. ICH BIN DIE VERKÖRPERUNG DES PLANETEN VENUS. MEIN ZEICHEN IST DER ACHTSTRAHLIGE STERN, MEIN NAME IN DIESER WELT IST ›BERLIN‹.«

Ihr könnt euch sicherlich vorstellen, wie überrascht und sprachlos unsere Drei waren, all das von der Göttin des Waldes persönlich zu hören. Wie oft hatten Annabell, Lara und Maya Ähnliches in Fantasy-Filmen oder Märchen gesehen und gehört.

In echt aber war das jetzt etwas ganz anderes. Gänsehaut kam über sie. Am ganzen Körper standen ihnen kleine Härchen zu Berge.

Ein sanftes, aber starkes Gefühl schien sie emporzuheben.

Annabell fand zuerst Worte: »Das ist so megageil, echt.«

»Wir wussten, dass da was nicht stimmt«, kombinierte Lara aber wollte besser nichts Falsches sagen.

»Dann haben Sie uns hierhergebracht? Aber wieso?«, fragte Maya.

»Rosenblättchen, ihr habt mir von eurem Plan erzählt, eine magische Hütte zu bauen, ohne eine Vorstellung davon zu haben, was dann passieren würde.

Ihr wart so wunderbar mutig und neugierig, dass es mich herzenstief berührte.

Und so beschloss ich, das magische Tor für euch zu öffnen.«

68

GEGENWART

Das große Rachmakud

Es waren vermutlich einige tausend Tamanaken, die aus den anderen Realitätsebenen hier erschienen, wo in wenigen Minuten das große Rachmakud beginnen wird.

In einer dicht wogenden Schar umkreisten sie jetzt die kleine Bühne.

Auf diese Weise sammelten sich die Anhänger der vier Brenchadin in Fanclouds, um später in höchster Harmonie mit ihnen verschmelzen zu können.

Dem vollendeten Verschmelzen der Fans mit ihren Favoriten wird während des Wettbewerbs noch eine entscheidende Bedeutung zukommen.

Immer dichter rieben die glatten, fast transparenten Körper Schulter an Schulter aneinander und erzeugten dabei mächtige Energien. Sie leuchteten zunehmend stärker.

Wellen farbigen Lichts durchzogen die kreisende Menge. Kleine Blitze sprangen über. Die aneinanderreibenden Körper luden sich weiter auf.

Annabell, Maya und Lara standen direkt an der Bühne und fühlten sich plötzlich sehr klein in der um sie kreisenden Menge.

Umatrinatara, die Matriarchin erschien wie aus dem Nichts auf der Bühne. »Ich begrüße unsere weise, großzügige und barmherzige Schutzgöttin des Waldes Berlin. Darf ich dich zu mir bitten, um uns die Ehre zu erweisen, unser großes Rachmakud zu eröffnen?«

Die Göttin des Waldes ging sehr mondän in ihrem weißen Kleid mit den riesigen Rosen, ihrem großen Hut und den spektakulären High Heels auf die Bühne. Sie sah jetzt viel jünger aus, eher wie Mitte zwanzig, fast wie ein Teenager. Sie schaute auf die Tamanaken und sprach gütig: »Ich begrüße euch, wunderbares Volk der Tamanaken!« Ihre kristallklare, mächtige Stimme durchfuhr jeden Körper und jeden Geist.

Eine Welle von Jubel schwappte durch die Massen.

»Heute, in eurer Welt, tragt ihr das große Rachmakud des Jahreszyklus Kamurityo aus. Den vier besten Brenchadin unter euch wird die Ehre zuteil, sich hier und heute zu messen.

Das große Rachmakud sei mit meinem Segen eröffnet und ich wünsche euch einen fairen und sicheren Flug.

Allen Zuschauern aber wünsche ich einen spannenden Wettbewerb. Möge die oder der beste Brenchadin gewinnen.«

Dann sprach Umatrinatara: »Danke, hochverehrte Göttin des Waldes. Die Hohepriesterinnen mögen erscheinen und uns das Erinnerungsbild für das heutige große Rachmakud vorstellen.«

Wie alle Tamanaken erschienen die Hohepriesterinnen wie aus dem Nichts auf der Bühne, nebeneinander, jede mit einem großen Stab in der linken Hand, der auf dem Boden stand und sie um einen Kopf überragte.

Die Stäbe waren gläsern, so schien es, und oben war jeder von einer großen gläsernen Kugel gekrönt.

Die vier Hohepriesterinnen sprachen zusammen mit einer mächtigen Stimme: »Wir sind die Stabträgerinnen, die Hohepriesterinnen der Tamanaken.

Dies sind die Regeln für das heutige große Rachmakud im Jahreszyklus Kamurityo. Wie in jedem Jahreszyklus wird der Wettbewerb auch dieses Mal in zwei Erinnerungsflüssen ausgetragen. Insgesamt wird der Wettbewerb auf drei Parkours ausgetragen.

Fünf Parkours stehen im ersten Erinnerungsfluss zur Auswahl. Über die Auswahl der beiden Parkours im ersten Erinnerungsfluss entscheiden wir während des Spiels.

Ein Parkour befindet sich im zweiten Erinnerungsfluss.

Es war uns eine große Ehre, für den heutigen besonderen Wettbewerb zwei ebenso ehrenvolle Rahmen zu finden.

Der erste Erinnerungsfluss lässt den 14. September 1869 um 11:30 Uhr nach der Felsenmenschenzeitrechnung lebendig werden. Es ist das Fest an dem Tag, an dem der Grundstein für unsere Welt hier im Humboldt-Hain gelegt wurde, der 100. Geburtstag von Alexander von Humboldt, des Mannes, der unser Volk einst vom Orinoko über das große Wasser hierherbrachte, in unsere heutige Welt. Wir verdanken ihm viel. Ihm zu Ehren haben wir unsere Auswahl getroffen.

Wie es unsere Tradition will, erzeugen wir direkt im Anschluss den zweiten Erinnerungsfluss.

Es wird der 01. Juni 1876 um 14:30 Uhr nach der Felsenmenschenzeitrechnung sein, das Jahr, in dem der Bau unserer Welt hier im Humboldt-Hain von den Menschen vollendet wurde.«

Unsere Drei waren inmitten der vielen Tamanaken kaum noch zu sehen.

Wie aus dem Nichts erschienen so viele und sie konnten nicht einmal sehen, wie viele es tatsächlich waren, denn die Drei standen ganz vorn an der kleinen Bühne.

Hinter ihnen befanden sich, Schulter an Schulter dicht gedrängt, viele Hunderte Tamanaken, die aus den anderen parallelen Realitätsebenen ihrer Welt hierherkamen.

Von den Felsenmenschen waren nichts mehr zu sehen. Nur hier und da ragte ein balancierender Mensch oder springender Hund aus der Menge.

Doch auch die waren für unsere Drei nicht zu sehen, denn die Tamanaken waren um einiges größer als sie.

Wenn sie sich umdrehten, sahen sie dicht an dicht viele farbig schimmernde Schultern und Köpfe mit leuchtenden Augen.

Neben ihnen stand ein Tamanakenjunge, der sie neugierig, mit auf- und abwanderndem Blick, musterte.

»Ihr müsst die drei Mädchen aus der Felsenmenschenwelt sein?«, schlussfolgerte er.

In Windeseile hatte sich die Neuigkeit in allen tamanakischen Realitätsebenen herumgesprochen.

»Ja, das sind wir. Und wer bist du?«, wollte Annabell wissen.

»Ich bin Xarviaro.«

Seine Augen schimmerten und sein Körper durchhuschte ein blaugrünes Licht. Er war aufgeregt und ein wenig unsicher, denn drei Mädchen aus der Felsenmenschenwelt, die sich bewegten und sprachen, hatte er nie zuvor gesehen.

»Hallo, Xarviaro, schön dich kennenzulernen.«

»Ganz meinerseits«, sagte er höchst erregt, dass die Felsenmenschenmädchen mit ihm sprachen.

Er lächelte verschmitzt und es durchzuckten ihn erneut Wellen von blauem und grünem Licht.

Die gesamte Stimmung war erwartungsvoll und aufgewühlt.

Momentan waren die Vorbereitungen aber noch nicht ganz abgeschlossen. Und das verschafft uns einen Moment Zeit, um einen Blick auf das unglaubliche und einzigartige Programm des heutigen großen Rachmakud zu werfen.

PROGRAMM

DAS GROSSE RACHMAKUD
IM JAHRESZYKLUS KAMURITYO

Brenchadin: Ipanikata, Flaro, Sunata und Emanto
Spielequipment: Vogelanzug,
Markong (eine Art magischer Staffelstab),
Quild (Ball)

DER SPIELVERLAUF

PARKOUR 1

DAS MEER DER HÜTE

Erster Erinnerungsfluss: 14. September 1869 um 11:30 Uhr nach der Felsenmenschenzeitrechnung: Grundsteinlegung im Humboldt-Hain zum 100. Geburtstag von Alexander von Humboldt

Schwierigkeitsgrad: 5 von 10 – mittel: Paradiesvogel-Tanz

Spieldauer: 550 Quildwechsel (Ballwechsel)

Ziel: Vollendete Harmonie, Schnelligkeit, fantasievolle Quildwechsel, Anmut und Schönheit

Maximale Punktzahl: 550 Markong, 550 Haltung

DER PARKOUR UND DIE OBSTACLES

Wir befinden uns unweit der großen Tribüne:
Ein Meer aus schwarzen Herren-Zylinderhüten, brillant geschneiderten Anzügen, Tüchern und steifen blütenweißen Kragen ergoss sich, so weit das Auge reichte. Einige Herren legten ihre Flanierstöcke auf die Schultern und ließen sie in die Luft ragen.

Lange, volle, sehr gepflegte Hipster-Bärte zierten die Gesichter fast aller Männer. In Begleitung vieler Herren waren elegante Damen, mit farbenprächtigen Kleidern, die weit um sie herum nach Raum griffen.

Die Erscheinung der Damen war ein lustvolles, reich verziertes Statement für fantasievoll drapierte Hüte, weite Puffärmel, Seidenbänder, fein gehäkelte Applikationen, Kordeln, prachtvolle Stickereien und blinkende Pailletten.

Die engen Korsagen, die die Silhouette der Frauen so elegant erscheinen ließ, waren sicherlich eher eine qualvolle Lust, aber aus der Distanz gesehen voller Schönheit.

Die feinen Damengarderoben wurden von leuchtenden Farben dominiert, sie flirrten in frischem Grün, leuchtendem Indigo, Kaiserblau, strahlendem Ocker, waren mit rosa Blumen gemustert oder zuweilen aufregend groß und bunt kariert. Dazu kamen die vielen neckisch verzierten Sonnenschirme der Damen mit ihren langen Stielen und kleinen Schirmchen obendrauf.

Feierlich gekleidete Mädchen und Jungen rannten spielend umher. Und es waren viele der Arbeiter mit ihren Familien hier, die im Wedding und Prenzlauer Berg wohnten und in den umliegenden Fabriken arbeiteten.

Fortsetzung des gesamten Programms auf Seite 313.

69

GEGENWART

Das große Rachmakud

Jetzt ging es auf der Bühne weiter. Die vier Stabträgerinnen stellten sich in einem Kreis auf, setzten ihre Stäbe mit weit ausgestreckten Armen zu ihrer Linken auf den Boden und schlossen den Kreis mit dem anderen ausgetreckten Arm, ergriffen den Stab zu ihrer Rechten.

Ihre Hände griffen fest zu – leuchteten, strahlten violett und schlossen den mächtigen Kreis, der jetzt voller Energie strahlte.

Umatrinatara verkündete: »Für den heutigen Wettbewerb haben sich folgende Brenchadin qualifiziert: Ipanikata, Flaro, Sunata und Emanto. Es stehen fünf Parkours im ersten Erinnerungsfluss zur Auswahl bereit. Begonnen wird mit dem ersten Parkour im ersten Erinnerungsfluss: DAS MEER DER

HÜTE. Jeden weiteren Parkour des Wettbewerbs geben die Schirien spontan und unvorhersehbar im Anschluss an den vorherigen abgeschlossenen Parkour bekannt.«

Hinter Annabell, Lara und Maya kam in der Menge ein Gesang oder eher ein Wehen von Stimmen auf.

Es wurde immer mächtiger und lauter.

Es entwickelte sich ein Meer aus tosenden Wellen.

Dann wurde es wieder leiser, es verstummte langsam, endete sanft.

Die Menge stellte sich um die Bühne herum auf, die jetzt wie das Auge eines Hurrikans das Zentrum einer großen Kraft war.

Tamanakenkörper standen dicht an dicht, rieben ihre Körper aneinander und es sprangen mächtige Lichtwellen von reinster Energie aus der Masse zu den vier Hohepriesterinnen über.

Der Himmel färbte sich in leuchtend violettes Licht, verdichtete sich und löste sich wieder auf.

Die Hohepriesterinnen hoben ihre Köpfe und senkten sie synchron. Auf und ab wie ein Pumpen, mit dem die Stabträgerinnen die Energie der immer enger um die Bühne kreisenden Tamanakenmenge herbeisogen.

70

GEGENWART

Das erste Erinnerungsbild

Und dann öffnete sich das Erinnerungsbild.

Der 14. September 1869 um 11:30 Uhr erschien klar in ihrem Bewusstsein, als wären sie persönlich anwesend.

Jeder nahm aus der gleichen Perspektive, an dem gleichen Ort im Erinnerungsfluss an dem Spektakel teil – als wären sie alle eine Person, die am Rande der Festveranstaltung an einem leicht erhobenen Platz stand und das gesamte Geschehen bestens überblicken konnte.

Der Erinnerungsfluss mit dem Parkour war in all seinen Details so perfekt, alles bewegte sich wie ein dreidimensionaler Film, aber mit Gerüchen, sehr lebhaftem Wind und Geräuschen. Das war die Erfüllung der höchsten Kunst der Stabträgerinnen.

Sie erzeugten in perfekter Schwingung, mit der großen Harmonie ein großes fließendes Erinnerungsbild aus Einzelerinnerungen von vielen Tamanaken-Generationen.

Der liberale und weltgewandte Geist des Alexander von Humboldt war in den Gästen des Festes spürbar anwesend, er stand wie ein freudiges Lächeln in ihren Gesichtern und ließ alle aus der gesamten Stadt herbeigepilgerten Menschen für eine kurze Zeit die preußische Enge in ihrer Welt vergessen.

Es ging los!

Die vier Brenchadin gingen, vielmehr flogen oder besser schwammen zu ihrer Startposition auf der anderen Seite des dicht gefüllten Platzes, auf die mit Blattgirlanden und Rosetten geschmückte Mauer. Hinter ihnen war der Blick frei nach Osten bis zum Horizont, auf die grüne, weite Wiesenlandschaft der Feldmark, erfüllt mit spätsommerlichen Blüten, brummenden Käfern, rasselnden Heuschrecken, summenden Hummeln und Wölkchen von flatternden Schmetterlingen.

Die Stadt wartete noch ein wenig, bis sie sich auch hier bauen lassen würde, mit ihren Straßen, Häuserfronten und verzweigten Hinterhöfen. Bäume säumten eine Straße im Hintergrund, die durch die Wiesen, über die Brunnenkuppe, zum Grenadierfeld und am Galgenplatz vorbei nach Berlin führte.

Da standen die Brenchadin für einen Moment, vor dem weitem Hintergrund, mit ihrem Markong in den Händen, musterten die Menschenmenge, die Hindernisse und fokussieren sich auf ihren ersten Parkour.

Umatrinatara stellte die Brenchadin einzeln vor:

»In Grün startet Ipanikata.«

Von ihrer Fancloud kam großes Jubeln auf. Das sind ihre Fans.

Unsere Drei sahen jetzt das erste Mal bewusst die Vogelanzüge, die das Fliegen ermöglichten. Sie schillern wie die Federn eines Kolibris, waren eng am Körper anliegend, mit einer ebenso eng anliegenden, spitzen Kapuze. An den Armen befanden sich die Flügel mit den langen Flugfedern.

Wie Vögel konnten die Brenchadin die Federn spreizen und in rudernden Bewegungen manövrieren, kraftvoll davonfliegen oder landen.

Die Fans wurden leiser und verstummten.

»In Blau startet Flaro.«

Augenblicklich ertönte von der anderen Seite ohrenbetäubender, auf und abschwellender Schall. Geradezu reiner Schall ergoss sich aus der Menge. Das sind Flaros Fans und ihr Wettkampfruf. Beinahe schüchtern steht er da oben auf der Mauer, verneigt sich kurz. Sein blauer Vogelanzug schillerte elegant.

Die Herzen der Drei hatte er sofort für sich gewonnen. Sie jubelten mit seinen Fans.

Es wurde wieder still.

»In Rot startet Sunata.«

Jetzt gab es kein Halten mehr, es toste um unsere Drei herum, so laut, so ungeheuer kompliziert und durcheinander überschlugen sich die Schallwellen. Keine Frage, Sunata ist die Beliebteste und die Favoritin in diesem Wettbewerb.

Selbstbewusst und stark stand sie dort oben neben den anderen in ihrem Glamour-Kostüm, was in Wirklichkeit ein High-End-Vogelanzug war. Schillernde Perfektion, Coolness, verführerischer Charme und geballte Energie sind ihre Waffen in diesem friedlichen Kampf.

264

Es wurde wieder still.

»In Gelb startet Emanto.«

Der Jubel kam jetzt von links außen, nicht so stark, aber dennoch voller Begeisterung. Emanto ist der Newcomer unter den vier besten Brenchadin der Tamanaken.

Er schwang seine Flügel hoch als selbstbewusste Kampfansage und seine Fans honorierten es mit lautem Jubel.

Es wurde wieder still.

»Sind die Schirien bereit?«

»Alle vier Schirien sind bereit«, kam es in einer Stimme von vier Tamanakinnen, die bereits in ihren weißen Vogelanzügen in der Luft schwebten. Jede der vier Brenchadin hat eine Schirien, die genau die Haltungsnoten, Berührungen und eventuelle Regelverstöße registriert.

»Startposition einnehmen!«

Die vier Brenchadin schlängelten sich auf ihre Startplätze, zogen ihre Beine in eine Art Hocke und strecken die Arme kraftvoll nach vorn über die gesenkten Köpfe, sodass sich die Flugfedern weit zur Seite aufspannten und sich die Flügelspitzen vor ihnen berühren. Ihre Hände hielten den Markong mit gestreckten Armen, der spitz aus ihrer gespannten Haltung nach vorn zwischen den gekreuzten Flügelspitzen herausragt.

Um die vier Brenchadin vibrierte energiegeladen die Luft. Stille. Die Körper der vier leuchteten durch die Vogelanzüge hindurch, so hell, pulsierend. Und dann sind sie bereit.

Ein riesiges »Pang« ertönt wie ein Schuss so kurz, mit einem kleinen Hall. Die vier Brenchadin springen gleichzeitig in den weiten Raum, über das Meer von Zylindern und holen zu ihrem ersten kraftvollen Flügelschlag aus.

»Könnt ihr das auch sehen? Es sieht fast so aus, als ob sie durch die Luft schwimmen, so wie Seelöwen oder Pinguine, die im Wasser fliegen.« Annabell war sich nicht sicher, ob Lara und Maya sie hören konnten, denn sie sind in dem Erinnerungsbild nicht körperlich anwesend.

Die Erinnerung spielt sich nur vor ihrem inneren Auge ab. Ihre Körper sind nicht Teil des Erinnerungsflusses.

Lara antwortete sehr beglückt mit großen Augen und süßem Lächeln: »Ja, ich sehe es auch, sie schwimmen wie Delfine oder Pinguine unter Wasser.«

»Alles ist so real.« Maya war ganz und gar verzaubert von dieser unglaublich schönen Welt.

Flaro spürt die Dichte der Luft, die sich sonst an seiner extrem glatten und kühlenden Haut viel weicher und dünner anfühlte.

Es sind die Vogelanzüge, die es den Tamanaken ermöglichen zu fliegen, zu gleiten oder besser, durch die Luft zu schwimmen. Durch die Federn fühlt sich die Luft für sie so ähnlich an, als wären sie Menschen in einem Taucheranzug unter Wasser.

Flaro schwamm durch die Luft, er spürt den großen Widerstand an den Armen und muss viel Kraft aufwenden, um sich zu bewegen.

Das Atmen fiel ihm viel schwerer.

Sein ganzer Körper muss sich schlängeln wie ein Fisch, um Widerstand zu vermeiden und seine Kräfte zu schonen.

Mit den Armen, die seine Flügel sind, navigierte er oder bremste.

Der Stab, der besondere Stab, den sie Markong nannten, den jeder Brenchadin speziell für sich hergestellt hatte, der aus dem gleichen bioaktiven Stoff besteht, wie seine eigene Haut, so glatt, transparent und kühlend, ist ein wichtiger Teil des Spiels. Er sieht so aus wie ein etwas kürzerer Baseballschläger.

Selbst die vier besten Brenchadin der Tamanaken brauchten immer eine kurze Gewöhnungszeit, um in dem so anders empfundenen Element mit seinen ganz eigenen Regeln anzukommen. Deshalb verlangte der erste Parkour von den Brenchadin noch keine körperlichen Höchstleistungen.

Die Queens-Disziplin kommt am Schluss des ersten Erinnerungsflusses.

Jetzt befinden sich unsere Brenchadin in einer Art Strategiespiel, um ihre Harmoniestärke miteinander zu messen.

Langsam und konzentriert kreisen sie über den Zylinderhüten, jetzt eher wie Haie auf Beutezug.

Jeden Moment werden vier tennisballgroße, orangefarbene Bälle, die Quild genannt werden, im Spielfeld erscheinen.

Die Brenchadin schlängelten, schwebten in ihre Position, an die Ecken eines imaginierten Vierecks. Hier schweben sie aufrecht, mit leichten ventilierenden Flügelschlägen, um ihre Positionen zu halten und nicht zu sinken. Ihre Arme sind weit zu den Seiten ausgestreckt und bereit.

Unter ihnen ging das freudige Geschehen der Menschen weiter, die sich zur Grundsteinlegung an diesem Tag versammelten.

Frauen beobachteten, bei ihren Männern untergehakt, was auf der Bühne passierte. Kinder rannten durch die schmalen

Gassen in der Menge und spielten Fangen. Fahnen wehten um die Humboldt-Büste heftig im Wind. An langen, geschmückten Masten schlängelten sich viele Fahnen mit ihren langen Schwalbenschwänzen majestätisch im Wind.

In der Ferne zerzauste der Wind die Felder und ließ die Bäume manchmal silbern glänzen.

Das war so ein lebendiges, farbiges Spektakel. – So anders als in der Tamanakenwelt.

Die vier Quilds erschienen auf Armlänge direkt vor jedem einzelnen Brenchadin und ruhten dort geduldig für einen Moment in der Schwebe.

Sie nahmen ihre Quild zugleich mit der linken Hand aus der Luft und starten das Spiel. Es wird langsam beginnen, mit den ersten Quildwechseln über Kreuz.

Flaro sah vor sich die drei anderen Brenchadin.

Sunata schwebt direkt gegenüber von ihm, in ihrem roten, elektrisierend schönen Vogelanzug. Ihre großen schillernden Augen sind konzentriert direkt auf ihn gerichtet und drangen tief in sein Bewusstsein ein.

Für einen Tamanakenmann konnte der unmittelbare weibliche Blick aus den großen durchdringenden Augen ziemlich furchteinflößend sein.

Doch diese Ängste muss Flaro jetzt überwinden, um die Harmonie mit den anderen nicht zu gefährden.

Ipanikata schwebt in ihrem irisierend grünen Vogelanzug zu seiner Linken, die Flügel langsam vor und zurück schwingend, den Quild in der einen und den Markong in der anderen Hand, bereit zu beginnen.

Zu seiner Rechten schwebt Emanto in seinem leuchtend gelben Vogelabzug, die Flügel ebenfalls ruhig vor und zurück schwingend.

Er sah sich direkt Ipanikata gegenüber, war ebenso bereit und begann, sein höheres Bewusstsein mit Flaro, Ipanikata und Sunata zu verknüpfen, ganz so, wie es die anderen taten.

Flaro spürt, wie ihr bewusstes Sein miteinander verschmolz, bis er sah, was sie sehen, ihre Absichten spürte, ihre Emotionen mitfühlt und erahnt, wie sie jeden Moment gemeinsam den Quild hochwerfen werden, um mit dem Markong weit auszuholen und kraftvoll zuzuschlagen.

Dann ist es so weit. Ein vierfaches metallisch klingendes, lautes »Prong!« ertönte.

Schon in dieser ersten langsamen Phase des Spiels galt es, schnell zu parieren, denn es gab kein Auftippen oder Fangen des Quild.

Alle Schüsse sind Volleys, also direkt gespielte Pässe, die sofort weitergespielt werden müssen.

Flaro sieht vor seinem inneren Auge vier Quild aus der Perspektive von vier Brenchadin, vier über Kreuz fliegende elliptische Pässe.

Jeder von ihnen sieht gleichzeitig, was alle Spieler sehen. Sie begannen wie erwartet über Kreuz zu spielen.

Flaros Quild flog zu Sunata und zugleich sah er ihren Quild, wie aus dem Nebel auftauchend, auf sich zukommen. Sie fliegen angedreht, im Bogen aneinander vorbei und durften sich auf keinen Fall berühren, denn das hätte den ersten Punktabzug bedeutet.

269

Zugleich begegnen sich zwei Quild in gespiegelten ellipti-schen Flugbahnen von Ipanikata rechts nach links zu Emanto und von Emanto links nach rechts zu Ipanikata.

Aus der Perspektive der Schirien, die direkt von oben auf das Spiel schauten, kreuzten sich in der Mitte vier Quild in einer perfekten blütenförmigen Flugbahn.

Volle Punktzahl für Sunata, Flaro, Ipanikata und Emanto nach dem ersten Schlagabtausch.

Wohin sie den nächsten Schlag spielen werden, müssen die vier Brenchadin während des Spiels gemeinsam in Echtzeit entscheiden, am besten in den Bruchteilen von Sekunden, in denen sich die vier Quild im Flug befinden.

Ohne sie zu fangen, schlagen die Brenchadin den Quild synchron weiter. »Prong!«, noch einmal »Prong!« und noch einmal über Kreuz »Prong!«. Das Spiel wurde schneller.

An dieser Stelle des Spiels ergibt sich ein kurzer Moment, noch einmal auf die Spielregeln des ersten Parkours zu werfen.

Die Regel besagt, bei jeder Quildberührung, meint Ball-berührung, mit dem Markong, so wird der Stab, mit dem geschlagen wird, genannt, erhält jeder Brenchadin, das sind die Spieler, einen Punkt.

Wenn ein Brenchadin die Harmonie stört oder gar der Quild, den er spielt, nicht beim Gegenüber ankommt, erhält er keinen Punkt. Die Reihenfolge der Quildwechsel muss sich im Spiel ändern und alle Brenchadin müssen miteinander in Echtzeit, im Gedankenaustausch, vereinbaren, in welche Rich-tung und auf welche Weise sie spielen wollen.

Alle vier Quild müssen im Spiel sein und jeder Brenchadin darf jeweils nur einen Quild abschlagen und empfangen.

Oder einfach gesagt, alle Bälle müssen immer zur gleichen Zeit in der Luft sein oder zur gleichen Zeit geschlagen werden. Die Bälle können im Kreis linksherum gespielt werden.

Sie können die Richtung wechseln, über Kreuz gespielt werden. Aber auch soft im weiten angedrehten Bogen oder hart und direkt zugespielt werden.

Den höchsten Schwierigkeitsgrad haben, und darüber sind sich alle einig, die hart geschlagenen Quild, die einen weiten angedrehten Bogen nach außen oder innen fliegen und dennoch ihr Ziel finden.

Die Geschwindigkeit, die Richtung und besonders die Abschlagsposition, ja, die gesamten Bewegungen der Brenchadin, müssen im besten Falle absolut synchron ablaufen. Sogar die Spontanität und der Variantenreichtum der Choreografie im Spiel werden von den Schirien bewertet.

Aber nun wieder schnell zum Spiel zurück, das jetzt wesentlich schneller wurde.

Nach einer Abfolge von sehr hohen Quild über Kreuz, folgt nun eine Serie von hart und sehr direkt gespielten Quild.

Das ging nur, wenn die Quild perfekt angedreht werden.

Die Schirien schienen mit den bisherigen Quildwechseln sehr zufrieden zu sein und vergaben beste Haltungsnoten.

Das Spiel im ersten Parkour geht insgesamt über 550 Quildwechsel, von denen 78 bereits gespielt wurden.

Flaro spürte unbeschreiblich viel. Sein Spiel läuft für ihn wie in Zeitlupe ab, wie auch für die anderen drei Brenchadin.

Er floss in die Bewegungen, sah den Quild auf sich zukommen, schlug mit dem Stab, sah ihn davonschnellen und neben ihm den entgegenkommenden Quild von Sunata, immer wieder wie aus dem Nebel auftauchend.

Er spürt, wie sie alle vier den Schlagwechsel vorbereiten und sich für den Spielwechsel nach links im Kreis entschieden.

Die vier Brenchadin drehten sich zugleich in Bruchteilen einer Sekunde nach links und schlagen: »Prong!« Flaro spielt jetzt zu Ipanikata und erhielt den Quild von Emanto.

Der Schwierigkeitsgrad stieg.

Die Drehung musste synchronisiert werden, der Flügelwiederstand stieg, es wird anstrengender.

Ein Schlag folgt: »Prong!« Und noch ein Schlag: »Prong!« Und wieder: »Prong!«

In einem kleinen Bogen fliegen die Quild im Kreis.

Dreh und Schlag, Dreh und Schlag.

Jetzt, wo die körperliche Kraft bei allen vieren nachzulassen begann, musste die mentale Verbindung in ihrer Harmonie vervollkommnet werden.

Nur so können die Brenchadin ihre körperliche Schwäche, den Schmerz in den Muskeln, die Erschöpfung auffangen und den Parkour zu Ende spielen.

Wenn die Brenchadin die vollendete Harmonie erreichen, schüttet jede einzelne ihrer Zellen Glückshormone aus und versetzt sie in eine Art Trance, in einen Glücksrausch.

Das wirkt wie ein Turbostarter und entfesselt so etwas wie Superkräfte, in jedem Einzelnen von ihnen.

Auch ihre Fans empfinden mit ihnen und erleben quasi in Realität, was ihre Favoriten erleben, den Schmerz der Erschöpfung und den Rausch der Harmonie. Ipanikata, Flaro, Sunata und Emanto flossen gemeinsam dahin.

Auch wenn am Ende des Wettkampfs nur einer siegen wird, ist jetzt jeder von ihnen in perfekter Harmonie. – Weshalb jeder Einzelne von ihnen immer noch die höchste Punktzahl hatte.

242 Quildwechsel haben sie aber noch vor sich.

Die konditionsstarke Sunata musste sich etwas zurückhalten, um den körperlich weniger starken Emanto nicht aus der Harmonie zu verlieren. Nur dann kann sie selbst die höchstmögliche Punktzahl erreichen, um mit besten Aussichten in den nächsten Parkour zu starten.

Flaro und Ipanikata spürten die Anstrengung schon sehr deutlich in ihren Armen.

Um jeden Preis müssen sie die Harmonie aufrechterhalten, was in der zähen Atmosphäre und bei den höchst kraftvollen, kontrollierten Schlägen die wahre Meisterschaft bedeutete. Werden sie durchhalten?

»Seht nur, wie wunderschön ihr Spiel ist. Wie machen sie das? Es sieht so aus wie ein Ballett. Haben sie das vorher geübt?«, wollte Maya wissen.

Xarviaro neben ihr versuchte zu erklären: »Was sie machen, ist nicht vorher eingeübt. Ganz im Gegenteil, um die höchste Bewertung zu erreichen, müssen die Brenchadin kreativ und unvorhersehbar spielen.

Die Schirien würden ihnen sonst Punkte abziehen.«

»Das klingt wirklich superschwierig.« Lara war fast hypnotisiert von den vier fliegenden Bällen.

Annabell war gänzlich im Bann der flirrenden Quild. Ihre Augen starrten wie im Traum vor sich hin. Fast machte es den Eindruck, als wäre sie in die große Harmonie mit eingetaucht.

»Prong!, Prong!«, tönte es so kurz hintereinander, dass es wie ein Chor klang, in mehreren Stimmen, in einem Rhythmus, der verzauberte.

Noch 43 Quild sind zu spielen. Das Finale des ersten Parkours stand bevor.

Die Brenchadin endschieden sich für ein neues höheres Schwierigkeitslevel.

Richtungswechsel bei jedem Schlag, paralleler Quildwechsel von Flaro zu Ipanikata und Sunata zu Emanto: »Prong!« Die vier drehten sich wie ein Kreisel rechtsherum, um in der Drehung die beste Schlagposition zu erreichen und den Schwung der Körperdrehung auszunutzen.

Ihre Flügel, alle Federn scheinen in der Fliehkraft zu fliegen, ihre Körper leuchteten grell gelb.

Wechsel, Sunata und Ipanikata spielen zueinander, wie Flaro zu Emanto spielt: »Prong!« Wechsel: »Prong!«

Wechsel: »Prong!« Schneller: und »Prong!, Prong!«

Wechsel zu hohen, langsamen Quildwechsel: »Prong!«

Wieder schneller: »Prong!« Schneller: »Prong!«

Viel schneller: »Prong!«

Flaro sieht die Welt nur noch wie vorbeirasende horizontale Streifen. Seine Schläge trafen den Quild wie im Traum.

Die vier Brenchadin drehen sich jetzt so atemberaubend schnell, dass sie nur noch wie kreisende leuchtend gelbe Schemen erschienen: »Prong!, Prong!, Prong!, Prong!, Prong!, Prong!, Prong!, Prong!«

Vorletzter Schlag und Ende des ersten Parkours.

Die Schirien verkünden: »Gleicher Punktestand. Jeder hat 550 Punkte plus 550 Haltungspunkte.«

Das ist sensationell! Noch nie zuvor gab es solch ein perfektes Ergebnis. Es zeigt, wie vollendet Ipanikata, Flaro, Sunata und Emanto in Harmonie miteinander verschmolzen waren.

Sofort ging es weiter mit nur einer kurzen Verschnaufpause auf dem Weg zur neuen Startposition für den zweiten Parkour.

Jetzt waren die Fans an der Reihe, ihren Favoriten Energie zu senden, sie wieder wie eine Batterie aufzuladen.

Umso mehr Fans jeder der vier hinter sich versammelte, umso besser die Fans ihre mentalen Fähigkeiten vervollkommnet hatten, umso schneller konnte jeder Brenchadin neue Kräfte von ihnen empfangen.

Lässig und entspannend schlängelten sich die vier zu dem kleinen Wald aus bunten wehenden Flaggen, Standarten und Bannern, im Zentrum des Platzes direkt vor der Humboldt-Büste. Sie genossen die Energiedusche von ihren Fans sichtlich. Ihre Körper pulsierten in violett-blauem Licht. Sunata leuchtete am hellsten, denn ihre Fans sendeten die höchste Frequenz und damit die meiste Energie in kürzester Zeit und sie konnte sich mit ihnen am perfektesten synchronisieren.

»Der zweite Parkour im ersten Erinnerungsfluss ist: KLEINER WALD AUS FAHNEN. Bitte Startposition einnehmen!«, kam es von den Schirien.

Die vier Brenchadin schlängelten sich langsam in ihre Positionen direkt unter der Humboldt-Büste.

Nebeneinander schwebten sie dort. Ihre Flügel fächeln langsam nach vorn und hinten. Sunata, Flaro, Ipanikata und

Emanto konzentrieren sich jetzt, frisch aufgeladen, mit ihrem Markong in den rechten Händen.

Hinter ihnen ragt der mächtige Sockel auf, die Palmenblätter und rechts und links die königliche Tribüne. Es war ein sehr schönes Bild. Zwei Welten kreuzten sich hier. Das Fest ging unter ihnen unbeirrt weiter.

Die Stabträgerinnen halten einen überaus stabilen und komplexen Erinnerungsfluss aufrecht. Ihre Körper schillerten und pulsierten in allen nur erdenklichen Farben.

Sie stehen dort, bescheiden, auf der kleinen Bühne, mit ausgestreckten Armen im Kreis, ihre gläsernen Stäbe fest im Griff, und erzeugen diese wunderbare Welt voller liebevoller Details mit: Hutbändern, wohl getrimmten Bärten, weiten Kleidern mit farbenprächtigen Mustern, unzähligen Frauen, Männern und auch Kindern, Fahnen und Girlanden, Bäumen, selbst die weite Landschaft im Hintergrund fehlte nicht.

Annabell, Lara und Maya waren jetzt bereits so weit weg von der Welt, aus der sie gestern erst in die Welt der Tamanken und Felsenmenschen kamen.

Viel hatten sie heute schon im Erinnerungsfluss des großen Rachmakud erlebt. Verzückt standen sie vor der Bühne, lächelnd sprachlos wie drei Honigkuchen.

Sie fieberten mit Flaro mit, ihrem unangefochtenen Favoriten des Wettbewerbs, in dem sie den 14. September 1869 hautnah miterleben.

Erneut schoss ein »Pang« mit einem stumpfen Hall durch den Erinnerungsfluss.

Das war der Startschuss.

Ein zweites »Pang« folgte unmittelbar danach.

Der Start wurde abgebrochen.

Ein Raunen ging durch die Fanclouds der Tamanaken.

»Was ist passiert?« Mayas Stimme klang beunruhigt.

»Der Start wurde von den Schirien abgebrochen«, sagte Xarviaro kurz und sah gespannt zur Bühne.

Die Stabträgerinnen standen unverändert da und das Licht in ihnen pulsierte weiter sehr intensiv und farbig wie zuvor.

Die Schirien gaben mit kräftiger Stimme bekannt: »Aus erinnerungsbildtechnischen Gründen wird der zweite Parkour ausgelassen und das Spiel geht in Kürze auf dem vierten Parkour: HOHES FAHNENMASTEN SLALOM weiter.

Wir bitten um Verständnis, aber die Sicherheit der Brenchadin ist unser erstes Gebot. Das Erinnerungsbild wird über die kleine Pause aufrechterhalten.«

Es tuschelte wieder in den Fangruppen. Die vier Brenchadin blieben vorerst an ihren Positionen.

»Xarviaro, was soll das bedeuten?« Lara klang nun auch sehr beunruhigt.

Xarviaro tuschelte mit jemandem neben ihm.

»Ah, ja, das ist es.« Xarviaro wusste jetzt mehr und versuchte den drei Felsenmenschenmädchen zu erklären: »Ich habe eben gehört, dass in der Gruppe der Fahnen eine bedenkliche Erinnerungsanomalie aufgetreten ist.

Das kann sehr gefährlich für die Brenchadin werden, denn es können zwischen den vielen wehenden Fahnen Harmoniewirbel und Harmonieturbulenzen entstehen, die Zugänge zu anderen Erinnerungswelten öffnen. Dadurch kann etwas in unsere Welt kommen, von dem ihr lieber nicht wissen wollt, was es anstellen kann. Selbst die Göttin des Waldes hätte es schwer, uns davor zu schützen.«

»Was kann so gefährlich sein?«, fragte Maya mit ängstlicher Miene.

»Ich habe das zum Glück noch nicht miterleben müssen, aber einige Generationen zuvor, so heißt es, kam eine seltsame Kreatur aus einer anderen Welt herüber, die mehrere Tamanaken verschleppte und einen Teil der heiligen Samen mit seinem Schleim unbrauchbar machte.«

»O Gott, das ist schrecklich. Hoffentlich ist das Erinnerungsloch nicht zu groß und wird bald verschlossen.«

Annabell schwand wieder die Hoffnung auf ein gutes Ende ihres Ausflugs in diese Welt.

»Maya, bin ich daran schuld, weil ich – als wir mit Makira im Erinnerungsbild waren –, ihre Schulter losgelassen habe?«, flüsterte Annabell.

»Ich weiß es wirklich nicht. Aber Makira erwähnte so eine Sache, erinnerst du dich?«

Xarviaro war noch nicht am Ende mit seiner Erklärung: »Wie ihr euch sicherlich vorstellen könnt, wären auch die Brenchadin in großer Gefahr, denn sie könnten in so einem Erinnerungsloch leicht für immer verschwinden.

Deshalb muss die Erinnerungsanomalie erst von der Göttin des Waldes und den Schirien geschlossen werden.«

»Aber wie machen sie das?«, fragte Annabell, während sich ihre Nase zu kräuselten begann, was kein gutes Zeichen war.

»Gibt es einen Erinnerungsbilderkitt?«, dachte Lara laut mehr für sich selbst.

Xarviaro nahm die Frage sehr ernst und antwortete: »Ja, du hast recht, so etwas gibt es. Erinnerungsbilder sind so ähnlich wie die Strickpullover von euren Felsenmenschen. Sie bestehen auch aus einem Erinnerungsgeflecht, mit Fäden, Knoten und Nähten, allerdings aus Erinnerungsstoff.

Und die Erinnerungsanomalie ist so ähnlich wie die schwarzen Löcher im Weltall. Sie blockieren nicht nur den Erinnerungsfluss, sondern sie verschlingen alle Erinnerungen und zerreißen das Erinnerungsgeflecht, was noch viel schlimmer ist.« Xarviaro war kaum zu bremsen. Er war so stolz darauf, hier bei den lebendigen, sprechenden Mädchen aus der Felsenmenschenwelt zu sein und ihre Fragen zu beantworten.

Xarviaro passte in Felsenmenschengeschichte sehr gut auf, denn er konnte nicht genug davon kriegen. In der Schule war es sein absolutes Lieblingsfach.

Bange Minuten des Wartens schienen sich unendlich hinzuziehen. Großes Gemurmel, Gerüchte und Mutmaßungen machten die Runde.

In der sonst so sehr auf Vervollkommnung ausgerichteten, harmoniefokussierten Tamanakenwelt war so eine Störung, die sogar zu einem Riss in der großen Harmonie führen konnte, ein wirklich ernsthaftes Ereignis.

Dann aber ging es weiter. Allgemeine spürbare Erleichterung folgte. Die Gefahr war gebannt.

Eine Schirien verkündete erfreut: »Das Spiel kann jetzt mit dem dritten Parkour fortgesetzt werden.«

Eine zweite Schirien ergänzte sachlich: »Die Brenchadin bitte ihre Startposition für den Parkour ›Super Slalom‹ einnehmen.«

»Echt krass! Ich bin so froh, dass es weitergeht«, prustete Annabell, die wohl am meisten erleichtert war, denn es wollte sie der Gedanke nicht loslassen, dass es ihre Schuld gewesen war.

Auch Lara und Maya waren sichtlich froh, dass die Gefahr gebannt war.

Die Mädchen konnten sich nicht wirklich ausmalen, was hätte passieren können, aber das schleimige Monster, von dem Xarviaro erzählte, klang für sie schon extrem furchteinflößend.

Ipanikata, Flaro, Sunata und Emanto flogen cool und elegant hoch zu ihren Startpositionen. Ihr Federkleid schimmert fluoreszierend in der Sonne. Jetzt erreichen sie ihre Startposition am Anfang der beiden parallel laufenden Reihen von 13 Meter hohen Fahnenmasten, die auf der anderen Seite hinter der königlichen Tribüne in einem Halbrund zusammentrafen.

Sunata und Flaro schweben in ihrer Startposition übereinander am Anfang der rechten Fahnenreihe. Ipanikata und Emanto schwebten zu ihren Startpositionen auf der gegenüberliegenden Seite, übereinander am Anfang der linken Fahnenreihe.

Traditionell hatten die Tamanakinas einen Vorteil gegenüber den Tamanakos, weil sie ihnen körperlich überlegen sind. Deshalb starten die Tamanakinas in der oberen Startposition. Denn die flatternden, unberechenbaren Banner machen den kleinen Vorteil wieder wett.

Von hier aus können die vier den Parkour sehr gut strategisch planen und schon mal mental abfliegen.

Die Bäume im Rund sind Obstacles, meint Hindernisse, welche sehr genau kalkuliert werden müssen. Auch die wild

herumwehenden Banner mit ihren langen, flatternden Schwalbenschwänzen sind ein echtes Risiko für die Brenchadin.

Geflogen wird von den äußeren Enden des Bogens aufein-
ander zu. In der Mitte überkreuzen sich die Bahnen, um am
anderen Ende zu wenden und zurück zur Startposition zu
fliegen, um wiederum dort zu wenden und so weiter.

Nach dem Start kann jeder seine ideale Linie finden. Es
gibt im Wettkampf keine festgelegten Bahnen. Schon jetzt war
klar – dass wird ein sehr schneller Wettkampf werden.

Die Fahnenmasten standen in der Grade im Abstand von
sechs Metern – im Bogen waren es gefährliche vier Meter.
Höchstgeschwindigkeiten sind also möglich.

Wegen der hohen Luftreibung aber gerieten die Flügel an
den Federspitzen nicht selten in Brand. Das war jedes Mal
ein spektakuläres Schauspiel, was die Fans der Brenchadin so
richtig in Ekstase versetzte.

Die Spannung bei den Fans steigt.

Bei den Brenchadin herrscht höchste Konzentration vor
dem Start.

Die vier schweben aufgeladen, voller Energie, in ihren Startpositionen.

Ihre Flügelarme sind weit nach vorn ausgestreckt.

Ihre Köpfe mit den spitzen Kapuzenhauben ruhen hellwach zwischen den Flügelarmen.

Alle vier hatten sie das rechte Bein angewinkelt und das
linke mit spitzem Fuß weit nach vorn ausgestreckt.

Der Wind ließ die Banner heftig an ihren Masten wedeln.

Die Menschenmenge im Erinnerungsfluss unter ihnen
bewegte sich wie ein sanftes Meer aus schwarzen Kreisen,

farbigen Hüten, bunten Bändern, Schirmenden und elegant drapierten Kleidern.

Die großen Bäume neben und hinter der Tribüne rauschten im auffrischenden Wind. Große Äste wankten hin und her.

Die Palmenwedel verliehen Humboldts Büste immer noch eine exotische Aura, nicht ahnend, dass sie jetzt die Kulisse für ein weitaus exotischeres Spektakel sind.

»Fertig machen!«, ertönte es kühl und kurz von den Schirien.

»Pang«, schoss es durch den Erinnerungsfluss, gefolgt von dem stumpfen Hall.

Das war der Startschuss für den »Super Slalom«.

Ein Bilderbuchstart! Flaro nahm den ersten Mast von der rechten Seite, Sunata von der linken, in der Kurve um den Mast spannten sie die Flügel auf, drehten sich in einer Spirale umeinander und wieder rechts, links, Spirale rechts.

Der Luftwiederstand ist geringer, wenn sie zwischen den Masten, sehr nah aneinander, in Spiralen fliegen, was Kraft spart und die Temperatur niedrig hält.

Sie sahen sich dabei, ganz nah für einen kurzen Moment, in die Augen.

Sie fliegen weiter, um die ersten zwanzig Fahnenmasten und ihre grünen Girlanden herum, bis zum Ende der ersten Grade zum Rund um die Ehrentribüne.

Hier flog jeder für sich um die Obstacles.

Sunata war oben und nahm jetzt die Bäume, einen nach dem anderen, flatsch, flatsch. Flaro holte auf, umflog die Bäume weiter oben freier, aber jeden Moment konnte ihn ein Schwalbenschwanz einer Fahne aus der Bahn werfen.

Flaro fand den Rhythmus um die wedelnden Banner und ja, er überholt Sunata.

Kurz sahen sie sich dabei in die Augen und dann flatscht ein großer Ast Sunata ins Gesicht. Flaro übernimmt die Führung. Jetzt geht es auf der anderen Seite zum Wendepunkt des Parkours. Ipanikata und Emanto kommen ihnen entgegen, kurzes Gerangel folgte und vorbei.

»Flaro, Flaro«, riefen die Drei. Zusammen mit seinen Fans wurde es ein großer, ein sehr großer Ruf, der ihm noch schnellere Flügel verlieh, und ja, er kam an der ersten Wende als Erster an und es ging zurück an Sunata vorbei, die ihm dicht auf den Fersen war.

Kurve, Mast, Kurve, Mast, Kurve, Mast.

Drei Masten noch bis zum Rund und Bäume, Banner, Flatsch, Flatsch, Krach, Mast, Banner, weiter und jetzt die Grade mit den zwanzig Masten.

Unten ging das Fest weiter. Frauen in farbigen Kleidern und süßen Hüten flüsterten ihren Begleitern zweideutige Ideen von Frauenwahlrecht in die Ohren. Kinder spielten und die Sozialdemokraten traten ans Rednerpult.

Flatsch, Flatsch, Sunata holt im Rund auf.

Emanto sah sich Aug in Aug mit Ipanikata, die mit ihm zu spielen schien.

Flaro war am Ende der Fahnenmasten angekommen und holt sich kurz Kraft von seinen Fans. Hahahaha!

Weiter an Sunata, an der Wende vorbei und mehr Slalom. Schneller. Wieder das Rund, Bäume, Banner, Schwalbenschwänze, flatsch, flatsch, Flaro fliegt dicht gefolgt von Sunata in die Grade. Zwanzig Masten, zwanzig Banner, zwanzig Schwalbenschwänze, rechts, links, rechts, links bis zum Ende der Grade.

Noch fünfzehn Runden, Halbzeit.

Erster an der Wende ist wieder Flaro, zweite Sunata.

Die andere Seite war langsamer, Ipanikata kam als Dritte, gefolgt von Emanto als Letzter. Aber der Wettbewerb war noch lange nicht zu Ende, alles war offen, denn das Feuer könnte vieles ändern.

»Flaro, Flaro ...«, kreischten Annabell, Lara und Maya.

Sie konnten sich kaum noch halten.

Ihr Favorit ist der Schnellste!

Zusammen mit den Fans von Flaro veranstalteten sie ein lautstarkes, kraftspendendes Spektakel für ihn, der heute über sich hinauswuchs.

Der Erste zu sein, bedeutete für Flaro auch, keinen Windschatten mehr zu haben, keine synergetischen Effekte aus dem Spiralenfliegen schöpfen zu können und keinen vor sich zu haben, an dem er sich orientieren konnte.

Flaro musste jetzt zuerst den besten Weg finden, den schwankenden Ästen ausweichen und vor allem gegen den stärker werdenden Luftwiederstand ankämpfen, der die Flügel immer heißer und heißer werden ließ.

Doch Sunata ist ihm dicht auf den Fersen, profitiert in Flaros Windschatten von seinem Vorauseilen.

Treibt sie eventuell nur ein taktisches Spiel?

Lässt sie ihn sich an der Führungsposition abkämpfen, um ihn kurz vor dem Ziel zu überholen, um im rechten Augenblick als Erste durchs Ziel zu fliegen? Im Moment interessierte das aber keinen, denn Flaro war in Führung und seine Fans feuerten ihn mit geballten Kräften immer lauter an.

Die Führenden fliegen in die möglicherweise entscheidenden Runden. Es sind die letzten fünf, die Flaro überstehen musste und in denen er seine Führung im besten Falle zur Sicherheit noch ausbauen sollte.

Unten ging der Festakt weiter, Redner gaben ihren Beitrag zum Besten und bekamen Applaus. Ein Blasorchester spielte auf, mit seltsamen Tubabrumbrum, Flötentrillern, Trommelwirbeln und Paukenschlägen.

»Fünf Runden sind noch zu fliegen«, verkündete eine Schirien kühl und kurz. Jeder wusste, wie ernst es jetzt wurde.

Auch Sunatas Fans wussten das und kommen nun so richtig in Rage. Sie senden reinen Schall voller Energie zu ihrer Favoritin, um sie zu stärken.

Die schnellsten Runden liegen noch vor ihnen.

Flaros Flügel begannen an den Federspitzen tiefrot zu glühen.

Das wird sich gleich ändern, denn die Luftreibung stieg und kam jetzt in den kritischen Bereich.

Ipanikata und Emanto lagen drei, vier Körperlängen zurück und kämpften um den dritten und vierten Platz.

Bei jeder Runde kreuzen sich ihre Wege. Sie können den beißenden Geruch von glühenden Federn deutlich vernehmen.

Sunata liegt eine halbe Länge zurück, immer noch von Flaros Windschatten profitierend.

Da passierte es!

Mit einem großen, lauten »Wumm!« entzündete sich Flaros Federanzug zuerst an den Flügeln und kurz darauf an seinen Füßen. Doch er merkte es zunächst nicht, denn die lange Rauchfahne war hinter ihm.

Sunata sieht ihre Chance zum Überholen und schwang ihre Flügel mit aller Kraft rechts, links, rechts um die Masten in die Spirale und flatsch, rechts, links durch das Rund, an den Bäumen vorbei. Nun kennt sie die Ideallinie, um die Obstacles nicht zu berühren.

Vorbei am brennenden Flaro schießt sie in die Gerade, doch da passiert es auch ihr. Mit einem großen, lauten »Wumm!« entzünden sich ihre Flügel.

Beide brannten sie lichterloh und ihre Flugkraft verringerte sich mit jedem Flügelschlag.

Was für ein tragischer Moment! Keiner hätte das geahnt.

Ipanikata und Emanto kommen immer näher und holen ihren Rückstand auf.

Wende.

Sunata liegt jetzt mit einer halben Körperlänge in Führung.

Noch vier Runden!

Ipanikata kam näher und wird von ihren Fans mit aller Kraft unterstützt. Sie senden Schallwellen und Kraftwellen, um ihre Kräfte aufzuladen.

Rechts, links, rechts, links, Flügelschlag und links, Flügelschlag. Sie sieht das Rund auf sich zukommen, findet ihre Ideallinie, möglichst keine Kollision mit den Bannern und Bäumen, weiter rechts, links, Flügelschlag und immer schneller.

In die Grade rechts, Flügelschlag, links. Jetzt ist sie auf gleicher Höhe mit Sunata, die immer mehr Federn und damit Geschwindigkeit verlor.

Vorbei, sie war vorbei am Ende der vorletzten Runde!

Sie gab alles und es blieb so spannend.

Ihre Fans sind nicht aufzuhalten, senden ihr große Energie. Letzte Grade, rechts, links, rechts, Flügelschlag, links, rechts, Flügelschlag.

Doch das Unvermeidliche geschieht.

Ein großes, lautes »Wumm!« entzündete auch ihren Vogelanzug, aber sie ist schon zu weit, um noch die Führung zu verlieren.

Das letzte Rund durch die Bäume und Banner, rechts, Flügelschlag, links, ausweichen höher, rechts, Flügelschlag und jetzt die Grade.

Noch zwanzig Fahnenmasten sind zu passieren und sie steht lichterloh in Flammen, die letzten drei Fahnenmasten.

»JAAA, JAAA«, feierten Ipanikatas Fans ihren Sieg. Sunata kam als Zweite durchs Ziel und Flaro als Dritter.

Wer hätte das gedacht! Emanto ist der Vierte und somit der Letzte dieses Wettkampfs.

Ipanikata kann es kaum glauben.

Erschöpft schlängelt sie über das Humboldtfest, winkt ihren Fans und allen Tamanaken. Ihre Fans sind deutlich hörbar stolz, denn Ipanikata war nicht die Favoritin, sondern die Überraschung des Tages.

Und ihr werdet es ahnen, Annabell, Lara und Maya freuten sich jetzt für Ipanikata und ihren Sieg.

Die Flügel hörten sofort auf zu brennen, als die Geschwindigkeit nachließ, aber sahen recht mitgenommen aus. Einzig Emanto sah unversehrt aus, in seinem leuchtend gelben Vogelanzug.

Die Schirien verkündeten: »Schnellste Brenchadin auf dem Parkour ist Ipanikata, sie erhält 350 Punkte.

Zweite Brenchadin ist Sunata und erhält 300 Punkte, dritter Brenchadin ist Flaro, er erhält 250 Punkte und vierter Brenchadin ist Emanto, er erhält 200 Punkte.«

Doch das letzte Rennen stand unseren vier tapferen Brenchadin noch bevor. Sie kamen nun zusammen, ihre Flügel sanft schwingend, schweben sie aufrecht in der Luft, und winken ihren Fans, die sich lebhaft für alle vier freuten.

Sie sahen Höchstleistungen ihrer Favoriten und einen spannenden Wettbewerb.

Dafür bekundeten die vielen tausend Tamanaken ihren Respekt und tiefen Dank. – Denn was ihre Favoriten in ihrem Wettkampf fühlten, Erschöpfung, Blessuren, den Geruch der brennenden Federn, Triumph und Niederlage, fühlten auch ihre Fans, als ob sie es selbst erlebt hätten.

Für einen Moment verschwanden die Brenchadin und erschienen kurz darauf mit neuen leuchtend schimmernden Vogelanzügen in ihren Farben.

71

GEGENWART

Das große Rachmakud

Wie es die Tradition der Tamanaken will, befindet sich der letzte Parkour in einem zweiten fließenden Erinnerungsbild.

Die vier Hohepriesterinnen sprachen zusammen mit einer Stimme: »Wir sind die Stabträgerinnen, die Hohepriesterinnen der Tamanaken. Der zweiten Erinnerungsfluss für das heutige große Rachmakud im Jahreszyklus Kamurityo beginnt am 01. Juni 1876 um 14:30 Uhr nach der Felsenmenschenzeitrechnung, das Jahr, in dem der Bau unserer Welt, die neue Welt der Tamanaken, hier im Humboldt-Hain vollendet wurde. Der dritte und letzte Wettkampf wird im sechste Parkour: SCHLEIFENFLUG ausgetragen. In wenigen Augenblicken wird der zweite in den ersten Erinnerungsfluss hineinfließen.« Und die Stabträgerinnen ergänzten mit dem Hinweis: »Sollte ein kurzfristiges Schwindelgefühl oder ein Gefühl von

Schwerelosigkeit einsetzen, ist das nur vorübergehend und nicht ernsthaft bedenklich. Wir bitten alle Tamanaken, die große Harmonie gemeinsam mit uns aufrechtzuerhalten. Das zweite Erinnerungsbild wird für die Zeit des Spieles, also für zehn Zeitzyklen, aufrechterhalten. In dieser Zeit kann der Erinnerungsfluss bekanntlich nicht gestoppt oder verändert werden.«

Der nahtlose, sanfte Wechsel von einem Erinnerungsfluss zu einem anderen war allerdings eine höchst riskante Angelegenheit für die Stabträgerinnen und genau genommen für alle Tamanaken. Denn die große Harmonie durfte nicht im Geringsten gestört werden.

Xarviaro wurde immer aufgeregter. Lichter blitzten in seinem Körper auf, flackerten und wechselten die Farben: »Es ist so weit, passt genau auf. Der Wechsel der Erinnerungsbilder macht viel Spaß, aber ist auch ein wenig unheimlich.«

»Müssen wir irgendetwas machen? Augen schließen oder die Luft anhalten?«, wollte Maya wissen.

»Mir wird schon wieder ganz anders. Wenn das nur endlich vorbei ist.«

»Annabell, Annabell, sei ganz entspannt. Xarviaro sagt, es wird nichts passieren. Versprochen!«, versuchte sie Lara zu trösten.

»Und warum leuchten er und alle anderen dann so aufgeregt?« Annabell war wieder sehr beunruhigt: »Spürt ihr es? Es fängt an!«

Der Himmel war immer noch strahlend blau. Die Wolken zogen gemächlich dahin und selbst die Sonne war ein kleines Stück am Himmel gewandert. Vögel flogen vor den Wolken umher und sogar Bienen und Fliegen summten vor sich hin. Das fließende Erinnerungsbild fühlte sich fast so an wie die Welt bei ihnen zu Hause.

»O ja, ich kann es spüren. Ohhhh!«

»Kommt, wir fassen uns an!« Annabell fühlte sich jetzt Hand in Hand mit ihren Freundinnen viel wohler.

Wie aus einer unscharfen Wolke erschien, unmittelbar hinter der königlichen Tribüne, dort, wo eben noch die großen Bäume standen, eine riesige, kantige, graue Betonmauer.

Es ist eine Art Haus mit düsteren kleinen Fenstern und einem schmucklosen wulstigen Gesims.

Unsere Drei mussten steil aufschauen, um das Ende des Gebäudes vor dem blauen Himmel zu sehen. Kalt steht es da. Es zeichneten sich zwei viereckige, mächtige Türme an den Seiten ab.

Der Erinnerungsfluss mit den vielen schön angezogenen Menschen, Fahnen und Bäumen verschwand langsam im Gau und wie aus dem Untergrund taucht düstere, kahle, verbrannte Erde auf.

Wo sind sie?

Was ist passiert?

Ipanikata, Flaro, Sunata und Emanto schweben noch in ihrer Startposition, flügelschwingend und auf den Parkour wartend.

Doch was sich vor ihnen auftat, war die Apokalypse. So weit das Auge reichte, ist die Erde aufgewühlt, von Kratern übersät und es brummte mächtig, durchdringend laut und Unheil verheißend. Große Schatten huschen über das Feld.

»Um Himmels willen, wo sind wir?«, schrie Annabell und war drauf und dran, verrückt zu werden. Ein beißender Geruch durchtränkte die Luft und macht das Atmen schwer. Ihre Freundinnen hielten Annabell so fest sie nur konnten und versuchten selbst zu verstehen, was geschehen war.

»Xarviaro, Xarviaro, was ist passiert?«

Kurz war er sprachlos und konnte seinen Augen nicht trauen.

»Seht, dort drüben die große Fahne mit dem Hakenkreuz!«

Das Brummen wurde immer lauter. Immer mehr große Schatten huschten über sie hinweg.

Lara schien zu verstehen: »Das ist eine Nazifahne. Die Nazis haben meine Familie vertrieben und alle ihre Freunde in Berlin umgebracht. Wie kommt die Fahne her?«

Xarviaro verstand plötzlich, was hier vor sich ging.

»Wir sind beim Wechsel der Erinnerungsbilder in eine falsche Zeit gerutscht. Jetzt müssen wir für zehn Zeitzyklen hierbleiben, weil die Stabträgerinnen diesen Erinnerungsfluss auf keinen Fall verlassen oder ändern können. Aus irgendeinem Grund hat die große Harmonie vermutlich doch einen großen Riss bekommen.«

Ein Trupp Soldaten mit Maschinengewehren und Gasmasken rannte über das Feld, direkt an ihnen vorbei, zu dem großen Haus. Die Drei konnten ihr schweres, röchelndes Atmen hören. Ihre Ausrüstung klapperte hohl und blechern beim Rennen. Die Soldaten sind außer Puste und waren wohl schon weit gerannt. Oben ragen Rohre über die Kanten des Hauses.

Plötzlich begannen sie, in die Luft zu feuern. Heftig tiefe Rum, Rum, Rum ... Es hörte nicht auf. Von beiden Türmen wurde in die Luft geschossen.

Die Drei müssen sich jetzt anschreien, um überhaupt noch etwas zueinander sagen zu können.

Sie drehten sich um. Hinter ihnen sehen sie zerstörte Wohnhäuser mit offenen Hausfassaden. Sie sehen direkt in Wohnungen hinein, deren Hausfassade fehlt, in Salons mit Sofas und Schränken, Küchen und Kinderzimmern mit Spielzeug. Eine Kirche mit eingestürztem Dach steht unweit links hinter ihnen.

Es raucht überall. Und der Lärm. Rum, Rum, Rum ...

Lara zeigte nach oben: »Seht, o Gott, was ist hier los?«

Der Himmel war immer noch strahlend blau. Kleine, weiße Wolken zogen dahin.

Aber der Himmel ist auch von Horizont zu Horizont von langsam fliegenden Flugzeugen bedeckt.

Es sind ihre Schatten, die unaufhörlich über sie hinweghuschen.

Zwei grüne Fackeln fielen vom Himmel auf das umgepflügte, entstellte Feld, wo einst der prächtige Humboldtgarten war. Vom Turm kam das nicht enden wollende, ohrenbetäubende Rum, Rum, Rum ...

Zwischen den Flugzeugen explodieren kleine Wolken.

Eins geriet in Flammen und stürzte mit einem höher werdenden Heulen ab, geradewegs runter in die Stadt.

Wo vor wenigen Minuten noch der Blick frei war, auf die weite Landschaft – erstreckt sich heute ein brennendes und rauchendes Häusermeer.

Jetzt fielen zugleich aus allen Flugzeugen, wie Tropfen aus einem Wasserhahn, kleine, schwarze, längliche Körper. Sie fielen schnell wie Regen vom Himmel – über ihnen und einfach überall.

Das Rum, Rum, Rum stoppt plötzlich. Es war für Sekunden fast still. Ein lauter werdendes Pfeifen in der Luft kommt immer näher.

Annabell steht wie versteinert da, sah in den Himmel und sagte wie zu sich selbst: »Wie sollen wir hier noch sieben Minuten aushalten?«

»Annabell, Lara und Maya, hört mir zu«, sprach eine Stimme zu ihnen. »Ich bin die Göttin des Waldes. Wir brauchen eure Hilfe. Es gibt einen Riss im Erinnerungsgewebe. Die große Harmonie ist in Unordnung geraten. Wir brauchen eure Hilfe. Kommt sofort zu den Stabträgerinnen auf die Bühne. Lauft jetzt los!«

Die Drei rennen buchstäblich um ihr Leben. Die Stabträgerinnen öffneten ihren Kreis und nehmen die drei Mädchen in ihm auf und schließen ihn.

»Nur ihr drei Mädchen aus der Menschenwelt könnt die große Harmonie wieder glätten. Entspannt euch, habt keine Angst, es kann euch nichts passieren.«

Die Göttin des Waldes ist nicht zu sehen. Die Stille wurde unheimlich. Der Fluss des Erinnerungsbildes war gestoppt. Die Drei sahen auf, in den Himmel. Die Flugzeuge stehen jetzt still vor dem Blau des Himmels. Das Brummen und Pfeifen verstummte.

Die Bomben blieben wie eingefroren in ihrem Fall.

Das große Bum, Bum der Flakgeschütze auf dem großen Bunker direkt vor ihnen verstummte.

Wie wunderbar diese Stille war, so friedlich. Aber es war kein Baum mehr da, der mit seinen Ästen wedeln könnte, kein Vogel oder Insekt.

Nur die durchwühlte Erde, die zerstörten Häuser und die furchteinflößende Fahne mit dem Hakenkreuz zeugen von dem Leid, das Menschen einander angetan hatten. Einzig der kantige, graue Bunker ragt unversehrt empor.

Annabell, Lara und Maya stehen fest im Kreis mit den Stabträgerinnen auf der kleinen Bühne aus einer anderen Welt.

Tränen rannen über ihre jungen Gesichter.

Diese unbegreifliche Welt verschwamm vor ihren Augen.

»Wir konnten den Erinnerungsfluss dank eurer Hilfe anhalten. Eure reine Energie aus der Welt der Menschen hat das bewirkt.« Das sagten die Stabträgerinnen zu ihnen mit einer Stimme. »Wir können den Zustand der Stille aber nicht lange halten. Seid mit uns, verschmelzt mit unserem Bewusstsein und lasst uns euch zeigen, wie das geht.«

Plötzlich gab es einen Ruck im Erinnerungsfluss und es ging weiter. Das Pfeifen wurde mehr, lauter und tiefer, es sind so viele. Jetzt schlagen die Bomben ein, auf dem Feld, in die Häuser, gegen den Turm.

Weiter und weiter so laut.

Die Luft vibrierte mit jedem Bum, Bum, Bum, Bum und die Druckwelle drückte die Kleider der drei Mädchen an ihre kleinen Körper.

Und als ob das noch nicht genug wäre, beginnt es zu brennen, so heiß an so vielen Orten, dass die Erde zu schmelzen begann.

»Konzentriert euch, ihr seid in Sicherheit. Kommt zurück in die Harmonie. Alles um euch herum ist ein Erinnerungsfluss aus einer realen Zeit, vor vielen Jahren hier im Humboldt-Hain. Unsere Ahnen erlebten diese Zeit des Krieges der Felsenmenschen. Einige Tamanaken haben überlebt. Sie haben unsere Welt wieder neu errichtet und besiedelt. Der Tag, den ihr erlebt, ist der 10. April 1945 um 14:41 Uhr.

Der Krieg, den die Felsenmenschen einst aus diesem Land in die Welt getragen hatten, kam nun mit großer Gewalt zu ihnen zurück. Sie nennen diesen großen Krieg den Zweiten Weltkrieg.«

»Seid mit uns, verschmelzt mit unserem Geist, lasst los, was ihr gesehen habt, entspannt eure Seele, schöpft Kraft in euch.«

»Ich versuche es, aber ...« dann brach Maya die Stimme entzwei.

»Kein aber, tu es! Vertraut uns.«

Das taten sie und ließen das Verschmelzen mit den Stabträgerinnen zu. Sie begannen, die große Harmonie zu spüren.

Ja, sie sahen sie sogar wie ein Geflecht, ein farbiges, schillerndes Geflecht von etwas Unbeschreiblichem in einem unendlichen Raum.

Es ist, als ob unzählige Linien über Kreuz durch den Raum verlaufen und Würfelgitter formen würden. Sie waren jetzt ganz eingetaucht in die Welt hinter der Welt. Sie schweben durch die Fäden wie materielose Geister.

Das Würfelnetz wurde kleiner und kleiner.

Bei genauerem Hinsehen schien es so, als ob die Fäden aus den Knoten selbst hervorkommen und sich mit den nächsten Knoten im Geflecht verbinden würden.

»Was ist das?«, fragt Lara, die zuerst ihre Worte wiederfand.

»Das, mein Herzchen, das ist das Geflecht, aus dem alles hervorgeht, jedes Kind, jeder Planet, jede Sonne und das gesamte Universum. Jeder dieser Würfel ist viel kleiner als das kleinste Atom. Das nennen wir die große Harmonie, die alles verbindet und aus der alles hervorgeht.«

»Und was sollen wir jetzt hier machen?«

»Mein Engel, wir suchen nach dem Riss, der die Welt in Unordnung brachte.«

»Seht dort, dort, das sieht merkwürdig aus.« Maya zeigte in die Ferne. »Wir müssen dorthin.« Und als sie es sagte, war sie schon dort.

Die Mädchen durchquerten die dreidimensionale Struktur, als wären sie in einem zweidimensionalen Fernsehbildschirm dargestellt.

Die Knoten und die Linien gingen einfach durch ihre Körper hindurch, ohne sich zu verformen oder zu zerreißen.

Es blieb alles, wie es war.

Nur die Drei bewegten sich durch die Struktur, wie Supergirl durch die Oberfläche eines TV-Bildschirms, wo im nächsten Augenblick etwas ganz anderes, zum Beispiel ein Fußballspiel, dargestellt werden könnte.

»Was machen die Knoten?«, wollte Lara wissen.

»Engelchen, aus den Knoten entfalten sich die drei Raumdimensionen und die Zeit als vierte Dimension.

Die große Harmonie ist wie ein Computerspiel. Mit jedem neuen Spiel, mit jedem Neustart in einem Urknall kommt eine neue Dimension im Spiel hinzu.

Das nächste Spiel wird vier Raumdimensionen und eine Zeit haben. So geht es weiter, bis alle elf Dimensionen, meint neun Raum- und zwei Zeitdimensionen, die in den Knoten aufgewickelt waren, gespielt wurden.«

»Und wer spielt das Spiel?«, fragte Maya sehr überrascht, denn was sie hier hörte, war schlicht unglaublich.

»Nun, das ist ... wir kennen es nur als die Schöpfende Kraft. Sie versucht sich selbst zu denken, aus der Sicht ihrer Geschöpfe.«

»Aber kennt sich die Schöpfende Kraft nicht schon längst, wenn sie so ein Universum erschaffen kann?«, fragte Annabell ungläubig.

»Kleeblättchen, das ist die alles entscheidende Frage, die sich auch die Schöpfende Kraft stellte, als sie mit dem Spiel begann.«

»Hier ist es«, flüsterte Lara.

Viele Kräusel sind in den sonst so geraden Fäden zu sehen.

»Und dort, ein Riss«, hauchte Annabell so sanft sie nur konnte, um das Unheil nicht noch größer zu machen.

Die Fäden hingen wie zu lang gekochte Spaghetti schlaff herum.

»Und sogar einige Knoten sind hier aufgegangen.«

Sieben verkringelte Fäden, die die außer Kontrolle geratene Dimensionen sein könnten, standen störrisch in den Raum. Wenn die Mädchen die Fäden bewusst mit ihren Händen berührten, blitzte es und kleine Lichtpunkte sprangen hervor, die flugs im Raum verschwanden.

»Das ist es, was wir gesucht haben. Lasst es uns heilen. Streicht mit euren Händen an den glatten Linien und den Knoten entlang und von dort über die unterbrochenen und aufgerollten, um sie erneut zu verbinden und zu verknoten. Meine Süßen, macht es mehrere Male, bis die Linien wieder geglättet und die Knoten gebunden sind. Ihr macht das sehr gut. Weiter so.«

Die Drei fühlten die Struktur wie Seidenfäden. Sie waren ganz leicht und hauchdünn. Genau genommen waren sie sogar eher wie Spinnenweben, etwas klebrig und noch viel dünner, als es Seide je sein könnte. Deshalb mussten unsere Drei so vorsichtig sein und mit ihrem ganzen Herzen bei der Sache sein.

Es war paradox. Zum einen glitten sie mit ihren Körpern durch die Struktur hindurch, ohne etwas kaputt zu machen. Und zum anderen konnten ihre Hände die Struktur formen, ja, sogar heilen.

Lara sagte: »Wenn das nicht eine krass paradoxe Welt ist. Findet ihr nicht auch?«

Maya antwortete: »Ich habe keine Ahnung, was hier vor sich geht, aber es fühlt sich gut an.«

Annabell konnte nichts sagen. Ihre Augen sprachen Bände. Sie staunte und staunte. Die Linien spiegelten sich in ihren großen Augen: »Wisst ihr noch, was wir eigentlich suchten, als wir die magische Hütte bauen wollten? Wir wollten wissen, was passiert, wenn sie fertig ist, ob auch so ein komischer Planet kommt und auf die Erde knallt. Das hier ist noch sooo viel fantastischer, als ich es mir je hätte vorstellen können.«

Das Heilen ging sehr gut voran. Die Drei liebkosten die Fäden mit ihren Händen, sponnen all ihre Träume und Wünsche mit hinein.

Dann war es geschafft. Die große Harmonie ist wiederhergestellt, repariert, geheilt, ganz wie ihr es gern sehen wollt.

»Danke, meine Engel. Ihr habt diese Welt gerettet.«

72

GEGENWART

Die Drei

Piep, piep, piep, piep.

»Ahh, was ist das?«

Lara erwachte, drückte den Knopf auf ihrem Wecker, gähnte und hatte den wohl seltsamsten Traum ihres Lebens gehabt. Sie dachte nicht weiter darüber nach und sah die Sonne in ihr Zimmer scheinen.

Es war der 24. Mai 2010, Pfingstmontag, ein Feiertag.

Lara, Maya und Annabell planten diesen Tag schon so lange, wie 12-jährige Mädchen überhaupt nur vorausplanen wollen. Seit Tagen schoben sie sich in der Schule kleine Zettelchen zu mit geheimnisvollen Zeichen, die nur sie zu deuten wussten.

Blitzschnell stand Lara auf, um als Erste vor ihrem Bruder im Bad zu sein. Denn das war ein besonderer Tag. Zusammen mit ihren besten Freundinnen Annabell und Maya wollte sie eine magische Hütte im Humboldt-Hain bauen.

Schnell war sie vor ihrem Bruder im Bad. Ebenso schnell war sie fertig mit dem Wichtigsten, was 12-jährige Mädchen so vor dem Spiegel veranstalten.

Im Herausgehen streckte sie ihrem großen Bruder frech die Zunge heraus, der noch an der gleichen Stelle stand und genervt murrte. Anziehen, Eltern, Frühstück, Müsli und los zu Maya, wo sie sich treffen wollten. Lara und Annabell trafen sich vor dem Haus.

»Sieh mal, das komische Raumschiff dort im Fenster auf dem Spieß.«

»Jungs sind wirklich komisch.«

Beide lachten herzhaft.

Schnell waren sie oben bei Maya, denn sie wohnten alle in der obersten Etage. »Kommt herein, Maya ist bereits fast fertig.«

»Immer ist sie die Letzte. Da bist du ja.«

»Seid ihr schon aufgeregt?«, wollte Mayas Oma wissen.

»Ja, total.«

»Wollt ihr noch etwas essen, bevor ihr zu eurem großen Abenteuer aufbrecht?«, fragte Mayas Oma einladend.

»Nein, danke, leider. Wir sind sehr spät dran.«

»Sie werden so schnell erwachsen, ist es nicht so?«, sagte ihr Großvater, der gerade aus dem Wohnzimmer kam. Und schon waren sie auf dem Weg.

»Ein andermal bestimmt!«, rief Annabell fröhlich und ließ die Wohnungstür mit einem unüberhörbaren Rumsen zufallen.

»Ein Vorschlag! Wir bauen die magische Hütte in unserem Lieblingsbaum.«

»Super Idee, dann wird es so richtig kuschelig.«

»Finde ich auch eine super Idee.«

Sie waren sich schnell einig.

»Fahrrad oder Laufen?«, rief Lara.

»Fahrrad«, kam es im Chor zurück.

Lara, Maya und Annabell fuhren die Lortzingstraße entlang, bogen in die Swinemünder Straße ein, wo ihre Schule war. Sie mochten ihre Schule und wollten es sich nicht nehmen lassen, auf dem Weg zum Humboldt-Hain über den Schulhof zu fahren.

Denn sie wollten sich ihr neuestes Werk ansehen, was sie in der Graffiti-AG gemalt hatten. Es befand sich an der Wand des Treppenaufgangs, am Seitengebäude, wo es täglich viele Schüler sahen. Die Mädchen standen davor, schauten.

»Sieht cool aus, oder?«

»Ja, echt super.«

»Kein Wunder, dass wir lauter Einser dafür bekommen haben.«

Sie fuhren zufrieden weiter.

»Wollen wir noch ein Eis bei ›Eis-Henry‹ essen?«

»Ooch nöö, lieber danach. Ich bin so gespannt auf unsere magische Hütte.«

»Okay, gebongt! Danach ist auch super.«

Es war jetzt schon fast 12:00 Uhr.

Annabell, Lara und Maya sprangen auf ihre Bikes und fuhren, wie sie es sich gegenseitig versprochen hatten, direkt zum

Humboldt-Hain. Der Wind ließ ihre Haare fliegen und sie spürten großen Spaß an der Geschwindigkeit. Sie bogen in die Rügener Straße ein.

Die Bürgersteige waren hier zum Glück breit genug für ein kleines Radrennen.

Lara rief: »Wer ist die Erste an der Brunnenstraße?«

Sie verstanden sofort und los ging die wilde Jagd.

Im Stehen und tief über ihre Lenker gebeugt, flogen sie dahin wie Supergirl über ihre Stadt.

Und fast zeitgleich trafen sie an der Brunnenstraße ein, völlig außer Puste, voller wunderbarer Energie.

Zu Fuß gingen sie über den Bürgersteig an der Brunnenstraße.

Weil Feiertag war, waren alle Geschäfte geschlossen, außer »Eis-Henri«, wohin sie später noch gehen würden.

Unsere Drei gingen an den Schaufenstern vorbei. Es war dunkel in den Läden. Nur die Auslagen waren vom Tageslicht erhellt.

»Seht mal, die abgeschnittenen Köpfe mit den merkwürdigen Frisuren darauf.«

»O ja, sieht ziemlich gruselig aus.«

Versonnen betrachteten sie kurz die Männer- und Frauenköpfe mit Perücken.

»Guck dir den krassen Männerkopf an, der hat sogar einen Vollbart wie aus dem Film ›Odysseus‹.«

»O ja. Der guckt auch so.«

»Die Frau hat coole blonde Locken. Die will ich auch.«

Im Hintergrund des Friseurladens war es dunkel und so sahen sich die Drei plötzlich wie im Spiegelbild nebeneinander, in echt und mit dem schönsten Mittagslicht auf ihren Haaren. Keines der Models auf den Fotos hier sah schöner aus als sie.

Sie betrachteten sich für einen Moment still.

Maya brach das Schweigen: »Wir sehen so anders aus als auf Fotos«, sagte sie. Ihre langen, fast schwarzen Haare wehten ein wenig im Wind. Sie nahm sie nach vorn auf die rechte Seite, wo sie wie ein Zopf schwer über ihre Schulter hingen. Ihr sanftes Gesicht, ihre helle Haut, die großen dunklen Augen und ihre zierliche Nase machten sie schön.

Sie war die Kleinste von den drei Mädchen, die, kurz vor oder schon in der Pubertät angekommen, auf solche Details zu achten begannen.

Zwei Jungs kamen vorbei und machten eine blöde Bemerkung.

»Dafür seid ihr noch zu klein«, gaben es ihnen die drei Mädchen selbstbewusst mit einer Stimme zurück.

Annabell sah sich selbst einen Moment im Spiegel des Schaufensters an. Ihr Gesicht schwebte zwischen Perücken und Katalogbildern im schwarzen Raum.

Das war sie? So blond mit der kleinen spitzen Nase und den strahlend blauen Augen? Die Nietenknöpfe ihrer Jacke funkelten im Spiegelbild und machten sie noch ein wenig schöner.

Plötzlich erschien jemand aus dem Dunkel im Laden, ging zum Fenster und nahm einen Kopf mit Perücke aus dem Fenster.

Es war der Frauenkopf mit den blonden Locken, der jetzt im Dunkeln verschwand. Lara sah dem Kopf nach und vermisste ihn augenblicklich.

Solche Locken will ich auch haben, dachte sie still und erkannte im Spiegelbild ihre dunklen großen Augen, ihr schmales Gesicht, die hohen Wangen, die sanften Lippen und das spitze Kinn.

Ihr dunkelbraunes Haar umrandete ihr Gesicht.

War sie schön wie Maya und Annabell?

Sie wusste es nicht. Noch niemand wusste es jetzt. Erst später wird sich zeigen, wer sie wirklich war, wenn sie den Jungs den Kopf verdrehte und viel später ihre eigene TV-Show haben würde, in der sie klug und attraktiv Promis aus Wirtschaft, Wissenschaft und Gesellschaft interviewte.

Für heute aber blieben noch ihre stillen Zweifel, von denen sie ihren Freundinnen nichts erzählte.

Für Annabell und Maya war Lara schon heute die Schönste von ihnen.

»Spieglein, Spieglein an der Wand, wer ist die Schönste im ganzen Land?«, fragten drei Mädchen ihr Spiegelbild.

Und im Chor antworteten sie: »Alle Mädchen sind die Schönsten im ganzen Land!«

Melancholia, dachte Annabell, *unsere magische Hütte.*

»Wir müssen los.«

73

GEGENWART

Die Drei

Das Wetter machte diesen Tag zu einem der schönsten des bisherigen Jahres. Die Sonne schien warm und gütig vom Himmel. Die Drei gingen direkt über die Brunnenstraße in den Humboldt-Hain. An Feiertagen wie diesen war Berlin immer sehr leer, etwas besinnlicher, leiser und sauberer, jedenfalls die Luft – im Allgemeinen. Im Humboldt-Hain aber waren schon viele kleine Partys im Gange.

Den Humboldt-Hain kannten die Drei sehr gut. Sie fuhren mit den Rädern an der Kirche vorbei, an dem Abenteuerspielplatz – sie fuhren schräg aufwärts den kleinen Hügel hinauf, wo das Pantheon mit den Sternenbildmosaiken und dem Himmelsauge stand. Dann fuhren sie weiter nach links zu dem kreisrunden, kleinen Brunnen, der von einer Pergola umringt war.

Wie an jedem Wochenende oder Feiertag spielten hier ältere Männer mit Schnurrbart Schach oder Dame.

Aus dem Brunnen sprudelte Wasser in drei flachen, fächerartigen Strahlen über das Rund, wie der Fluss des Lebens aus dem Bauchnabel einer schwangeren Frau. Das symbolisierte die Geburt, die aus dem Bauch der Mutter kommt und in die Kindheit übergeht.

Von hier floss der kleine Bach bis ganz nach unten, in den dritten kleinen Teich auf der Wiese, wo er, wie das Leben nach dem Tod, in der Erde verschwand. Um durch das Grundwasser – die Unterwelt – fließend den ewigen Kreislauf zu schließen und durch den Bauch der Mutter – die Geburt – in das Leben zurückzukehren.

Das ist der Kreislauf des Lebens.

Hier auf den kleinen Wiesen blühten Narzissen, Krokusse, Osterglocken und später Sommerblumen, die von Bienen und Hummeln umsummt wurden. Holundersträucher blühten und viele Bäume. Linden sandten ihren betörenden Duft durch den Park.

Jede dieser Pflanzen, Sträucher und Bäume verkörperte wie die Rosen eine magische Idee. Bisher war der Park für die Drei nur ein großer und schöner Spielplatz. Doch das sollte sich möglicherweise heute noch ändern.

Von hier oben, von dem kleinen Hügel aus, konnten die Drei den gesamten Hain im Park überblicken. Wie junge Gepardinnen in der Savanne näherten sich Annabell, Lara und Maya der weiten Fläche des Hains. Sie taxierten die Szenerie, die genauso gut Gruppen von Pavianen, Gnus, Zebras und Antilopen sein könnten.

Neugierig mischten sie sich unter die kleinen Herden von Menschen, an den nicht mehr ganz so schlanken Damen im Bikini mit Bast-Hut und Sonnenbrille vorbei.

Vorbei an der Gruppe mit vielleicht zwanzig Teenagern, die offensichtlich viel Spaß miteinander hatten.

Vorbei an den Frauen mit Kopftuch und weiten, schwarzen Gewändern, den kleinen Mädchen, die mit ihren Papas und Brüdern Fußball spielten, ihren größeren Schwestern mit leuchtend farbigen Kopftüchern und super engen Jeans, die Federball spielten.

Vorbei an den alternativ aussehenden Typen mit Dreadlocks, weiten Hosen und blanken Oberkörpern, die seiltanzend auf zwei Slacklines balancierten.

Vorbei an den kleinen Familien, die auf ausgebreiteten Decken mit ihren Kleinsten spielten, der Mutter, die ihr Baby auf den Knien balancierte, den kleinen Zelten, dem Zwillingswagen, den vielen ausgelassenen, fröhlichen kleinere und größere Picknick machenden Menschen, die an diesem Feiertag, anders als sonst, zu einem viel schöneren Bild, wie aus einem alten Gemälde, zusammenwuchsen.

Vorbei an den vielen Singles, die mit einem Fahrrad, allein auf einer Decke liegend, schauend, lesend oder Musik hörend das Licht und die Wärme in sich aufsogen.

Jede und jeder war hier so, wie sie oder er sein wollte.

Unsere Drei fühlten sich in der behaglichen Atmosphäre im Humboldt-Hain sehr wohl und sicher.

»Dort, unser Baum.«

Sie kannten ihn sehr gut. Es war ein knorriger, alter Baum. Sein Stamm wuchs so flach und in der perfekten Höhe über die Erde, dass Annabell, Lara und Maya gern darauf saßen und herumkletterten.

Sie schoben ihre Fahrräder im Slalom um die Gruppen der Kinder und ihren Eltern, Teenager, Greise und Singles, die am Boden lagen, miteinander ins Gespräch vertieft waren und nichts davon ahnten, was die kleinen Mädchen vorhatten. Niemand nahm so richtig Notiz von ihnen, als sie langsam den Hain durchquerten. Die vielen Menschen befanden sich in ihrem eigenen Kosmos, waren in ihren eigenen Plan vertieft, einen schönen Tag zu haben.

Sie näherten sich dem Baum, ihrem Baum, der im April kleine weiße Blüten trug, die schwer und lieblich dufteten, der wie ein Tor, ein Haus für sie war. In ihm war der richtige Ort für ihre magische Hütte, dessen waren sich die Drei sicher.

Als sie aber näher kamen, konnten sie ihren Augen nicht trauen. Der gesamte Baum, alle Äste und was sie so sehr liebten, alles war großräumig mit einem hässlichen, nigelnagelneuen, grünen Metallzaun abgesperrt.

»Echt, ticken die noch sauber?«

»Welcher Idiot hat das gemacht? Dem werde ich so dermaßen in den Arsch treten.«

»Unser schöner Baum. Was sollen wir jetzt machen?«

»Seht mal, auf jeder Seite hat jemand am Zaun Zettel angebracht.«

Lara las laut vor: »INFO: Liebe Besucher des Volksparks Humboldt-Hain, der Baum wurde eingezäunt, da er sich durch Braunfäule in einem absterbenden Zustand befindet.«

»Von wegen. Glaubt ihr den Unsinn?«

Lara stoppte enttäuscht.

Annabell las weiter: »Aufgrund seiner besonders schönen Blüte im Frühjahr möchten wir ihn jedoch noch nicht fällen und haben uns, um ihn vor dem Beklettern und die Parkbesucher vor eventuell abbrechenden Ästen zu schützen, für einen Zaun entschieden. Ihr Tiefbau- und Landschaftsplanungsamt Mitte – Fachbereich Grünunterhaltung.«

»Haben die ne Macke?« Annabell war im Gesicht rot vor Wut, mit sich kräuselnden Fältchen auf der Stirn.

Die Fahrräder ließen sie direkt vor dem neuen hässlichen und grünen Zaun stehen, der sie jetzt daran hinderte, zu ihrem alten geliebten Baum zu gehen. Entschlossen liefen sie um den Zaun herum, in der Hoffnung, es gäbe vielleicht eine Tür oder so.

Eine ältere Frau rekelte sich an der Rückseite des Zauns auf ihrer Decke und sonnte sich. Damit hatten sie nicht gerechnet.

»Hier ist auch kein Eingang«, sagte Annabell enttäuscht.

»Was sollen wir jetzt machen?«

Das hörte die alte Frau und sah herüber. Sie saß sehr zufrieden aussehend auf ihrer schönen Decke mit den großen rot und grün abgesetzten Karos. Neben ihr stand ein geflochtener Picknickkorb. Eine Weinflasche stand geöffnet daneben und ein gefülltes Weinglas lehnte an der Flasche. Fast schien es, als würde die Frau die drei Mädchen kennen.

Sie sagte: »Na, ihr Süßen. Was gibt's?«

»Wir wollten hier eine magische Hütte bauen«, druckste Lara mit unentschlossener Stimme, unsicher, wie viel sie der Alten von ihrem Plan erzählen sollte.

»Ach, wie süß und dann?«

»Na, wir ...«

»... wir wollen sie bauen, um zu sehen, was dann passiert«, vollendete Lara Mayas Satz.

»Allerliebst! Ein guter Plan. Was hindert euch daran, ihn umzusetzen?«

»Na, der schreckliche Zaun, der hier gebaut wurde.«

Die alte Frau sah jetzt plötzlich gar nicht mehr so alt aus. Eigentlich sah sie sogar ziemlich frech und jung aus. Sie trug ein weißes Kleid mit riesigen roten Mohnblumen, eine Kette mit großen blauen Perlen, eine ziemlich extravagante grüne Sonnenbrille und saß mit angewinkelten Beinen sehr elegant vor ihnen auf dem Boden. Sie musste sich nicht einmal anlehnen, um gerade zu sitzen. Ihre bunten, mit Gold abgesetzten Sneaker standen neben dem Korb. Ihr rotblondes Haar trug sie als wilde hochgesteckte Frisur mit einem breiten hellgrünen Band und großer Schleife zum Festhalten.

Ein Leuchten ging von ihr aus, wie sie da so im Gegenlicht saß.

Sie war stark – das spürten die Drei –, selbstbewusst und angenehm. Eine Lehrerin, wie sie zuerst dachten, war sie bestimmt nicht.

»Wollt ihr ein Stück Streuselkuchen zur Stärkung? Den habe ich selbst gebacken, nach einem Rezept aus der Brigitte.«

ANHANG

Quellennachweis:

1. Alexander von Humboldt: *Südamerikanische Reisen*,
   Safary-Verlag, Berlin, 1979

2. Auswahl von Alexander von Humboldts Reisewerk:
   »Voyage aux régions équinoxiales du Nouveau Continent«
   (Reise in Äquinotial-Gegenden des neuen Kontinents),
   aus »Ideen über Ansichten der Natur«, aus »Kleine
   Schriften« und aus Briefen Alexander von Humboldts
   Zitate sind kursiv gedruckt

3. Andrea Wulf:
   Alexander von Humboldt und die Erfindung der Natur,
   C.Bertelsmann Verlag, München, 2016

4. Landesarchiv Berlin:
   • Einladung und Programm zur Grundsteinlegung für den
     Humboldt-Hain am 14. September 1869,
     Print: Julius Rittenfeld, Berlin, 1869
   • Spenersche Zeitung, Artikel, Tageszeitung, Berlin,
     15. September 1869
   • Illustrierte Zeitung, *Die Humboldt-Feier in Berlin*, Leipzig,
     2. Oktober 1869

PROGRAMM

DAS GROSSE RACHMAKUD
IM JAHRESZYKLUS KAMURITYO

Brenchadin: Ipanikata, Flaro, Sunata und Emanto
Spielequipment: Vogelanzug,
Markong (eine Art magischer Staffelstab),
Quild (Ball)

DER SPIELVERLAUF

PARKOUR 1

DAS MEER DER HÜTE

Erster Erinnerungsfluss: 14. September 1869 um 11:30 Uhr
der Felsenmenschenzeitrechnung:
Grundsteinlegung im Humboldt-Hain zum
100. Geburtstag von Alexander von Humboldt
Schwierigkeitsgrad: 5 von 10 – mittel: Paradiesvogel-Tanz
Spieldauer: 550 Quildwechsel (Ballwechsel)
Ziel: Vollendete Harmonie, Schnelligkeit,
fantasievolle Quildwechsel, Anmut und Schönheit
Maximale Punktzahl: 550 Markong, 550 Haltung

DER PARKOUR UND DIE OBSTACLES

Wir befinden uns unweit der großen Tribüne:
Ein Meer aus schwarzen Herren-Zylinderhüten, brillant geschneiderten Anzügen, Tüchern und steifen blütenweißen Kragen ergoss
sich, so weit das Auge reichte. Einige Herren legten ihre Flanierstöcke auf die Schultern und ließen sie in die Luft ragen.

Lange, volle, sehr gepflegte Hipster-Bärte zierten die Gesichter fast
aller Männer. In Begleitung vieler Herren waren elegante Damen,
mit farbenprächtigen Kleidern, die weit um sie herum nach Raum
griffen.

314

Die Erscheinung der Damen war ein lustvolles, reich verziertes Statement für fantasievoll drapierte Hüte, weite Puffärmel, Seidenbänder, fein gehäkelte Applikationen, Kordeln, prachtvolle Stickereien und blinkende Pailletten.

Die engen Korsagen, die die Silhouette der Frauen so elegant erscheinen ließ, waren sicherlich eher eine qualvolle Lust, aber aus der Distanz gesehen voller Schönheit.

Die feinen Damengarderoben wurden von leuchtenden Farben dominiert, sie flirrten in frischem Grün, leuchtendem Indigo, Kaiserblau, strahlendem Ocker, waren mit rosa Blumen gemustert oder zuweilen aufregend groß und bunt kariert. Dazu kamen die vielen neckisch verzierten Sonnenschirme der Damen mit ihren langen Stielen und kleinen Schirmchen obendrauf.

Feierlich gekleidete Mädchen und Jungen rannten spielend umher. Und es waren viele der Arbeiter mit ihren Familien hier, die im Wedding und Prenzlauer Berg wohnten und in den umliegenden Fabriken arbeiteten.

2. PARKOUR

KLEINER WALD AUS FAHNEN

Erster Erinnerungsfluss: 14. September 1869 nach 11:30 Uhr
der Felsenmenschenzeitrechnung:
Grundsteinlegung im Humboldt-Hain zum
100. Geburtstag von Alexander von Humboldt
Schwierigkeitsgrad: 9 von 10 – sehr hoch: Verschlungene Fahnen
mit Kordeln und Stäben mit gefährlichen
Speerspitzen
Spieldauer: 15 Zeitzyklen
Ziel: Wie die Fische im Seetang geschmeidig sein,
jeden Fahnenstab mit dem Markong berühren
Maximale Punktzahl: 400 Markong

DER PARKOUR UND DIE OBSTACLES

Im Zentrum des Platzes wehte ein kleiner Wald aus Flaggen, Standarten und Banner, allen voran das Berliner Stadtbanner und die Banner der Marschälle, einer Vielzahl von Wissenschaftsvereinen, Gilden, Primanern der Gymnasien, Gesangsvereinen, Genossenschaften, Bezirksvereinen, Parteien in ebenso vielen Farben und Formen, die gleichsam patriotisch als auch selbstbewusst miteinander wehten.

Sogar die rote Fahne der Arbeiterbewegung mischte sich unter das Ballett der wehenden Flaggen, wobei sich niemand so genau daran erinnern konnte, wer sie eigentlich aufgestellt hatte.

Über allem schwebte der ergreifende Gesang des Beethovenschen Hymnus, vorgetragen von den vereinten Gesangsvereinen unter Leitung des Musikdirektors v. Herzberg:

»Die Himmel rühmen des Ewigen Ehre,
Ihr Schall pflanzt seinen Namen fort.
Ihn rühmt der Erdkreis, ihn preisen die Meere,
Vernimm, o Mensch, ihr göttlich Wort.«

PARKOUR 3

DIE FESTLICHE TRIBÜNE

Erster Erinnerungsfluss: 14. September 1869 nach 11:30 Uhr
der Felsenmenschenzeitrechnung:
Schwierigkeitsgrad: 9 von 10 – sehr hoch: Sehr schnell, unberechenbare
Bänder, Hutschnüre, spitze Schirme
Spieldauer: 15 Zeitzyklen
Ziel: Kombination – so viele Zylinderhüte so schnell
wie möglich mit dem Markong berühren
Maximale Punktzahl: 300 Markong

DER PARKOUR UND DIE OBSTACLES

Auf der Tribüne bot sich ein höchst festliches Bild. Es versammelten sich hier selbst persönlich der Oberbürgermeister der Haupt- und Residenzstadt Berlin Karl Theodor Seydel, Mitglieder des Magistrats der Stadtverordnetenversammlung in voller Amtstracht, Ehrenbürger, Marschälle, Generäle, Stadtälteste, Stadträte, Stadtverordnete, der Stadtkommandant, Dekane der Universität, Regierungsräte, der beständige Sekretär der Akademie der Wissenschaften, der Direktor des Botanischen Gartens, der Stadtrat und Staatsminister d. D. Graf Schwerin und natürlich der Hofgärtner und Entwerfer des Humboldt-Hains Gustav Mayer.

Der Oberbürgermeister verlas ein Telegramm von Kronprinz Friedrich Wilhelm und Kronprinzessin Victoria, welches sie aus Königsberg mit einer Grußbotschaft sendeten:

»Berlin ehrt sich selbst, indem es seinen großen Mitbürger ehrend gedenkt, des Mannes der ein Streiter und Held auf dem Felde der Wissenschaft, ein Freund und treuer Diener seiner Könige, des Volkes wohl stets und innig und warm im Herzen trug und der wie wenige den Dank seiner Zeit und den kommenden Geschlechtern verdient.

Friederich Wilhelm, Kronprinz, Victoria, Kronprinzessin.«

Gerüchte aber ließen vermuten, dass sich einige Mitglieder der königlichen Familie inkognito die Ehre gaben, da sie schon in ihrer Jugend begeistert öffentliche Vorträge Humboldts besuchten.

Aber auch die vor einem Monat neu gegründete Sozialdemokratische Partei nutzte den Anlass für ihren ersten öffentlichen Auftritt in Berlin.

Die Tribüne war über die erhabenen Persönlichkeiten hinaus reich mit grünen Blattgirlanden und farbigen Schildwappen geschmückt.

Weiter hinten, noch hinter der Tribüne, schloss eine Gruppe von prächtigen hoch aufragenden Tannen und Buchen das Bild zum Horizont ab.

PARKOUR 4

HOHES FAHNENMASTEN SLALOM

Erster Erinnerungsfluss: 14. September 1869 nach 11:30 Uhr
der Felsenmenschenzeitrechnung:
Grundsteinlegung im Humboldt-Hain zum
100. Geburtstag von Alexander von Humboldt

Schwierigkeitsgrad: 8 von 10 – mittel bis hoch: Extrem schneller
Endspurt mit Überholungen; brennende
Federn wahrscheinlich

Spieldauer: 30 Runden

Ziel: Erster Zieleinlauf gewinnt

Maximale Punktzahl: 350 Markong

DER PARKOUR UND DIE OBSTACLES

Über allem aber, hoch gehisst, auf weißen 13 Meter hohen Fahnenmasten, überragten das Geschehen elegante blau-weiß gestreifte
Banner, die in zwei langen parallelen Reihen aus der Menschenmenge aufragten und sich am Ende hinter der Ehrentribüne in
einem Rund trafen. Ihre langen Schwalbenschwänze wehten wild
an ihren Traversen, spielten frech mit den Seilen an den Masten.

Sie züngelten durch den Himmel wie die Zunge einer Boa auf der Jagd im tropischen Regenwald am Orinoko. Breite, blau-weiße Bänder schlängelten sich wie Lianen an den weißen Masten empor.

Ganz oben, noch über den Fahnen, an jedem einzelnen Mast, wehten erhaben zwei preußischblaue Bänder, völlig frei und ganz für sich. Zwischen und hinter den beiden Fahnenreihen ergoss sich der Strom von vielen tausend Bürgerinnen und Bürgern Berlins, die dicht gedrängt, aus allen Gesellschaftsschichten kommend, diesen Tag gemeinsam feierten.

Wie ein Zeitchronist sagte, waren die Feiern zum 100. Geburtstag Alexander von Humboldts »ein Fest der Gebildeten und Freunde allen geistigen Fortschritts«.

PARKOUR 5

HUMBOLDT-BÜSTE

Erster Erinnerungsfluss: 14. September 1869 nach 11:30 Uhr
der Felsenmenschenzeitrechnung:
Grundsteinlegung im Humboldt-Hain zum
100. Geburtstag von Alexander von Humboldt

Schwierigkeitsgrad: 3 von 10 – gering
Spieldauer: 5 Zeitzyklen
Ziel: Erster Anschlag mit dem Markong auf
Humboldts Brust
Maximale Punktzahl: 210 Markong

DER PARKOUR UND DIE OBSTACLES

Zwischen Ehrentribüne und dem kleinen Wald aus Flaggen befand sich die Baugrube, die das Fundament der Humboldt-Büste aufnehmen sollte. Sie war der zentrale Ort des Ereignisses am heutigen Tage, an dem der kupferne Kasten mit wichtigen rituellen Gegenständen niedergelegt und vermauert werden sollte.

Die Grube war mit einem üppigen Bouquet von Herbstblumen dekoriert. Die Kolossalbüste von Alexander von Humboldt ruhte dahinter auf ihrem haushohen Postament, umrankt von großen, frischen und grünen Palmenblättern. Sie verlieh dem großzügigen Arrangement eine exotische Aura.

Hier und jetzt wurde der Grundstein mit allen festlichen Weihen, Hammerschlägen und Beschwörungen für die Humboldt-Büste und symbolisch für den gesamten Humboldt-Hain gelegt, voller Huldigung für den Genius des Alexander von Humboldt.

Der Stadtsyndikus Hermann Duncker verlas die Stiftungsurkunde für den Humboldt-Hain. Er verlas Dinge, die, währenddessen er sie benannte, feierlich in den schon erwähnten kupfernen Kasten gelegt wurden.

Das waren: die Urkunde, ein Exemplar von Humboldts KOSMOS, ein Exemplar von ANSICHTEN DER NATUR, ein Exemplar sämtlicher Berliner Zeitungen, die am 14. September 1869 erschienen, der Nachweis für die in der Berliner Gemeindeverwaltung beschäftigten Personen für das Jahr 1869 sowie der Plan des Humboldt-Hains.

Die Kiste wurde luftdicht verlötet und in der Baugrube niedergelegt.

Strömender Regen stellte sich ein. Immer noch von Gesang begleitet, folgten die Hammerschläge von ehrenhaften Bürgern und Amtsträgern von Berlin.

Es gab ein kurzes Schlusswort und danach ertönte von Tausenden von Gästen ein allgemeiner Schlussgesang trotz anhaltendem heftigen Regen.

PARKOUR 6

SCHLEIFENFLUG

Erster Erinnerungsfluss: 01. Juni 1876 um 14:30 Uhr
der Felsenmenschenzeitrechnung:
Tag der Vollendung des Humboldt-Hain
Schwierigkeitsgrad: 5 von 10 – mittel: Frauen mit weiten Kleidern,
schlank gebundenen Taillen, Hüten, Bändern
und langen Schirmen, Männer mit Spazierstöcken,
rennende Kinder mit Stäben, um Räder zu führen,
und als Highlight drei Hochradfahrer, die die
Szenerie kreuz und quer durchfahren.
Spieldauer: 10 Zeitzyklen
Ziel: Höchste Anzahl der Schleifen bei besten
Haltungsnoten
Maximale Punktzahl: 350 Markong

DER PARKOUR UND DIE OBSTACLES

Man sieht es den Menschen an, wie froh sie über den weitläufigen
fürstlichen Park sind, den sie jetzt, wann immer sie wollen, kosten-
frei besuchen können.

Der vollendete Humboldt-Hain lädt die Menschen fortan mit
seinen prachtvollen Baumalleen zum Flanieren ein. Die vielen

324

botanischen Beete und Bäume aus verschiedensten Klimazonen faszinieren die Besucher, denn Reisen war damals nur den Reichen vorbehalten.

Auch der erste öffentliche Spielplatz Berlins zieht nicht nur Kinder in seinen Bann. Parkour für den großen Rachmakud wird die lange, weite, prächtige Baumallee sein, die direkt an den langen botanischen Unterrichtsbeeten entlangführt und über die gesamte Ostseite des Parks verläuft.

In der Mitte der Allee ist ein Rondell mit schönen Buchsbaumhecken und zwei großen Brunnen angelegt. Von hier öffnet sich der Blick in den Park wie eine Offenbarung des Lustwandelns, in einer Stadt, die die technische Revolution vorantreibt, mit immer mehr riesigen Schornsteinen, Industriehallen, mächtigen Dampfmaschinen und dicht gedrängten Scharen von Arbeitern, die beengt in dunklen Hinterhöfen leben.

Die vier Brenchadin sollen die auf der großen Allee flanierenden Felsenmenschen – Frauen mit weiten Kleidern, schlank gebundenen Taillen, Hüten, Bändern und langen Schirmen, Männer mit Zylinderhüten, Spazierstöcken, spielende, rennende Kinder mit Stäben, um Räder zu führen, und als Highlight drei Hochradfahrer, die die Szenerie kreuz und quer durchfahren – in einer limitierten Zeit, berührungsfrei, im sogenannten Schleifenflug umrunden.

Gezählt werden die Schleifen von den Schirien, aber auch von den Markong jedes einzelne Brenchadin.

Programm Ende

DER ZWEITE FANTASY ROMAN

VON

HENRY LANDERS

DREI MÄDCHEN UND DER LETZTE HEXENPROZESS

Ob sich die Zukunft, wie sie Friuli im Jahr 3028 kennt,
so ereignen wird liegt allein in den Händen der drei Mädchen:
Annabell, Lara, Maya, ihrem Seher Sven und seinem Hund Timmy.
Denn die Zukunft ist eng mit Dorotheas Schicksal verbunden, die
im letzten Hexenprozess 1728 in Berlin ungerecht verurteilt wurde.
Nur wenn es den Drei gelingt Dorotheas Schicksal zu ändern und
ihren Fluch abzuwenden, wird die Heilquelle nicht versiegen?
Eine fantastische Reise durch die Zeit, voller Abenteuer, führt die
Drei, von Dorotheas Geburt, über 1300 Jahre in die Zukunft, in der
drei nachhaltig geniale Erfindungen der NI-Indi-Bots,
alle Probleme der Menschheit lösten.

SO ZERRISSEN UND VERWOBEN WIE UNSERE ZEIT

Teil 1:

**So zerrissen und verwoben
wie unsere Zeit**

Print und eBook

Teil 2:

**So ersehnt und vergangen
wie unsere Zukunft**

Print und eBook

Verwunschen. Glamorous.
Eine grandiose Reise durch die Zeit

DER DRITTE
FANTASY ROMAN
VON
HENRY LANDERS

Die Welt steht Kopf als über Nacht ein gesamtes großes Gebäude spurlos verschwand. Es war das Schulgebäude von Annabell, Lara, Maya und Sven. Was zu diesem Zeitpunkt noch niemand wusste, um ihrem Schicksal zu entfliehen entschied das sensible Schulgebäude sich in einen Menschen, eine junge Frau zu verwandelte. Sie wagt ihre buchstäblich ersten Schritte, in ihrem neuen Körper, in ein neues selbstbestimmtes und mobiles Leben. Gemeinsam mit den Tieren und ihrer ersten Freundin entdeckt sie die Welt der lebendigen Wesen und Überwesen. Die Drei ihr Seher und sein Hund allerdings müssen die Frau unbedingt finden, um das weltweite Chaos zu beenden. Aber, wer weiß, ... der Ausgang dieser Geschichte scheint mehr als ungewiss.

Drei Mädchen
und das verletzte Selbst

Erscheint im Herbst 2025.

SO
ENTTÄUSCHT
UND
GEFUNDEN
WIE
UNSERE
ZEIT

Gefühlvoll. Bizarr. Unheimlich.